文化德宏

陇川

目瑙纵歌之乡　中国最美乡村

中共陇川县委宣传部 编

云南出版集团　云南人民出版社

文化德宏·陇川

本卷撰稿 段茂昌　李建芹　李　文　余　杰　杨敬东
　　　　　　许有信　董有湘　杨清舜　郑高辉　张　艳
　　　　　　陈德寿　石永明　孙　豪　余显斌　张　恒

本卷摄影 张志平　桂金再　杨永明　童秋丽　杨清炳
　　　　　　胡加玲　岩　晓　罗增文

晓川

图书在版编目（CIP）数据

文化德宏. 陇川 / 中共陇川县委宣传部编. —— 昆明：云南人民出版社，2022.2
ISBN 978-7-222-20624-3

Ⅰ.①文… Ⅱ.①中… Ⅲ.①散文集 – 中国 – 当代 Ⅳ.①I267

中国版本图书馆 CIP 数据核字（2022）第 018427 号

出 品 人：赵石定
责任编辑：刘 焰
助理编辑：李 平
装帧设计：熊·小·熊
责任校对：姚实名
责任印制：窦雪松
书名题字：孙太仁
封面绘画：杨小华

WENHUA DEHONG · LONGCHUAN
文化德宏·陇川

中共陇川县委宣传部 编

出 版：	云南出版集团　云南人民出版社
发 行：	云南人民出版社
社 址：	昆明市环城西路 609 号
邮 编：	650034
网 址：	www.ynpph.com.cn
E-mail：	ynrms@sina.com
开 本：	787mm×1092mm　1/16
印 张：	17
字 数：	260 千
版 次：	2022 年 2 月第 1 版第 1 次印刷
印 刷：	云南出版印刷集团有限责任公司华印分公司
书 号：	ISBN 978-7-222-20624-3
定 价：	79.00 元

如需购买图书、反馈意见，请与我社联系
总编室：0871-64109126　发行部：0871-64108507　审校部：0871-64164626　印制部：0871-64191534

版权所有　侵权必究　印装差错　负责调换

云南人民出版社微信公众号

总 序

地处高黎贡山余脉的德宏，江河南流，翠色尽染，历史悠久，文化璀璨，被人们誉为"美丽的孔雀之乡"。

闭目冥想，亿万年前，亚欧板块和印度洋板块漂移相遇、碰撞结合，使高黎贡山从海洋深处崛起，形成云南西部一堵"壮观的墙"，并分割着亚洲最重要的两片地域，你可曾想到这个山脉的崛起将产生怎样的意义？

伫立于德宏这块丰饶的沃土，聆听南方丝绸之路上的声声马铃，你是否感叹中原文化、南诏古国文化与勐卯果占璧文化相互碰撞、交融后所产生的辉煌？

假使说"文化德宏"丛书是一套内涵丰富、博大精深的现代版"德宏史记"，那么，这部"德宏史记"将向你展示西南边陲明珠所蕴含的久远与厚重、传奇与浪漫、和谐与包容。透过"德宏史记"这套传奇之书，你将看到从新石器时代一路走来的德宏，用4000余年的丰厚积淀，堆积出自成一体的文化精粹和人类文明。

一

毫无疑问，这场来自远古的漂移相遇与碰撞，创造了一道绿色的屏障，铺就了一条生命成长的走廊。从此，一群生活在瑞丽

江流域的南姑坝古人类便在这里狩猎捕鱼，用笨拙的双手打磨出最初的石刀、石斧、石锛，烧制出夹着沙粒的红、黑陶器，成为最早的稻作民族，并用贝多罗树叶制成了"贝叶经"，记录了自成一体的天文历法、佛教经典、社会历史、哲学、法律、医药等诸多内容，形成了流传经久的贝叶文化。

穿越浩瀚的史海，去寻觅德宏古老的文明，你会看到那个威武的莽纪拉扎"大王"乘着神奇的白象和他的子孙通过经年鏖战，创立了达光国、勐卯果占壁王国、麓川王国。《史记·大宛列传》载："昆明之属无君长……然闻其西千余里有乘象国……"而唐人樊绰所撰《蛮书》卷四《名类》记载："……妇人披五色娑罗笼，孔雀巢人家树上……土俗养象以耕田，仍烧其粪。"这应该是中原王朝的先贤们对傣族古老王国最早的记录。

当那一条世人知之甚少的"蜀身毒道"经德宏出境进入缅甸，最后到达印度和中东的传闻得到证实后，一个名叫马可·波罗的意大利人和明代著名旅行家徐霞客都慕名而来，并给德宏留下了史诗般的描述。

数千载风云变幻，五百年土司延续，三宣六慰、十司共治，改土归流，终将被历史发展的洪流带入跨越之舟，驶向光辉的彼岸。

二

打开尘封的记忆，在德宏这块美丽神奇的土地上，生活着傣族、景颇族、阿昌族、傈僳族、德昂族五个世居少数民族。他们在漫长的历史发展过程中，不但创造了灿烂辉煌的历史文化，更承传了绚丽多彩的民族风情。

德宏的历史文化艺术不仅有过古老的辉煌，而且沿袭几千年，积淀了丰富和厚重的民族民间艺术资源，是少数民族文化艺术的"活宝库"，也是现代德宏文化艺术赖以继承和发展的优势所在。这里有独特奇异的边疆民族风情，多姿多彩，让你目不暇接。

他们与水结缘，与水的狂欢，用贝叶书写着古老的文明；他们在高耸入云的目瑙柱下跳起了来自天堂的舞蹈——目瑙纵歌，传唱着久远的创世史诗"目瑙载瓦"；他们挥舞着闪亮的户撒长刀，演绎着千锤百炼后的"遮帕麻和遮咪麻"；他们不畏艰险赴刀山火海，演绎不一样的坚毅和勇敢；他们是茶的民族，是古老的茶农，在时间的流逝中吟唱着"达古达楞"。

2019年11月12日，文化和旅游部公布了最新国家级非物质文化遗产代表性项目保护单位名录，德宏上榜13个国家级非物质文化遗产代表性项目。这是一本记忆的档案，这是一份德宏的家珍。千百年来，这些五彩缤纷的文化艺术在静态保护和活态传承中璀璨绽放，散发着迷人的文化魅力。

来德宏吧，在这里你可以看到原生态的"孔雀舞""嘎秧舞""象脚鼓舞""目瑙纵歌舞""银泡舞""阿露窝罗舞"和"三弦舞"，听着葫芦丝演奏的《有一个美丽的地方》和《月光下的凤尾竹》，让你的梦浸淫在绚丽多彩的民族风情画廊中。

三

感谢这场来自远古两个地球板块的相遇与碰撞，它让地处东经97°31′—98°43′、北纬23°50′—25°20′的德宏群山连绵，层林密布，郁郁葱葱。造就了德宏特殊的地理位置和特有的地形地貌，形成了德宏立体多样的气候，让这里光照充足，雨量充沛，冬无严寒、夏无酷暑，花开四季、果结终年。

风光旖旎的瑞丽江、大盈江两条水系穿行于山坝之间，不是仙境，胜似仙境，让德宏拥有"孔雀之乡""热区宝地""天然温室""鱼米之乡""香料王国""热带亚热带物种基因库"等美称。

在这个最适宜人类居住的地方，你可以欣赏到秘境丛林中万物竞生，犀鸟、菲氏叶猴、白腹锦鸡等各种珍稀兽类和禽类在铜壁关

国家级自然保护区里出没。珍奇树种应有尽有,山高水长皆入诗画,独树成林唤醒江湖。当镜头对准大自然时,会发现神奇之美无处不存。

德宏——她不施粉黛,美得自然、古朴、恬静,是人们向往的诗和远方。来一次说走就走的旅行吧,走进德宏的热带亚热带雨林,去拥抱灵动的自然,去触摸神秘的画卷,去尽情享受精神家园的回归。

四

德宏——这个古老的南方丝绸之路必经的驿站,历经的苦难实在是太多太多,但境内的各族人民总是挺起脊梁,守护家园。

这里地处祖国西南边陲,战略地位极为重要,自古以来为兵家必争之地。唐宋元明,不必赘述,进入近现代,由于英、日帝国主义的相继入侵,各族人民奋起抗击,表现了不屈不挠的反帝爱国精神。清光绪元年(1875年)在盈江蛮允发生的马嘉理事件,让腐败无能的清政府签订了屈辱的《烟台条约》(又称《滇案条约》)。为了抵御英军入侵,先有干崖土司刀安仁率众在铁壁关抗战达八年之久,后又有陇川王子树景颇族山官早乐东,面对强敌临危不惧,英勇抗击入侵英军,挫败英帝国主义妄图蚕食我国领土的阴谋。云南辛亥革命的先驱,傣族民主革命的先行者刀安仁率领德宏各族人民发动腾越起义。为了全国抗战的最后胜利,德宏各族百姓无怨无悔,用最原始的工具创造着筑路奇迹,把血与泪铺洒在滇缅公路上。南宛河畔的雷允,一座飞机制造厂悄然诞生。滇缅路公上,3200多名南侨机工在日夜奔忙,有1000多人在这条血线上因战火、车祸和疾病为国捐躯。1950年4月29日上午,鲜艳的五星红旗插上畹町桥头,从此,德宏边疆各族人民便开始了千年的跨越,《有一个美丽的地方》就此唱响。借助改革开放的春风,瑞丽江畔的姐告——一个昔日的牧场引发了历史嬗变。

德宏与缅甸山水相连,村寨相依,中缅两国友好交往的历史源远流长。从缅甸琉璃宫中"胞波的传说"到唐代白居易的《骠国乐》,从中

缅两国总理跨过畹町桥到德宏傣族景颇族自治州州府芒市举行中缅两国边民大联欢，从一口水井两国共饮到享誉四海的"中缅胞波狂欢节"，从小小留学生到国门书社，从"一马跑两国"到"丝路光影"国际微视频德宏影展，都诠释着中缅两国历久弥新的胞波情。

晨钟，荡不开两岸血浓于水的兄弟情结；暮鼓，传递着中缅两国人民世代友好的既往。

五

阳光毫不吝啬地倾洒在布满棕榈树的街道上，数座翡翠般晶莹的袖珍小城，就用悠闲的时光将每个来到这里的人"俘获"。透过"文化德宏"丛书，你是否愿意去仔细地揣摩和品味深藏在大街小巷或山乡村野的德宏味道？

走进德宏，徜徉在柔软的时光里，去感悟德宏众多奘房的幽静，去聆听风铃歌唱时散发出的袅袅余音。如果你还是个吃货，就更不该错过傣家最爱的"酸、甜、苦、辣、生"，拿出你的勇气去品尝一下"撒"的味道和奇特的昆虫食品吧，再不然就去感受一下景颇族"绿叶宴"的视觉和味觉的双重盛宴。

造物主仿佛特别宠爱这个地方，用了太多的乳汁、太多的色彩勾画这片沃土，让她闪烁出神秘而悠远的光彩。

愉悦地走进德宏色彩斑斓的世界，看勐巴娜西的黎明之城，到瑞丽江畔捡拾遍地的美丽，把水墨陇川拷进硬盘，让万象之城的大象驮着你去看梁河的"塔往右，水往南"。

你听说过"玉出云南，玉从瑞丽"吗？来德宏吧，看看现实版的翡翠传说，观察一下翡翠直播的新业态，体验一把珠宝市场万人簇拥的早市、晚市，选购一块与你结缘的翡翠，把山清、水秀、天蓝、恋情留在此地，把最美的诗和远方带回你温馨的家。

或许你感觉德宏古老的历史已经沉睡，但要相信记录历史的时

间依然醒着，因为在这块神奇美丽的土地上，有一群本土的历史文化名人，在特定的历史时期，用有限的生命铸造着德宏文化的历史丰碑，它将承载着今人的记忆驶向希望的未来。

文化德宏，史记德宏，能让你倾听每条江河流淌着的婉约之音，目睹每座青山描绘的瑰丽乐章，看到生命的创造，看到希望的拓展。当你与德宏相遇牵手，就能够触动你心灵深处那一根敏感的神经，并生发一种魂牵梦萦的情愫。

序　言

目瑙纵歌之乡，边陲最美乡村。

我对陇川这片热土有着深厚的感情。这里，延绵的森林隐藏着各民族兄弟世代繁衍的密码，蜿蜒的三川日夜讲述着陇川悠远的历史和今夕巨变的故事，富饶的两坝一河谷浸润着各民族美丽多彩的风情。

地处祖国西南边陲的陇川，历史厚重。自古以来，这里就是交通要道和军事重地，是南方丝绸之路的重要咽喉和"蜀身毒道"的重要组成部分。在这片土地上，德昂族女王的官殿曾富丽巍峨，勐卯果占壁王国的战象曾仰天长吼，麓川王国的战马曾纵横驰骋。德昂族的水鼓震撼过多少征人的心灵，傣族的象脚鼓重振过多少磨难的灵魂，景颇族男儿的长刀让西方觊觎者低下过他们"高贵"的头颅，阿昌族人的铁锤翻飞出了一部陇川人守土保边的史诗，傈僳族人的三弦舞跳出了悠悠的岁月，其他各族人民谱写了一篇篇屯垦靖边的华章……各民族在这里水乳交融，繁衍生息，无论沧海桑田，这片热土始终孕育着对幸福的追求，流淌着对和平的向往。

陇川的山是巍峨的。目之所及都是延绵不绝的山脉，它们一直在这里，为这片坝子的生民抵挡了严寒酷暑；它们一直在这里，注视着这片土地的兴衰荣辱。宽厚的大山养育了景颇族、傈僳族这些世代居住在大山里的少数民族，塑造了他们的

大山性格，他们也赋予了大山神性与灵性。这里的人，喜欢把山脊称为梁子——脊梁的梁！无论你是站在清平乡赵家寨村的春花梁子上，还是伫立在护国乡边河村的干崖梁子上，都会不自觉地挺直腰杆极目远眺——陇川坝、盈江坝、梁河坝尽收眼底。你会惊叹于坝子的秀美，感慨于天地的辽阔，一股豪气油然而生，对自然的敬畏、对生命的热爱不知不觉间会熔铸进灵魂里，成为终生携带的大山密码。

陇川的水是灵性的，充沛的雨量和良好的植被使得这里有丰沛的水资源，沿山梁而上，满目翠绿。不经意间，总能遇见山泉叮咚、溪流潺潺、湿地茵茵。龙江、南宛河、户撒河三川并流，在陇川大地上书写出一个苍劲有力的"川"字，加上星罗棋布的水库湖泽，构成了陇川丰富的水资源系统。是水，造就了植被丰富的龙江河谷，冲出了面积广阔的勐宛坝。蜿蜒的水流为世代居住在这里的人们营造了美丽富饶的家园，也使傣族、德昂族、阿昌族等依水而居的民族浸染出了水的"性格"。上善若水——这里的人们有着水的柔美和宽厚，但是，骨子里又隐藏着水的坚韧与不屈，形成了如户撒刀一般"柔可绕指、钢可断玉"的民族性格。

行走在陇川的山水间，总能找到诗意的栖居之地。本次成书的《文化德宏·陇川》，是对陇川人文、历史和秀美山川的一次综合描述。作者用他们手中的妙笔描绘了陇川这个边境上安静而美丽的小城，记录了勤劳善良的陇川各族儿女在这片土地上的奋斗与坚守。本书的撰写，是对陇川灵性的一次微妙展示，是对历史的总结，更是对未来的展望。

当前，陇川正处于蓬勃发展的历史机遇期，要实现陇川的跨越式发展，文化的力量不可忽视。我们要以社会主义先进文化为引领，不断从优秀的民族文化传统中萃取精华，深刻认识和领会陇川人民在各个历史时期的波澜壮阔的实践中孕育生成的可贵精神，从广大群众的实践中提炼、拓展和丰富这种精神价值的内涵，将彰显陇川志气、体现陇川精神的地域文化元素提炼升华，使之内化为广大干部、群众的精神自觉和行动自觉，形成统一认识、共同意志和继续前进的不竭动力，在全面建成小康社会的历史性跨越征程中阔步向前，走向新的辉煌。

目录 Contents

001 第一章 激荡在边陲历史风烟中

002　边陲陇川，一块熔铸爱国情怀的热土
007　《达古达莱格莱标》：德昂族的精神标志
018　"活袍"《遮帕麻和遮米麻》的吟唱声
030　《目瑙斋瓦》：景颇族创世史诗
039　果占壁王国：祖国西南屏障
044　不忘中原魂：麓川王国
052　南宛河遗恨
064　南宛河畔的爱国史

077 第二章 陇川：自然的秘境

078　行走在美丽山水间
086　水墨陇川
092　品读陇川
　　　　——致这片热土上的人们
099　漫步在边城章凤
103　户撒，放牧心灵的花园
113　金凤山境界
121　去巴达山，去德昂族女王宫遗址
125　陇川有座山水碑
133　夜宿杉木笼
140　瓦幕掠影
144　水天一色是龙江
148　探秘双坡山
152　隐藏在大山深处的"仙鹅抱蛋"
154　风吹铃响青松寺
156　勐约大石头村
159　广岭温泉的传说

163　第三章　沉醉在民族炫风里

164　景颇族：大地的儿女
181　阿昌族：激情狂歌的边地民族
196　傣族：逐水而居的民族
211　德昂族：一个茶叶滋养的民族
218　傈僳族：大自然之子
228　那些难忘的记忆
247　那些让人欲罢不能的民族美食

第一章
激荡在边陲历史风烟中

　　"勐宛"古称,"麓川"故地,边陲陇川,自古就是祖国西南门户之一。杉木笼要隘仍在,铁壁险关在望。要隘之下,险关之外,南宛河畔,户撒河边,伊江两岸,老官屯下,曾经风烟滚滚。战象奔突于雨林,骏马驰骋在原野,刀光剑影,枪炮轰鸣,只为守土保边。
　　这是一片古老的国土,起始于汉代的"蜀身毒道"曾将这里与中原血脉相连。从此,生活在这片土地上的各族人民就被注入了中华民族的基因,烙上了华夏的印记。而陇川独特的区位、历史,注定了它必然成为一块熔铸爱国情怀的热土!

边陲陇川，一块熔铸爱国情怀的热土

可以说，一部陇川的历史就是一部波澜壮阔的守土保边的历史，一部不断加深中华民族认同感、不断熔铸陇川各族人民爱国情怀的历史！

伫立在这浸透着历史硝烟的古老隘口之上，不禁抚今追昔，感慨万端。为了让脚下这片发生过无数守土保边的爱国英雄故事的热土不至于湮没在这莽莽原始森林与萋萋荒草之下，我们回望历史，追寻各民族文化的滥觞，让现在的陇川各民族兄弟知道，脚下的这片熔铸着炽热爱国情怀的热土值得你去珍惜，值得你去为它奉献一生！

伫立于元明时期"八关九隘"之一的杉木笼隘口，山风凛冽，三川南去，两坝延展，群山逶迤，大美陇川，尽收眼底。极目西南，异国山川，暮霭沉沉。流年似水，遥想当年，隘口之下，铁壁关外，南宛河畔，户撒河边，伊江两岸，老官屯下，曾经风烟滚滚。战象奔突于雨林，骏马驰骋在原野，刀光剑影，枪炮轰鸣，只为守土保边。凝视着脚下这块历经历史烽烟的土地，千百年往事注满心头。

这是一片古老的国土，起始于汉代的"蜀身毒道"将这里与中原血脉相连。从此，生活在这片土地上的各族人民就被注入了中华民族的基因，烙上了中华的印记。作为祖国的西南屏障之一，

又处在外族进入内地的战略要冲，陇川，注定了必然成为抵御外侮、守土保边的第一线，成为一块熔铸爱国情怀的热土！

  曾记否，那还是在久远的隋唐时期，一个藩属于中原的古老王国，一个由傣族和德昂族先民创建的"前果占壁王国"，这个盛产软米（"果占壁"，汉语意为"产软米的地方"）的国度，就曾在这里长期顽强地抵抗着骠国的无数次野蛮入侵，并将骠人击退至伊洛瓦底江西岸。它屹立在祖国的西南两百多年，保障宗主国不受来自西南的威胁。

杉木笼山川一览

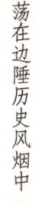

第一章　激荡在边陲历史风烟中

003

遥看陇川坝

曾记否，中晚唐时期，那个统一了前果占壁王国的蒙舍诏（南诏），同样藩属于中原。它甚至一举终结了长期威胁内地的千年骠国王朝，把中国的战略纵深推进至伊洛瓦底江西岸。

曾记否，在五代十国时期，佬人的命运随着南诏的衰亡，也和中原一样四分五裂，不同的是他们还受尽了孟人、蒲甘人的凌辱。前果占壁的王族号召佬人各部落重新建立了"后果占壁王国"，于是，又继续为大宋守卫西南的国门。被傣族民众尊称为"诏法弄宏勐"（意为"宏勐王""荫庇国家的大王"）的混岛雅鲁、混货顿父子率领勐宏、勐卯、勐宛一带各族军民，顽强地抗击了缅甸强大的蒲甘王朝一次次的东侵。蒲甘即便已侥幸攻到大理，也因担心被果占壁截断后路而不得不改道南下去攻打孟人，避免了中原国土遭到更大的兵燹。

曾记否，当年还是蒙古草原的大汗，就遣兵绕道西征，富庶的蜀地、强大的大理，在蒙古人的铁蹄下迅速崩溃，但蒙古人却折戟在脚下这片莽林、湿地、沼泽里。蒙古人入主中原后，缅甸蒲甘王朝又屡次犯边。户腊撒打响"江头城保卫战"，阿昌族和陇川各族人民一起配合七百戍城元军成功击退了数万蒲甘军的入侵，谱写了守土保边的神话。元军远征缅甸蒲甘时，麓川各族人民将户腊撒屯兵城的军需源源不断运抵前线，保障元军最终灭亡蒲甘王朝，在蒲甘城设邦牙宣慰司，置都元帅府。

曾记否，麓川王国开国君王思可法，同时也是元皇帝委任的麓川路总管。麓川王国这个在史学界充满争议的王朝，这个曾经影响了元明清三代历史兴替，甚至中南半岛历史格局的佬人王朝，有一点是肯定的，那就是它的每一代君王都是中原王朝实际上或名义上的宣慰使。麓川王国作为中原王朝的西南屏障，长期抵御着缅甸东吁王朝的入侵，确保了中原王朝在300多年的时间里没有受过来自西南的外族威胁。即使在它被明军"三征麓川"逼过伊洛瓦底江之后的200多年时间里，孤悬他邦的麓川思氏都从来没有放弃过对中华文化的认同。在他们与外族一次次拼死搏杀，从逆境中崛起的时候，所做的第一件事就是派使者到中原称臣纳贡。就像一个从小就被严苛的父母嫌弃而赶出家门的顽皮孩子，长大后在外拼搏，只为了取得成就后能得到父母的认可。麓川思氏终究得不到明皇帝的真正认可，更不可能得到明王朝实质上的支持，最终，孤军奋战的麓川王朝被缅甸东吁王朝灭亡，最后一个麓川王思轰在孟养（今缅甸密支那）战死。自此，失去了西南屏障的中原王朝不断遭到外族的入侵骚扰，前有缅甸东吁王朝，后有缅甸贡榜王朝。于是才有了后来陇川多（思）氏土司率领各族军民抵抗东吁人入侵的故事，才有了刘𬘩将军南征的传说，才有了清廷乾隆四次征讨缅甸贡榜王朝，最终以清廷的失败而收场，才有了第二次清缅战争清军在铁壁关、户腊撒的溃退，在勐宛坝的败北，被迫与缅将莽聂渺遮议和的笑话，也才有了麓川土练（各民族土司下辖的土兵）奋勇

护国乡杉木笼 | 接应清军的壮举。

曾记否,早乐东曾把英军头领拽于马下,多永清曾率部在洋人街重创日军,陇川各族人民积极配合解放军剿匪……

如今,分享着四十余年改革开放的红利,沐浴着脱贫攻坚的春风,逐渐富裕起来的陇川各族人民,对中国共产党、对伟大的祖国更是充满了感恩和自豪。

《达古达莱格莱标》：德昂族的精神标志

史诗《达古达莱格莱标》（德昂语大意为：最早的祖先传说）伴随着德昂族这个古老的民族从悠远的历史风烟中一路艰辛走来，一路悠悠吟唱。

一部民族史诗，就是这个民族的集体历史记忆，就是这个民族的思想源泉，就是这个民族的精神家园和灵魂皈依，也就是这个民族虽然久经磨难却能仍然坚强的精神慰藉。

长篇史诗《达古达莱格莱标》中说，在远古混沌世界的上空，茶树是万物的始祖。当时大地一片荒凉，茶树将一百零二片茶叶降落凡间，幻化成五十一对男女，这就是人类的祖先。德昂族，这个茶叶的后代，如茶树般坚守千年，如茶叶般苦涩而芬芳。一部史诗和着茶香支撑起德昂族人的精神家园，从西周时期的大西北（德昂族的祖先濮人曾经是周文王伐纣时的八大联盟之一）到战国时期的江汉平原（濮人曾经在这里建立濮人王国，后被楚国兼并），再到蜀汉时期的西南丛林，一路迁徙，一路坚强。

相传，蜀汉时期，为进一步削弱以孟获为首的南中土著濮人的势力，诸葛亮运用分化瓦解、釜底抽薪的办法，将百濮中的一万多户迁入内地，划分为五部。将其家中青壮男子

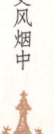

万余人编成所谓的"飞军",常常被用来冲锋陷阵。又将其男丁中老弱病残者分别发配到内地焦、雍、娄、爨、孟、量、毛、李这些大姓名下,作为其"私家部曲(私家军)",还暗中扶持豪强爨氏,以抗衡孟氏。又将唯孟获马首是瞻的三十六峒濮人中的十二峒数千人分散迁往云南郡(今大理、楚雄一带)、建宁郡(今曲靖一带),乃至古益州伊洛瓦底江流域,其中就有今德宏的德昂族先民。

当年,这些前往伊洛瓦底江流域的移民都是沿着汉代的"蜀身毒道"(从四川到古印度)一路向西南迁徙的。他们在蜀汉军人的押解下,先后从滇东北一带出发,经宁蒗、西昌,翻老君山、雷邦山,渡澜沧江,再越碧罗雪山,渡泸水(怒江上游支流),登高黎

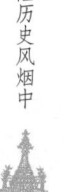

陇川坝的早晨

贡山，沿其山脉向西南达腾越（今腾冲），之后，或向西达恩梅开江（伊洛瓦底江上游）西岸的孟养（今缅甸密支那）一带，或折向西南，达勐宏（"勐宏"，傣语意为江以西的地方，即今德宏）一带。

作为孟获辖下被迫迁徙中的一峒，德昂族先民经过几个月的艰难跋涉，迁徙队伍陆续翻越了海拔4200多米的老君山和雷邦山，从上游横渡了澜沧江，好不容易到达了碧罗雪山脚下。

女头人与负责押送的蜀兵首领商议，在这里休整几天，做好翻越雪山的准备。头人吩咐宰杀了十几头年老体弱的黄牛和马鹿，烤炙成干巴，把米饭烧制成饭团，作为干粮；把平时狩猎积攒下的兽皮赶制成衣服，用来御寒。

休整到第五天，天气晴好，迁徙队伍开始翻越雪山。

时已仲秋，寒风凛冽，山道崎岖，时不时飘落的雪花使山道变得异常湿滑。经过三天的艰难攀爬，队伍终于到达了雪线边缘。仰望雪峰，冰崖千仞，烟笼雾锁，翻山垭口隐约在冰峰之间。

当晚，大祭司头插羽翎，脸涂山纹，身披熊皮，手敲貔鼓，披发跣足，围着篝火跳跃着、歌唱着，举行了祭祀山神的仪式。

第二天，队伍顺利地翻过碧罗雪山后，一路走走停停，沿途还采集野果，猎取禽兽，以补充粮草和营养。

二十多天后，迁徙队伍抵达了泸水东岸。江面上虽然不见了诸葛丞相当年祭泸水时的弱水三千、瘴气横天、冤魂哀号的景象，但只见夹江两岸高山逶迤，叠峰耸峙，江中怪石密部，水激浪涌。好在当年蜀兵借以渡江的藤索还在，藤索下是这一江段唯一能驾筏过江的渡口。

打造竹木筏是濮人生活在江汉一带时就已熟练的技艺。于是，他们开始就地砍伐竹木，制作筏子。

十多天后，竹木筏制成。第二天，队伍就要开始渡江。

巴达德昂族女王宫遗址

当晚，大祭司头饰鱼骨，脸涂水纹，身披蓑衣，腰系绳索，手敲鱼皮鼓，脚踏船形鞋，围着火塘跳跃着，举行祭祀水神的仪式。

因当年的藤索还在，蜀兵首领当年也曾在这里渡过江，加之此时正值深秋，水量较小，因此，经过一整天的努力，全部人马物资安全渡过了泸水。

休整了一天，祭过了山神，迁徙队伍又开始艰难地攀登高黎贡山。爬到山半腰，就进入了莽莽的原始森林。这里终年阴雨连绵，瘴疠横天，蛇虫遍地，猛兽出没。还好，能从西北到江汉，再从江汉到西南的濮人自有一套世代总结积累起来的有效应对极端自然环境的方法。铺在马驮子上的牛皮、鹿皮，

野生茶树

既能遮挡雨露，又能收集雨水作为干净的饮用水，从而就避免了饮林中毒水而造成人畜的意外病亡。对于瘴毒，他们自有预防和治疗的中草药。而虫蛇猛兽反倒为他们提供了丰富的食物和蛋白质，从而进一步增强了他们抵御极端自然环境的体质。

到达腾越后，队伍是继续向西迁徙，还是折向西南？

头人因此询问了蜀兵首领，首领回答："两条路再往前的地形地势我也不太清楚。我只是上次跟丞相南征时，听头领讲过。从这再往西不远就是大江（即恩梅开江），过江后还要走很长的路才能到达一个叫'身毒'的地方，那里的人长相和生活习俗跟我们都有很大的不同。而折向西南，听说山势越来越平坦，还形成了许多小坝子呢。"

于是，头人与大祭司和各族长商量后决定折向西南。队伍越往前走天气越暖和，野果种类越来越丰富，猎物也越来越多。虽是秋末，但群山依然葱葱郁郁，满坝仍是绿草茵茵。一路走走停停，寻寻觅觅。

一天中午，迁徙队伍艰难地登上了这些天来所经过的一个最高，也是最险峻的隘口（今杉木笼隘口）。只听最先登上隘口的人群一阵欢呼："勐

❶❷ 巴达德昂族女王宫遗址

宛！勐宛！"（傣语、德昂语意为"太阳照耀的地方"）人们站在隘口，向西南远眺，只见一个宽阔的坝子和着四围的青山，在中午秋阳的普照下鲜亮明朗。一条穿坝而过的大河在阳光的映照下闪耀着粼粼波光，河水在坝子平坦的中下段形成宽阔的沼泽湿地，隐约可见在其间嬉戏觅食的象群。

心中企盼已久的梦想之地就在眼前，两个多月来一直笼罩着迁徙队伍的沉郁气氛顿时烟消云散，人群一路欢笑着抵达坝头（今清平一带）。此时，夜幕已降临，队伍在坝边半山上的大榕树下安营扎寨。

这一夜，人们都怀着激动的心情，急切地盼望着天赶快亮，能尽情地看看眼前的新家园。当然，深夜远山传来的狮吼虎啸声，附近雨林中出没的好奇窥探的象群，也给人们带来些许的惊奇和不安。

清晨，薄雾轻笼，景物依稀。随着太阳的升起，薄雾散去，一个三面青丘起伏，中间平旷如砥的小坝子呈现在人们的眼前。青丘连接着层峦叠嶂，被茂密的热带雨林所覆盖；山丘脚下是一片片婆娑的凤尾竹，其间耸立着一株株冠如华盖的菩提树；再往下是一丛丛、一簇簇或一片片的野芭蕉、野杧果、野麻朗等无数叫得出或叫不出名字的野果树，此时大多都已果实累累。坝子中

户弄德昂族广场龙阳塔

第一章 激荡在边陲历史风烟中

户弄德昂族
广场龙阳塔

间流淌着那条在隘口就看得到的大河，两岸芦苇连绵，芦花似雪；芦苇之外满坝是各种各样的野蒿草，其间还有小片小片的野水稻；小坝子向西南迤逦而下，连接着下面更大的坝子。虽然时已秋末，但这里丝毫没有肃杀零落之意，万物仍然充溢着勃勃的生机。

看着眼前如此美丽富饶的新家园，人们不禁欢呼着，雀跃着……

头人一面吩咐各家各户赶快搭建临时住所，采集野果，派出狩猎队边狩猎边探查周围地形地势，一面召集大祭司、族长和蜀军首领开会。

头人："感谢神灵祖宗的护佑，我们经过千辛万苦终于找到了这么一个好地方。接下来是要在这里重建我们自己的新家园，该怎么做，想听听大家的意见。"

大祭司："我昨晚观了天象，也打过卦，这里注定是我们安家

芒棒德昂族小佛塔

的地方。我想应先给这里起个名字，主上认为如何？"

头人："对！是应该先有一个名字。大家想一想，起个什么名字，又吉祥又响亮？"

众人议论纷纷，说法不一。

大祭司："我看就叫'勐宛'吧！'太阳照耀的地方'，既吉祥又响亮，预示着我们会兴旺发达。"

头人："我觉得大祭司这名字起得好，你们觉得怎么样？"

众人："好，好，好！"

于是，德昂族先民定居下来的这个大坝子就有了一个既吉祥又响亮的名字——勐宛。

不断地迁徙，练就了德昂族人迅速适应各种自然环境的技艺和能力。搭建茅屋、围田造地对他们来说早就轻车熟路了。加之这个地方竹木茅草丰富，土地平整，水源充沛，割了茅草，围上田埂，就成田；割了茅草，砍去竹木，就成地；茅草竹木又是现成的建房材料。

经过一个冬季的艰苦努力，随着春天的来临，新寨初成了，田地平整好了，谷种发芽了，茶果籽吐绿了。上半个坝子鸡鸣犬吠、炊烟袅袅、鸥鹭翔集，一派生机勃勃的景象。

看到人们已在这里安居，负责押解的蜀兵也于初春离开勐宛，回蜀汉复命去了。

优越的自然条件，勤劳的人民，生产出了远远超过他们自给自足的物资。于是，德昂族人又组织了商队，北出腾越，入永昌，西南经勐卯，入达光王国，再进骠国，做起了以茶叶、盐巴、谷米为主的生意。

当此之时，正值中原地区群雄并起、战乱频仍的魏晋时期，东汉设立的永昌郡已名存实亡，其辖区的各部族纷纷自立，且相互攻伐。一直受中原军事支持的达光王国于是也受到了来自南面的骠国的军事进攻。腾越（今腾冲）、南甸（今梁河）、干崖（今盈江）和勐卯（今瑞丽）等地都被卷入了战乱，而紧挨这些战乱地区的勐宛却难得的平静祥和，他们所经营的商品恰好成了战乱地区紧缺的物资。

经过短短几十年的奋斗，德昂族人逐渐积累起巨大的财富。而且，由于战乱，周边的难民都纷纷涌入勐宛，人口迅速增加。于是在女头人60岁大寿时宣布建立勐宛濮人国，在原来中心大寨后面的巴达山上修建起新王城。德昂族女王头饰璀璨像太阳，身着辉煌彩绣，腰缠藤篾腰箍，上下金拥银簇端坐在王位上，成了勐宛濮人国的第一代女王。

巍峨的王城雄踞在"蜀身毒道"南线的要冲，北上南下的商队驮铃叮当，袅袅的炊烟已弥漫了大半个勐宛坝子。魏晋南北朝时期数百年的战乱，使中原势力无暇南顾；达光王国和骠国200多年的交恶，使其无力北向。于是，勐宛国便成了真正的世外桃源，历经几代德昂族人的励精图治，国力逐渐强盛，人口也迅速增加，成了周边不能忽视的力量。

567年，原隶属于达光王国的混鲁、混赖兄弟，趁达光王国因不断受到骠国入侵而国力衰微之机，脱离达光王国，与勐宛国一起建立了"果占壁王国"，史称"前果占壁王国"，建都于勐卯。随后，果占壁王国又趁势兼并了达光王国，并将骠人势力彻底驱赶出伊洛瓦底江东岸，保证了西南一百多年的和平安宁。

虽然在南诏国破灭之后，前果占壁王国的遗民们又再次复兴了王国，史称"后果占壁王国"，但勐宛国这个由德昂族先民建立起来的王国却渐渐淡出了历史，曾经巍峨的巴达山王城在历史风雨的剥蚀下逐渐湮没于荒草莽林之中，只留下残垣碎瓦让当今的游客临风凭吊，女王风华绝代的背影也在历史云烟中逐渐淡褪模糊，只遗下一部灿烂的部族史诗《达古达莱格莱标》。

如今，巴达山脚下的户弄还是一个德昂族聚居的村寨，他们在守望着自己祖先曾经的王城，传唱着自己民族的《达古达莱格莱标》，讲述着祖先的英雄故事，传承着自己的习俗。当年征战的水鼓在每年的泼水节都会咚咚敲响，只不过那是欢庆德昂族人走向富裕，走进新时代的鼓声……

芒棒德昂族奘房

第一章 激荡在边陲历史风烟中

"活袍"《遮帕麻和遮米麻》的吟唱声

阿昌族，这个有璀璨史诗的民族，这个有精神家园和灵魂皈依的民族，伴随着一代代"活袍"《遮帕麻和遮米麻》的吟唱声从历史深处一路走来，跟跟跄跄地走过了原始部落、封建农奴时代，小心翼翼地走向新中国，昂首阔步地走进新时代。

在德昂族人繁衍生息的美丽富饶的勐宛坝的西北面崇山峻岭间，镶嵌着一个如碧玉般美丽的高山小平坝。相传在南北朝时期，一个操着羌语的阿昌部落（唐史书称其为"娥昌""莪昌"或"阿昌""萼昌"）迁徙到了这里。他们给这里起了一个漂亮的名字——"勐撒"（今陇川户撒）。

一日傍晚，剽悍的阿昌族男人们狩猎归来，猎获颇丰。早他们归来的妇女、孩子们也带回了满箩满兜的野果野菜。夜幕降临，饱餐之后的人们围着熊熊篝火，专注虔诚地倾听着手持羽扇、头插鸟翎、声音沧桑洪亮的"活袍"（巫师），讲述人类的始姐遮帕麻和遮米麻造天织地、创造人类的故事。

在远古的时候，既没有天，也没有地，只有混沌。混沌中无明无暗，无上无下，无依无托，无边无际，虚无缥缈。记不得是哪年哪月，混沌中忽然闪出一道白光。有了白光，也就有了黑暗；有了黑暗，也就有了阴阳。阴阳相生诞生了天公遮帕麻和地母遮米麻。明暗相间产生了三十名神将、三十名神兵。

遮帕麻没有穿衣裳，腰上系着一根神奇的"赶山鞭"，胸前吊

佛事

着两只山一样的大乳房。他挥动赶山鞭招来三十名神将、三十名神兵,还有三千六百只白鹤飞到他的身旁。他叫三十名神兵背来银色的沙子,叫三十名神将挑来金色的沙子,叫三千六百只白鹤鼓动着它们雪白的翅膀,掀起阵阵狂风。有风就有雨,遮帕麻用雨水拌金沙造了一个太阳,用雨水拌银沙造了一个月亮。遮帕麻造的月亮就像泉水凉阴阴、清汪汪,遮帕麻造的太阳就像阿昌族人家的火塘火辣辣、亮堂堂。太阳造好了,可惜没有窝;月亮造好了,可惜没有放的地方。遮帕麻用右手撕下左边的乳房,变成一座太阴山;又用左手撕下右边的乳房,变成一座太阳山。两座山一样,高十万八千丈。遮帕麻舍

去了自己的血肉，从此以后，男人没有了乳房。遮帕麻张开胳膊，右边夹起光闪闪的月亮，左边夹起火辣辣的太阳，迈开了巨人的步伐。他跨出一步就留下一道彩虹，他走过的地方踩出了一条银河，他喷出的气体变成了满天的白云，他流下的汗水化作无边的暴雨。遮帕麻来到山腰，举起月亮放到太阴山顶上，让月亮有了歇脚的地方；举起太阳放到太阳山上，从此太阳有了归宿。遮帕麻在两山中间种了一棵桫椤树，让太阳和月亮绕着桫椤树转。太阳出来是白天，月亮出来是夜晚。遮帕麻又用珍珠造了东边的天，用玛瑙造了南边的天，用玉石造了西边的天，用翡翠造了北边的天。天造好了，遮帕麻派龙鹤早犍做东边的天神，派腊甞早列做南边的天神，派孛劭早犍做西边的天神，派毛祢早犍做北边的天神。

❶ 户撒乌龟塔
❷ 户撒坝子

就这样，遮帕麻创造了日月，定下了天的四极。他造的天像张开的布幕，他造的日月光芒四射，遮帕麻的名声从此流传开来。

在天公造天的同时，地母也开始织地。地母遮米麻刚诞生的时候，裸露着身体，头发和脸毛有八十八丈长，长长的脖子上长着一个比柁果还要大的喉头。遮米麻摘下喉头当梭子，拔下脸毛织大地。从此以后，女人没有了喉头，也没有了胡须。遮米麻拔下右边脸上的毛，织出了东边的大地；拔下左边脸上的毛，织出了西边的大地；拔下下颌的毛，织出了南边的大地；拔下额头的毛，织出了北边的大地。东、南、西、北都织好了，大地比簸箕还要平。遮米麻的脸上流下了鲜血，鲜血成了大海，淹没了整个大地。遮米麻用她的肉托起了大地，使世界有了生机。遮米麻的功绩就像大地宽阔无际，像海水深不见底。

天公造完了天，地母织完了地，但是，天造小了，地织大了，天边罩不住地缘，狂风席卷着海面，波浪拍打着太空。遮帕麻拉住东边的天，大地露出了西边；拉住南边的天，大地露出了北边。苍天拉出阵阵炸雷，震撼着天涯海角。遮米麻连忙抽去三根地线，大地产生了

强烈的地震。结果大地有的地方凸起，有的地方凹下。凸起的地方成了高山，凹下的地方成了平原、山箐。大地缩小了，天边盖住了地缘。从此，白天太阳把大地照得通明透亮，夜晚月亮洒下银色的光芒；青草把平原铺满，森林把高山遮住，鱼儿在水里嬉游，小鸟在空中歌唱。

天幕和大地合拢了，天公来到了大地上。"是什么样的巧手织出来的大地？是什么样的魔法使大地能伸能缩？"望着苍茫神奇的大地，遮帕麻百思不解。他带着神兵神将，提着赶山鞭，在大地的四周漫游，要把创造奇迹的地神找到。

遮米麻把抽出的三根地线绕成线团收好，看着给大地投来光明的月亮，给大地送来温暖的太阳，以及慢慢飘来浮去的朵朵白云，好似走入了一座迷宫。她拼命地奔跑起来，上高山，下深箐，要去找寻造天的神。肚子饿了，她爬到树上采下鲜嫩的树尖，摘来山果充饥；夜幕降临时，她就在石洞、树洞里藏身；天热时，她把芭蕉叶顶在头上；寒冷时，她把树叶、茅草披在身上。

在一个晴朗的早晨，空气是清新的，没有丝毫声音，河水停止了流动，林木也垂下了枝叶，一切都在静静地等候着天公和地母的来临。在大地的中央，在高高的无量山上，遮帕麻和遮米麻相遇了。他们的相见就像太阳和月亮第一次见面的情形，他们的相见就像星星盯着大地，永远不会满足。

遮帕麻赞扬遮米麻织的大地有巍峨的崇山峻岭，有辽阔的大草原，有肥美的河谷坝子，还有那宽阔的海洋。他说："我造的天就像一朵云彩随风飘，只因有了你织的大地，天才有了支撑，有了根底。"

户撒帮傲古柏

遮米麻伤心地答道："山高没有人砍柴，林深没有人打猎，田野肥沃没有人去耕耘，海洋宽阔没有人去打鱼，大地有什么用？还得有支配世界的人啊！"

"你能织地，我会造天，让我们结合在一起来创造人类吧。"遮帕麻说道。

古老的时候，大地上仅有遮帕麻和遮米麻这一对人类的始祖，无人为他们说媒，也没有人为他们定亲。他们想结合在一起来创造人类，又怕违背了上天的旨意。于是，他们就决定到相距很远的两个山头上，各生一堆柴火，让腾起的火烟代表天意。遮米麻用两块石头相碰找到了第一个火种；遮帕麻挥舞赶山鞭，抽出一串串火花。他只留下一朵火花点燃了自己的柴堆，其他火花飞到天上，变成了满天的星斗。两座山头上同时冒起两股浓烟，在高高的天空上相交，合成了一股青烟，久久地在天上扭转盘旋。

遮帕麻和遮米麻结合了，他们就安身在大地的中央。过了九年，遮米麻生下了一颗葫芦籽，遮帕麻把这颗葫芦籽埋在土里。又过了九年，葫芦籽发出了芽，葫芦藤长得有九十九丈长，可是，整根藤上只开了一朵花，只结了一个葫芦。葫芦越长越大，遮帕麻怕它撑破大地，就用大木棒打开了一个洞，从里面跳出来九个小娃娃。最初的人类就这样被创造出来了。但是，在很长的时间里，他们不知道该怎样发挥他们的四肢，也不知道怎样使用他们的大脑；他们既不会制作熟食，也不会建造房屋；他们如同鸟兽一样，被变幻莫测的大自然吓得躲进了深深的土洞里。后来，遮米麻教会了他们刻木记事，用占卜和咒语来驱赶疾病和灾难；遮帕麻教会了他们打猎、做熟食和盖房子。

大风吹过树梢，带走树木的种子，撒满大地的每个角落，独木变成了森林；鲤鱼到浅滩上摆籽，把鱼种黏在沙粒上，海水卷走沙层，鲤鱼布满了大海。九兄妹互相交往，人类就慢慢地多起来了。而且，他们不像他们的父母那样愚昧无知，他们已变得聪明能干，他们的生活一天比一天过得好。

这样的好日子不知过了多少年，突然，在一个早晨，闪电劈倒大树，惊雷打落了窝里的小鸟，狂风吹开了天幕的四边，暴雨降落到大地上，洪水淹没了所有的村庄，大地又变成了一片汪洋。

天破了地母会补。遮米麻用原来留下的三根地线缝合东边、西边和北边。一根地线缝一边，只缝合了三边就用完了三根地线，南边的天地无线缝补。东边的天补好了，太阳和月亮又从那里升起；西边的天补好了，太阳和月亮又到那里歇息；北边的天补好了，深夜里，北斗挂在北边的天幕上。只有南边的天无线去缝补，还在刮大风，下暴雨。

遮帕麻和遮米麻商议，决定在拉涅旦造一座南天门，来挡住从南边吹来的风雨。有一天早晨，天还没有亮，遮帕麻就告别了遮米麻，带领着三十名神将和三十名神兵，挥动着赶山鞭向南方出发了。高山挡住去路，遮帕麻挥动赶山鞭，把它赶到一旁；河水拦道，遮帕麻把赶山鞭往河两岸一搭，就架起一座桥梁。走了不知多少日夜，终于到达了拉涅旦。

拉涅旦的平地泡在水里，活下来的人和动物一起被困在山头上。洪水每天还在往山顶上涨。遮帕麻立即率领兵将用石头筑起了一道挡洪水的墙，用木头造了一座挡风门，这门就叫南天门。洪水制服了，风雨被挡住了，动物又开始了寻找食物和繁殖后代的活动。人们又从山顶上回到了平地，重新建设他们的家园，恢复了和平与安宁的生活……

《遮帕麻和遮米麻》这两千多行的史诗，"活袍"连唱带讲就是一天一夜。一代代的活袍口口相传，从汉唐时勐撒的峨昌人一直

❶ 青龙白象
❷ "活袍"吟唱

第一章 激荡在边陲历史风烟中

025

传唱到如今的阿昌族。

一个有史诗滋养的民族，注定具有诗人的情怀、文人的气质。即使没有自己的文字，也不妨碍他们创造出丰富多彩的民间文学。长篇叙事诗《曹扎》《铁匠战龙王》，风俗故事《谷稷》《亲堂姊妹》《胯骨》，动物故事《麂子和豹子换工》《老熊撕脸皮》等，都脍炙人口，生动感人。"对歌"更是阿昌族青年男女在业余时间十分喜爱的活动。大致可分为三种：一种叫"相勒吉"，是男女青年在野外对唱的山歌，一般是触景生情，即兴作词，山、水、云、树等都可入歌；一种叫"相作"，是在夜深人静时，男女青年在林

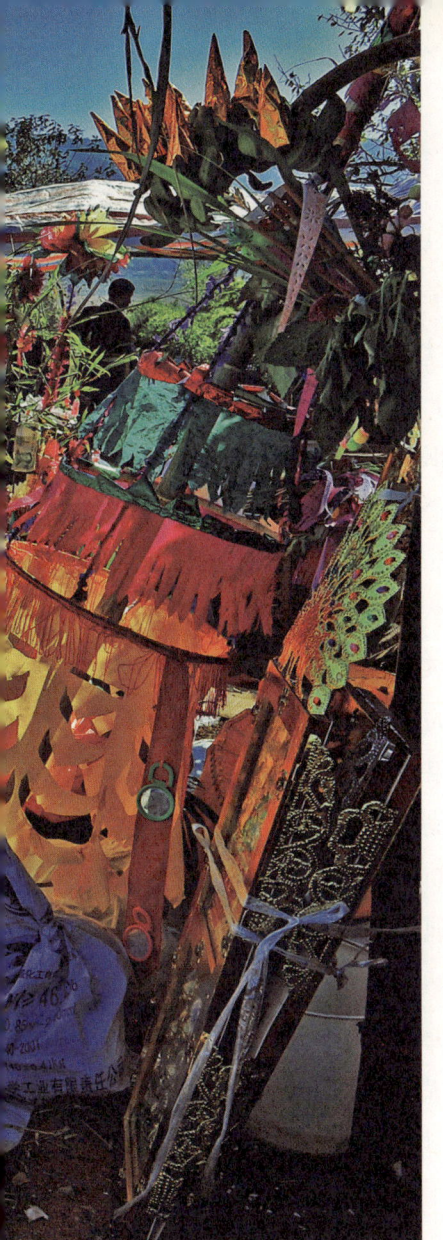

间幽会时，低声对唱的情歌，感情真切，常常一唱就是一个通宵；还有一种叫"相勒摩"，也是一种对唱的情歌，曲调幽雅亲切，歌词含义深刻，比喻生动。如：

女：听妹说句心底话，
　　小郎采花到妹家，
　　烧起火塘把歌拉，
　　叫声小哥莫要忙，
　　听妹说句心底话。
　　妹是樱花开山顶，
　　不是灯花供在家；
　　砍条道路把山上，
　　山顶才得百年花。
　　风吹波浪一层层。
男：怒江难舍大洋海，
　　情郎难舍有情人。

女：风吹波浪一层层，
　　摇动荷花花无声。
男：水上荷花水下藕，
　　无声连成一条心。
女：藕断两节丝不断，
　　人隔两岸心不分。

　　有歌声的地方就必然有乐器，阿昌族的乐器主要有竹琴、洞箫、葫芦笙、三月箫、铜口弦、三弦、象脚鼓、铓锣等。其中，葫芦笙和三月箫不仅是阿昌族人民最心爱的传统乐器，还是男女青年传情示爱的媒介。每年农闲季节或各种节日集会期间，以及平时的劳动之余，都

祈福的阿昌族信众

是阿昌族男女青年谈情说爱、寻觅终身伴侣的大好时光。每当这些时候，男青年不管走到哪里，都要把三月箫斜插在脖子后面的衣领里，或者别在腰间。无论是在村边、寨旁，还是在赶街的路上，只要遇到心爱的姑娘，便吹起动听的乐曲，传意请姑娘停一停，然后上前搭话逗趣，询问姑娘的芳名贵姓。如果姑娘此时还情无所属，又有意相识，便巧妙应答。小伙子心领神会，主动提出送姑娘回家，姑娘则以"要送就要送到寨子头，不能送半路"相答，于是小伙子高高兴兴地吹起箫，唱起山歌，陪同姑娘回家，纯真的爱情便由此开始。每当夕阳西下，小伙子吃罢晚饭，忙着洗漱收拾一新，悄悄来到自己心爱的姑娘家附近，吹起葫芦笙，用优美的曲调逗引心上人出来相会。姑娘听到这亲切而熟悉的曲调，心慌意乱，赶紧回房梳妆打扮，然后借故外出，与情人幽会。如果是初次拜访，姑娘的嫂子或母亲还会热情开门相迎，请小伙子到屋里火塘边坐下，家人纷纷回避。于是小伙子和姑娘就在火塘边含情脉脉，相对而坐，或对唱情歌，或窃窃私语、情话缠绵，待到雄鸡报晓，才依依不舍地分手。古往今来，不知有多少阿昌族青年用这神奇的葫芦笙引来美丽的姑娘，喜结连理。连阿昌族人的婚礼也充满情趣，在男女青年结婚的婚宴上，首先要请新娘的舅舅坐在上首，并摆上一盘用猪脑拌制的凉菜，酒宴后舅舅要送新娘一条约4.5千克的带猪尾巴的后腿，称为外家肉，表示新娘要永远不忘娘家的养育之恩。

  一个有如诗人般浪漫情怀的民族，注定是一个积极乐观、不懈追求美的民族。阿昌族的服饰简洁、朴素、美观，但颜色鲜艳无比。男子多穿蓝色、白色或黑色的对襟上衣，下穿黑色裤子，裤脚短而宽。小伙子喜缠白色包头，婚后则改换黑色包头。有些中老年人还喜欢戴毡帽。青壮年打包头时总要留出约40厘米长的穗头垂于脑后。男子外出赶集或参加节日聚会时，喜欢斜背一个筒帕（挎包）和挎一把阿昌刀，更显得英俊而潇洒。妇女的服饰因年龄不同和婚否有别：未婚少女平时多着各色大襟或对襟上衣、黑色长裤，外系围腰，头戴黑色包头；已婚妇女一般穿蓝黑色对襟上衣和筒裙，小腿裹绑腿，喜用黑布缠出类似尖顶帽状的高包头，包头顶端还垂挂着四五个五彩小绣球。每逢外出赶集、做客或喜庆节日，妇女们都要精心打扮一番。她们取出珍藏的各种首饰，戴上大耳环、花手镯，挂上银项圈，在胸前的纽扣上和腰间系挂一条条长长的银链……此时的阿昌族妇女，全身银光闪闪，风采万千。走进阿昌族村寨，你还会发现阿昌族青年男女都喜欢在包头上插饰一朵朵鲜花。这朵朵鲜花，不仅美观，而且被视为品性正直、心灵纯洁的标志。另外，众多的民族节日，伴随着阿昌族人度过了漫长的艰难岁月，迎来了民族的新生。户撒地区的阿昌族普遍信仰南传佛教，每年有定期的"进洼""出洼""烧白柴"等宗教节日和活动。此外，因受汉族影响，也崇拜祖先。除宗教节日外，户撒的阿昌族，一年还有一些较大的民族节日，如赶摆、窝罗节、会街节、尝新节、泼水节等，以及火把节、换黄单、浇花水等节日活动，其中以火把节和窝罗节的规模较大，活动内容较多。

  一个有史诗传统的民族，一般都不会迷失在历史的艰难困苦之中，苦难的磨砺只会让他们更具有生存的智慧，创造出能让他们坚守这个民族的血脉和传统的独特技艺。尽管阿昌族一直都是一个少小民族，历史上深受奴役和压迫，连自己的山官头人也大多由屯垦的朝廷军官充任，但勤劳、坚韧的阿昌族人却在生活的夹缝中迸发出无与伦比的生存智慧。阿昌族的先民从戍边屯垦的汉兵那里学会了耕种水田、打制铁器的技术，促进了阿昌族农业和手工业的分工，商品经济有了初步发展，并把阿昌族的手工技艺发展到了登峰造极的地步，创造了只属于户撒阿昌族人的"三宝一绝"……

  阿昌族，这个有璀璨史诗的民族，这个有精神家园和灵魂皈依的民族，《遮帕麻和遮米麻》的吟唱声从历史深处一路走来，跟跟跄跄地走过了原始部落、封建农奴时代，小心翼翼地走向新中国，昂首阔步地走进了新时代。

《目瑙斋瓦》：景颇族创世史诗

> 倾听历史久远的声音，了解自己民族的历史，既能使人们在斋瓦虔诚的吟诵中得到心灵的安抚，又能增加人与人之间友爱互助的感情，增强民族自豪感和凝聚力。

掩映于大山的村寨，源自远古的竹楼，采摘自然的食物，养育了一代又一代景颇族人。

天地始创，祖宗起源，宗教文化，风俗礼仪，英雄人物，人祸天灾……每一个民族都有太多需要铭记的东西，结绳记事，刻木记事……都经不住时光的磨损，岁月的吞噬，终有模糊淡忘到再也看不清楚，再也想不起来的时候。原先没有文字的民族如何记载历史？怎样传承文化？唯有口耳相传，口头吟诵，把民族的历史记忆变成一首诗，变成一支歌，在后世子孙的血液里、脑海中，一遍遍唱响。

《目瑙斋瓦》就是一部口耳相传下来的景颇族创世史诗，按载体来分，它属于口碑载体古籍。全书由序歌、天地的形成、平整天地、洪水、宁贯杜娶亲、目瑙的来历和大地上的生活七个章节组成，万余行诗句行云流水般从开天辟地吟唱到人们取火、找水、打刀、制土罐等生活场景，景颇族始祖用瑰丽奇特的想象阐释着天地万物的来历，以口头吟诵的方式记录了一个单纯的时代——远古。

远古，

天还没有形成，

地还没有产生。

这是《目瑙斋瓦》的第一句，关于天地形成的叩问是人类最早的困惑。平坦的坝子，隆起的群山，太阳、月亮轮番出巡的天空缘起何时？这是一个巨大的叩问，神秘，无解，让人惶惑不安。每一个族群里都有智者，他们杜撰出神话，让大家相信有一种万能的东西叫作神。神开创了天地，创造了人类和万物。茅盾认为神话的产生最初就是为了回答天地缘何始、人类从何来之类的问题。

在《目瑙斋瓦》里，天地最初是"朦胧和混沌"的，这和盘古开天辟地的故事不谋而合，不同的是生活在混沌中的盘古辟开了混沌，他的手托起了天，脚踏出了地，而景颇族的开天劈地者是一对夫妻，男的叫能万拉，女的叫能斑木占。

在朦胧和混沌里，

上有能万拉，

下有能斑木占。

…………

创造天地的神已有了。

国家级非物质文化遗产之景颇族目瑙纵歌节

第一章 激荡在边陲历史风烟中

031

景颇族长老

男神有了,
女神有了。
就要造天了,
就要打地了。
万事该出现了,
万物该产生了。

　　直白朴素的诗句反映了景颇族先祖大胆璀璨的想象,是他们对天地万物最初的思索。能万拉和能斑木占创造了天与地,最初的大

地不够坚实稳定，不停地摇摆晃动，他们借助太阳和月亮稳定了天地。他们还生下了全知全能的潘瓦能桑遮瓦能章，在潘瓦能桑遮瓦能章的指点下，万事万物产生了，并有了名字。

天空出现了，
大地形成了。
天上没有飞的，
地上没有走的，
天空感到冷清，
大地觉得寂寞。

潘瓦能桑遮瓦能章便对父母说：

父亲能万拉呀，
母亲能斑木占，
创造天上飞的吧，
生下地上走的吧。

景颇族先祖生活的时代还谈不上什么修辞手法和表达技巧，他们本真质朴的表述却有着清新空灵的气息。能斑木占生下了老鹰、乌鸦、蝙蝠、蟒蛇、虎、豹、大象、青蛙、蚂蚁……天空不再冷清，大地不再寂寞。

彭干支伦和木占威纯是能万拉和能斑木占的后世子孙，他们继续着祖辈的创造繁衍，在第一章的第六小节"彭干支伦和木占威纯的创造和繁衍"里，他们生下了旋风、微风、雾和露。连自然现象都是创世神生下来的，这想象奇妙得令人拍案。

让旋风去使天晴朗，
让微风去使地干硬
…………
让雾洗尽天上的灰，
让露除去地上的尘。

风、雨、雾、露原来有着这般作用，能让天空变得更加清朗透彻，会让大地变得更加洁净秀丽。如此文艺的描述让人读来倍感清爽。

木占威纯还生下了巨石和绳索，用来绑缚、稳固大地。这和女娲补天有异曲同工之处。天真烂漫的想象毫无科学道理却没有半点矫情，让天地从何起这样无法求解的问题暂时有了交代。

飞鸟流云，雨雪霜雾，走兽虫鱼，花草树木……在《目瑙斋瓦》里世间万物自有其存在的道理。这朴拙自然的思想，有着平衡生态、和谐共处的意义，这道理在口头传承的古老诗歌里就存在着，但至今依然有人不懂，对生态环境的破坏、对动物的虐杀时常上新闻头条。难道人类就不怕回到神话中清冷寂寞的天地之初吗?

第二章第二小节是"特荣特热拉撒树种",吟唱了特荣特热拉从树的父神松炯拉、母神松炯木占那里取到树种和草籽,四处播撒,反映了景颇族祖先改造自然、人工耕种的开始。

> 辽阔的大地上,
> 长出了千种树,
> 生出了万种草,
> ············
> 千座高山好看了,
> 万个坝子美丽了。

如何摆放人在天地间的位置体现着一个民族的自然观。景颇族敬畏自然、感恩自然,也肯定人类改造自然的积极作用。在人类的努力下,大自然变得更加美丽富饶,"千座高山好看了,万个坝子美丽了",毫不造作的诗句带着我们翱翔天空,俯视大地,看到了沟壑纵横的千山万水、物产丰富的辽阔原野。大地美不胜收!

第一章第十三小节"尹知拉和尹暧木占的创造繁衍"中人类出现了,诸神在造出天地之后开始造人。

> 彭干支伦的创造,
> 木占威纯的繁衍,
> 生下了一个,
> 没有脖子没有脚,
> 像冬瓜一样的东西。

这冬瓜一样的东西就是人类的雏形。全知全能的潘瓦能桑遮瓦能章用长刀把它一劈两半,一半为男一半为女,又给它们安上了鼻子、眼睛、耳朵、嘴巴和舌头，吹上一口仙气，他们会动会呼吸了。

《目瑙斋瓦》第三章第一小节"宁贯杜发洪水"讲述了一个族群内部纷争的故事。宁贯杜是景颇族打天造地的英雄，他得到百姓的拥戴，做了景颇族的第一代官，百姓都要向他交纳肉类和谷物，还要无偿为其做工。这引起了他的九个侄儿的嫉恨，他们预谋杀掉宁贯杜。宁贯杜为了惩罚他们，引发了一场滔天的洪水，淹没了大地万物。这是上层统治阶级的斗争，也隐喻人类若违背自然法则将会受到大自然的惩罚。

《目瑙斋瓦》洋洋洒洒，一文万言。阴阳搭配、雌雄结对的男神女神们前赴后继地创造了万事万物，以此解答了天地形成、人类诞生、万物缘起等重大问题。其间还记录了人类认识自然、改造自然的过程，人类的智慧不容忽视。在最后一章"大地上的生活"中，述说了景颇族先祖不断总结生活生产经验，学会了取火、找水、打刀、制造陶罐、盖房子、纺线织布……还形成了婚嫁的习俗。

有了新的天，有了新的地。天上飞着乌鸦、老鹰、犀鸟，地上跑着虎、豹、大象、猴子，草丛里爬着蟒蛇、蛐蛐、蚂蚁，泥土里住着穿山甲。在《目瑙斋瓦》里，大自然丰饶美丽，山坡上稳固的竹楼盖起来了，铁砧上雪亮的长刀打好了，织机上五彩的筒裙织成了……在《目瑙斋瓦》里，俗世的日子也诗意盎然。

然而，景颇族，这个人口有限却强悍不屈的民族，在那个"丛林法则"主宰的时代，注定了它颠沛流离的命运。

"我们的发祥地在'蒙果利亚'，在米娃盟（中国北方）的定东木嘎迭，离我们现在居住的地方非常遥远。你要用脚走的话，一生哪怕把你的胡子走白了、腰都走弯了也不会走到头。祖先们迁徙到现在我们居住的这个地方，是不知走了'办各迭'（多少个春秋）才走过来的。要是你们娃娃们想听古代人的这些故事和历史，想详细听的话，必须找董萨斋瓦，因为这些故事和历史都藏在他们的脑海里……"

这是一代代景颇族的阿公们对子孙们重复的一段话。他们说这些都是从董萨斋瓦那里听来的，还告诉子孙们一段遗憾之事："曾经听董萨斋瓦讲过这些历史故事，但大多都记不得了。至今让我难以忘怀的是迁徙路途经过的沙子山、沙子凹，全在沙浪起伏的大沙漠里。还有大草原、大平原，千里之外是云雾弥漫的天边。迁徙途中还经过戳到天的山峰、浩瀚的大森林、冰风雪地以及波涛汹涌的江河，这些地方都留下了祖先们的足迹。给我记忆最深刻的还有上辈人讲述的那高得与天相连的白雪山地，祖先们就住在那样的雪山脚，不知生活了多少年，谁也记不清。由于在这里居住的时间太长，把这以前的迁徙生活差不多忘得一干二净了，绝大多数的祖先们只记住了这个人间难熬的历史沧桑地域——青藏高原。因那地方常年冰不会化，听起来使人感到毛骨悚然，真不知道祖先们是如何生活过来的，难怪祖先们忘了以前的历史。从那地方以后又是一次大迁徙，听说是顺江而下。那条江河是激流河，上游河水波涛汹涌滚滚而来。祖先们走啊走，到了一个江面突然开阔的地方停留下来。那里有比较宽广的沙滩，听说祖先们就在这里举行过规模宏大的'目瑙纵歌'。这是祖先们迁徙以来一次比较大的大会合，几乎所有景颇族人都集中在一起，人多得比正在大搬家的蚂蚁还要多。对了，这次的'目瑙纵歌'就是为了又一次即将开始的大迁徙而举办的，宰杀了五十多头大象。"

❶❷ 目瑙史诗晚会

"可惜，祖先的祖先们还不知道自己是什么样的人群支，直到最后走出来，与其他不同穿着、不同习俗、不同语言的人群相遇之后，他们的子孙也才知道自己是'仲颇阿谬'（景颇族）。传说有资历的百岁老人去世后，要把他（她）的灵魂送回'蒙果利亚'……"

年逾古稀的阿公们在火塘边一遍遍给子孙们讲述的这些故事，让我们窥见了景颇族人的历史与艰辛。

如今，"目瑙纵歌"作为景颇族盛大的民族节日，每次举办时都有成千上万人来参加。人们围成圈，在"瑙双"的引领下，按照"目瑙示栋"上的迁徙路线图，伴着震天动地的民族鼓乐尽情地跳舞，一片欢歌笑语，氛围温馨而热烈。在舞蹈中，人们忘记了过去一年生活中的磕绊，用欢快又神圣的心情为新的一年祈福。景颇族同胞们还经常沉浸在董萨斋瓦吟诵《目瑙斋瓦》的神圣氛围中，感受着先辈们创业的艰难，表达着对祖先、神灵的缅怀之情，感念共产党、新中国让自己摆脱贫困，走向富裕。

倾听历史久远的声音，了解自己民族的历史，既能使人们在斋瓦虔诚的吟诵中得到心灵的安抚，又能增加人与人之间友爱互助的感情，增强民族自豪感和凝聚力。

果占壁王国：祖国西南屏障

无论是作为历代中原王朝的藩属国，还是作为中央的地方行政区域，地处边陲的果占壁一直都作为中原王朝的西南屏障，长久而顽强地抵御着外族的不断入侵。

达光王国，是傣族先民在云贵高原地区建立的军事民主制国家，包括汉史中记载的哀牢国（前达光王国）和唐史中记载的掸国（后达光王国）。达光王国最早出现在澜沧江、怒江上游地区，以达光（今保山坝子）为其政治文化中心。1世纪前后，汉帝国势力逐渐渗入云贵高原，在达光王国的领土上设置了永昌郡，达光王国的统治中心被迫转移到伊洛瓦底江上游地区。

5世纪，麦克亚王朝统治下的骠国逐渐强盛起来，不断侵扰其东北面的达光王国，达光国南部的傣族民众苦不堪言。尚列佐满王为抵御骠国侵扰，率傣族军民沿伊洛瓦底江南下，在瓦南班地区砍伐森林、开垦田地、建立城镇，并派兵镇守瓦南班。517年，尚列佐满去世。达光王国内各部族头人为争夺利益而相互攻伐，骠国也趁机蠢蠢欲动。为稳定局势，大臣们拥立贤能的三等和尚继位。562年，三等和尚去世，还政于尚列佐满的后人尚列佐。

尚列佐当政伊始，骠国又开始不断侵扰达光王国，严重

威胁达光都城蒲甘姆。骠国与达光王国的冲突不断升级,达光王室忙于应对骠国的进犯,对国内各部族的统治则日益松弛。怒江(萨尔温江)中下游以东、澜沧江中游以西勐熙、勐翰一带的傣族"诏法弄"(土司头人)混鲁、混赖兄弟趁机坐大,兼并周边领土,并于567年与勐宛(今陇川)德昂族共同建立了果占壁王国(567—

❶❷ 陇川坝子

762），建都城于勐卯（今瑞丽），史称"前果占壁王国"。其涵盖今中国德宏和缅甸东北部广大地区，以此足见其辖地之辽阔。

前果占壁是同时期众多傣族王国中最强盛的一个王国，曾经让贪婪的骠人近百年不敢东侵，有力地保障了大唐帝国西南疆土的安全。

但长期歌舞升平的日子逐渐销蚀了王国的战斗力。后来，洱海地区南诏国在唐王朝的支持下迅速崛起。762年，南诏国占领果占壁首都勐卯，历经195年的前果占壁王国被南诏国吞并。南诏国王阁罗凤为防止混氏王族和德昂王族再度崛起，在原果占壁都城附近另建王城，派其女婿混等镇守，同时防范南部骠国的进犯。失去政权的混氏王族隐退至祖居地勐熙、勐翰一带，而德昂族王室则率领大量族人继续向西南迁徙。现在陇川境内的德昂族，大概是当年留守巴达山老王城的德昂族人的后裔。南诏国吞并了前果占壁后，不久又灭亡了历经千年的骠国，一度把势力范围扩张到伊洛瓦底平原。

唐乾宁四年（897年），南诏国权臣郑买嗣指使杨登杀死南诏王隆舜。唐昭宗天复二年（902年），郑买嗣又起兵杀死舜化贞及南诏王族八百余人，灭亡南诏，建立大长和国。

失势的傣族被迫迁离洱海地区，一部分经永昌（今保山）向怒江、伊洛瓦底江流域迁徙，一部分经银生（今景东）向澜沧江流域迁徙。怒江、伊洛瓦底江中上游的傣族各部落四分五裂，不断受到蒲甘等小王国的侵扰。澜沧江下游的傣族则陷入了孟人的统治。加之白族先民控制的大理政权步步紧逼，离洱海比较近的傣族开始被大理政权收编，离洱海比较远的傣族各部落则犹如一盘散沙，陷入极度的混乱状态。

954年，岛列、岛罕兄弟带各部头人到勐熙拜见因勐，请混氏家族出山统一傣族各部。因勐顺势答应岛列、岛罕等人的请求，派出混傣翰等13人率军西渡怒江，着手重建了果占壁王国,史称"后果占壁王国"。

后果占壁王国一直向大宋称臣纳贡,成了经济强盛而军队弱势的大宋王朝与经济落后而军队强势的蒲甘王朝之间的战略缓冲地带,曾多次粉碎蒲甘人的东侵图谋。在历次抗击蒲甘人的战争中,勐卯"诏法"(地方土司头人)混岛雅鲁、混货顿父子厥功至伟。当时,勐卯在雅鲁父子的治理下不断壮大,成为果占壁各"诏法"中军事实力最强大的部族,在抵御外族入侵中发挥了最主要的作用。果占壁各部落纷纷依附,影响力甚至超过首都"允线遮"的"诏弄"(国王),混货顿被傣族民众尊称为"诏法弄宏勐"(意为"宏勐王""荫庇国家的大王")。

1176年,混货顿之子混果琅去世,无子嗣继承王位,诏弄傣蚌派其三弟芳罕接管了勐卯。芳罕到勐卯后,在瑞丽江畔修建陪都"允外遮",与首都"允线遮"遥相呼应,坐镇"允外遮"管理果占壁各部。

1253年,草原王忽必烈灭大理国建云南行省。1254年,蒙古大军越过澜沧江、怒江,进攻果占壁。果占壁军民奋起反抗,蒙古大军损失惨重。之后,蒙古将军步鲁合答采取野蛮屠戮、血腥威慑的手段,每攻破一城一寨,就大量杀戮傣族士卒和百姓。果占壁各部听闻蒙古大军的残虐,或逃亡或归顺,芳罕最后只能管辖勐卯一带的领土,最终也不得不归顺元朝。很多百姓为躲避蒙古大军的杀戮抢掠,开始向更远的西方及南方迁徙。

1261年,果占壁各部合派八位使臣赴大都(在今北京)朝觐忽必烈。蒙古人改果占壁为"金齿",并设置金齿安抚司。1276年,改设为金齿宣抚司,建金齿六路总管府于永昌(保山),下设麓川(瑞丽、陇川)、平缅(梁河南部及陇川北部)、镇西(盈江)、茫施(芒市、遮放)、柔远(保山潞江坝)、镇康(永德、镇康)六路予以管辖。至此,后果占壁王国已名存实亡。

1311年,女王喃玉罕良去世,众大臣迎芳罕庶子思可法继承果占壁王位,改国号为"麓川"。至此,果占壁王国彻底终结。

前、后果占壁王国经历了从唐代到元代的漫长历史。无论是作为历代中原王朝的藩属国，还是作为中央的地方行政区域，地处边陲的果占壁都一直作为中原王朝的西南屏障，长久而顽强地抵御着外族的不断入侵，前有骠国、孟人，后有蒲甘人、蒙古大军。即便说这些傣族、德昂族等少数民族的先民是为了自己的生存而战，但他们事实上用自己的热血和生命捍卫了中原王朝的领土完整，为中华民族的文明发展做出了不可磨灭的贡献。

不忘中原魂：麓川王国

> 对麓川王国的功过是非历代史家众说纷纭，争论不休，褒贬不一。但它直接影响了元明两朝的盛衰兴替，对中国乃至东南亚地区后来的历史发展进程产生了一定的影响，并事实上长期屏蔽了外族对中原的侵扰，这是任何史家都无法否认的。

1294年，元朝皇帝册封的金齿宣抚司的麓川路总管，也是名义上的后果占壁国王芳罕次女喃玉罕良袭总管职。1310年，喃玉罕良去世，麓川路总管无人继承。次年，经"波勐"商议，迎回被芳罕赶走的小妾召南宛母子，拥立其子混依翰罕继承麓川路总管。

1312年，站稳脚跟的混依翰罕脱离元朝金齿宣抚司，在勐卯称王，以猛虎曾跃过头顶而自号"思可法"（又名思汉法、思汗法），重新恢复王国称号。

一日，思可法召集群僚议事，思可法开言道："我承蒙先祖荫庇、诸位抬爱，能当此大位，实诚惶诚恐。复兴王国大业，需要天时地利人和。如今元朝气势还盛，阿瓦锋芒初露，时不利我；勐卯虽土地肥沃、物产丰富，但无奈地域有限、人口不多，王城又几乎无险可守，地于我也不利；经元将步鲁合答对我族军民的残酷杀戮，许多人逃避他乡，留下的人现在还心有余悸，故也缺乏人和。于今之计，只能韬光养晦，先召回流徙的人口，努力发展生产，休养生息，逐渐壮大自己的力量。希望诸位群策群力，和衷共济，努力于王国复兴的大业。"

皇阁寺

"王，遵命！"堂下齐声应道。

"我果占壁王国历史悠久、地域广阔。我们如果再沿袭此国号，容易引起外界的猜忌，我看就改称'麓川国'吧。这样范围是少了许多，但别人的猜忌也会少了许多。诸位以为如何？"

"王，英明——英明——"众人纷纷表示赞同。

于是，思可法便成了麓川王国的开国君主。

思可法即位后，下的第一道王令，就是要千方百计召回逃往他乡的麓川官民。通过两年的不懈努力，不但大部分出逃的官民都回归了故里，而且还接纳了大量因战乱而逃离家园的难民。

蒲甘王朝经元军的几次征讨早已名存实亡，阿瓦人逐渐

崛起，对东北面的麓川王国虎视眈眈。而勐卯江旱季江面不宽，水流平缓，整个坝子内随处都可以凭竹筏渡江。南坎山属丘陵地貌，无险要可守，勐卯坝一马平川，更是来去自如。只要敌人一过江，麓川老王城首当其冲。且老王城已有两位大王无嗣继位，笃信佛教因果轮回，也涉猎中原道家阴阳五行的思可法还年轻无嗣，也不想冒这个无嗣的风险，于是，在他即位后不久，便将麓川王城正式迁往勐宛坝头，将新都命名为允姐兰。那里依山傍水，后有杉木笼天险可守，前有南京里做屏障，东南西北都有高山环绕，可以抵御来自任何一方的攻击。傣历新年，在新王城举行了空前盛大的泼水节，各傣族、德昂族村寨都组织了嘎央队前往朝贺，其他部族头人也组团前来献礼。

思可法与附近傣族诸王结盟，派使臣前往允线遮（今缅甸兴威）、勐英等地，邀请其头人到允姐兰议事。勐英头人混傣博不来，思可法遂发兵攻占勐英。各地头人闻讯纷纷表示拥护思可法，连被傣族奉为"诏法弄"的勐熙、勐翰鲁赖王族族长诏傣蚌父子也表示称臣。

之后，思可法又先后征服了勐密、景老等地。

1316年，思可法率40万大军东征，一路攻下腾越（今腾冲）、永昌（今保山），直抵勐些（漾濞江河谷平地），适逢耿马的胡岛法出兵勐卯，思可法遂与元朝划澜沧江而治，班师回勐卯。

1317年，思可法挥师征服景迈（清迈）、景线、景栋、勐泐、腊门、腊光等地，击败法思董，法思董称臣纳贡。同年，思汗法起兵90万，以胞弟混三弄为总兵，刀思云、刀帕洛、刀思汉盖等为大将，率兵西征，直抵勐顿顺罕（阿洪王国，今属印度）。勐顿顺罕举国投降，混三弄班师回朝，勐顿顺罕派"混干""波勐"组成使团，携金银贡品到允姐兰称臣纳贡。

不断扩充疆域的麓川王国，开始引来元军的征讨。1343年，麓川军在瑞丽江河谷大败前来进犯的元军，后至芒市河下游三台山再战，亦大胜，麓川军乘胜追击，一直打到大理。此后多年，双方几次发生战争，直到1355年，因长年征战国库亏空，思可法才命其子莽三到大都纳贡请和，元朝于其地设平缅宣慰司，册封思可法为世袭宣慰使。

1369年，思可法去世，其子思并法继位，8年后传子台扁，继位才一年的台扁被叔父诏肖法谋杀而自立。第二年，诏肖法被杀，思瓦法立。两年后思瓦法被大臣所杀，思可法次子思伦法得以继承王位。

1382年，明军占领云南，思伦法为与明朝交好，派使团出使明朝，并将元朝所赐印信交于明朝。1384年，明朝册封思伦法为麓川平缅宣慰使司世袭宣慰使，麓川成为明王朝的属国。

1385年，景东头人俄陶背叛麓川，思伦法派兵征讨，俄陶败逃大理府白崖川。1387年，麓川军队进驻景东府所属的摩沙勒（今新平），沐英派都督宁正出兵攻打，麓川军战败。1388年，为报摩沙勒之仇，思伦法出兵三十万，战象百余头，前往白崖川擒拿俄陶，在南涧与明军遭遇，象阵被破，麓川军伤亡惨重，全军几乎覆灭（定边之战）。1389年，思伦法派使团到京城讲和，朱元璋派杨大用带诏书到勐卯，思伦法承认赔偿损失，并忍痛交出肇事者刀斯朗等一百三十七人。此后，思伦法三年一贡，明朝也多次派人出使麓川，双方关系密切。

1397年，"陶勐"刀干孟发难攻打宣慰司署，思伦法逃至昆明求援于明朝。明朝派兵助思伦法平了刀干孟之乱，并送思伦法回允姐兰。

1399年，思伦法去世，其子思行法继位，麓川势力渐衰，各地傣族头人纷纷脱离麓川自立。明朝乘机册封这些傣族头人，使思行法辖地仅剩勐卯、陇川等地。

1413年，思行法让位于其弟思任法，经过多年的养精蓄锐，思任法于1428年开始向周边扩张，欲恢复祖地。1440年，多次击败明军的进攻，占领干崖（今盈江）、南甸（今梁河）、腾越、潞江、永昌等地。

1441年，明朝命定西伯蒋贵为将军，兵部尚书王骥提督军务，发兵15万征麓川。当年正月，明军汇集永昌，分三路

皇阁寺大殿

西渡怒江，主力在上江（今保山芒宽）围攻麓川主力营寨，血战两日，时遇大风，王骥军趁机纵火焚毁麓川军营栅，才破上江寨。1442年，三路军汇集于腾冲，取道南甸至罗卜思庄（今梁河芒东）。思任法亲率精锐2万据战略要地杉木笼，筑硬寨七营防御。明军猛攻不下，分三路围攻突击，使麓川军首尾不能相顾，弃寨下退至陇川马鞍山固守。明军尾随来攻，破麓川象阵，双方死伤10余万众。之后，明军乘胜追击，一举袭破麓川当时的王城"广贺罕"（今属瑞丽，思可法之后，因与明军不断争战，麓川王朝曾数次临时迁都），思任法被迫渡瑞丽江南逃，明军得胜而返。

1443年，思任法之子思机法踞孟养（今缅甸密支那）发展势力，思任法踞允姐兰与之呼应。明英宗又派蒋贵、王骥再征麓川。当年五月，蒋贵、王骥率军5万抵达永昌，正赶上麓川王思任法在与阿瓦王国的冲突中被俘，其子思机法遣使向王骥求和。王骥不允，还派人前往阿瓦，让阿瓦缚思任法父子来降，阿瓦不应。明军于是进兵腾越，派沐昂、侯琎率东路军从芒市袭麓川，命陈仪领前锋3000人从盈江南牙山断敌后路，自引中军入陇川直袭麓川王城允姐兰。明军进至勐卯，思机法以2万精兵凭江固守，终因力量悬殊，败走蛮莫

南宛河

（今缅甸茫冒）。

明军占领允姐兰，以捷报班师。明朝为绝后患，撤麓川宣慰司，在陇川置陇川宣抚司，升原南甸州和干崖长官司为宣抚司，芒市土目放氏因从征麓川有功，也升为芒市长官司。次年，阿瓦王国被迫献出思任法及其妻儿33人，思任法中途绝食而死，其子思机法逃居孟养。

1448年，思机法及其子思陆法再度兴起。明朝第三次派王骥率13万大军征麓川。当年三月，王骥率军至腾冲，遣使让南甸、干崖、木邦、缅甸（阿瓦）等宣慰司整兵积粮，准备船只协助明军。十月，大军从干崖沿大盈江而下，过南牙山，抵沙坝至伊洛瓦底江边，造船顺江而下至广屯与木邦、缅甸两土司会合。此时，思氏据江西岸，埋栅拒守。明军造舟200余艘为浮桥，挥军渡江强攻，合力破思氏营栅。思氏不支，退至鬼哭山筑寨固守。明军获积谷40万石，军士饱餐，锐气倍增，乘势而攻破思氏大小9寨营垒，最终攻克孟养，兵锋直达江西千余里的勐腊（今印缅边境）。激战中，思机法只身脱逃潜入阿瓦，其子思陆法率部投降。明军怕当地气候炎热难以久留，于是，准许思氏留居孟养。

思氏占据孟养后，企图再次恢复麓川政权，通过开发孟拱的翡翠，在与各国贸易中不断积聚巨额财富，并招募洋人及汉人做谋士，招兵买马、扩充实力。1499年，明军为惩罚从孟兴威夺地的孟密，出兵攻打孟密，孟养以协助明军为名派出军队渡过伊洛瓦底江，从孟密手中顺手夺取了蛮莫等十三地。1503年，明军准备攻打孟养，迫于明军的压力，孟养不得不将蛮莫等十三地归还孟密。

1527年，势力渐大的孟养开始向南发展。思陆法的儿子思隆法联合木邦王、孟密王兴兵南下入侵阿瓦王国，激战8天，攻陷阿瓦王城，杀死阿瓦国王那拉勃底及其妻子儿女，并顺势剿灭了实力比较强大的南部小国东吁。阿瓦大部分领土被孟养占领，木邦、孟密获得阿瓦东北部分领土，分别退兵。思伦派其子思洪镇守阿瓦城，自己班师回孟养。

思洪以阿瓦城为根基继续扩充领土，攻占南边缅人、孟人的邦国。再次复兴的缅人东吁王国逐渐强盛起来。1542年，兴兵卑谬，思洪为防止东吁做大威胁到自己，派兵援助卑谬，与东吁大战，不料惨败。1543年，思洪被手下的缅人将领明吉耶襄杀害，锡泊土司被推举为新的阿瓦国王。1544年，阿瓦王国带领锡泊、蛮莫、孟养、孟密、孟乃、洋桧等几个傣族土司武装，组成庞大的傣族联军，试图夺取卑谬，压制东吁王国的气焰，不料被东吁国王莽应龙统军击溃，南部属国纷纷倒向东吁王国。

1555年，东吁王国发兵攻打阿瓦王国，丧失还击能力的阿瓦王国很快被攻破。1604年，东吁王国大举进攻思氏大本营孟养王国，孟养王思轰战死，麓川政权彻底终结。

麓川王国自思可法立国到思轰亡国，前后经历了近300年时间。虽然历代国主都努力地谋求能得到中原王朝的认可和支持，并长期顽强地抵御着来自西南方向的外族入侵。即使在它孤悬他邦、势单力孤的时候，也没有真心向外族称臣纳贡，反而在它一有一定实力的时候，就会遣使者前往中原。但元明两代中原王朝对它一直采取的是遏制镇压、分化瓦解的政策，它每一次维护自己领地的努力，都被视为"反叛"，都会成为朝廷发动新一轮"讨伐"的借口。

对麓川王国的功过是非历代史家众说纷纭，争论不休，褒贬不一。但它直接影响了元明两朝的盛衰兴替，对中国乃至东南亚地区后来的历史发展进程产生了一定的影响，并事实上长期屏蔽了外族对中原的侵扰，这是任何史家都无法否认的。从人类文明发展史来看，这样一群处于"偏僻莽荒之地"的少数民族，为了生存，也为了理想，以他们天马行空般的想象、不屈不挠的精神、纵横捭阖的气势、合纵连横的智慧，的确书写了一段波澜壮阔、可歌可泣的悲壮历史。

南宛河遗恨

清军的战线顿时崩溃，一路溃逃过南宛河。缅军追杀至河边，看到许多身穿各色民族服饰的少数民族土练兵呼叫着接应清军，只得停止了追击，就地扎营布防，等待其大部队赶到。四次清缅战争，其中三次都在陇川境内外进行，陇川各族人民都为此做出了巨大物资的贡献和人员的牺牲。呜咽的南宛河见证了两百多年前的这一刻骨遗恨！

1762年12月，贡榜军加上木邦土司兵约2000人，偷偷侵入云南境内的孟定和耿马两地土司的管辖区域。孟定土司被劫持，耿马土司侥幸脱逃，缅军遂焚烧了耿马土司的衙署和一些当地民居。由此正式点燃了中缅两国边境冲突的导火线。

对于中南半岛的这些变局以及中缅边境局势和缅甸实力的消长，清廷一无所知。他们不知道前不久贡榜王雍籍牙亲率军队入侵世仇暹罗，要不是因雍籍牙阵前受伤，就能攻陷暹罗首都大城，灭掉大城王朝了。更让他们想不到的是，此时的贡榜王朝不但打败了入侵的法国军队，迫使俘虏的法军军人充当炮灰，并且雇用了持有西方先进火器的葡萄牙雇佣军参与其侵略扩张战争，而且还从法国人手里缴获先进火器，从英国东印度公司购买了不少先进火器。此时的贡榜军队已经不再是乾隆和清廷大臣们想象中的那种蓬头跣足、手持原始冷兵器的蛮子兵了。

1763年3月，幸信标（汉译孟驳）继承贡榜王位。野心勃勃的孟驳继位伊始就制定了沿清迈、万象一线再次入侵暹罗的计划。要实施这一计划，需要大量的钱粮以及劳力，为军队提供后勤保

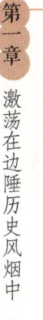

障。而富庶的车里（今西双版纳）正处于其进军路线的旁侧，于是孟驳就派遣贡榜军在缅属孟艮土司部队的配合下，不断侵入车里土司辖区，勒索钱粮，掳掠民众。

乾隆三十年（1765年）初，缅军的骚扰规模骤然升级，车里多处都遭到缅军的烧杀抢掠。乾隆撤换了云贵总督，任命刘藻为云贵总督，并令其克期赴任。

刘藻到任后，因追剿不力，加之谎报军功，惹得乾隆大怒，被革职，后因恐惧自杀身亡。

刘藻被革职后，乾隆派遣他器重的边疆大吏杨应琚（汉军八旗出身，大学士，时为陕甘总督）移任云贵总督。乾隆三十一年（1766年）二月初，杨应琚到达云南，立刻调遣云贵两地绿营，大举追剿侵入车里的缅军，并乘势攻入缅甸，攻

户撒平山通道

花丛笑靥

占了缅属整欠和孟艮两土司的管辖地区。但由于缅军一路上坚壁清野，游动作战，清军并没有歼灭多少缅军的有生力量。五月，雨季来临，清军任命一些掸族土官治理这些地方，留下约800人驻防后，其余大军便撤回了云贵。

由于云南许多地方官员被表面的军事顺利所蒙蔽，加之轻视缅甸的惯性思维，主战热情高涨，纷纷鼓动杨应琚继续对缅作战。

其实，对不对缅甸继续作战，此时的乾隆也还在犹豫之中，想要切割掉这些没有多少价值而又麻烦不断的"南荒小夷"，还一度打算把在两个占领地区驻防的约800人召回。

但因为杨应琚的坚持，同时，据说乾隆皇帝临时翻阅了《明史·云南土司传》，看到元明两代王朝基本上都能对西南缅甸进行有效控制，不禁极大地刺激了乾隆的虚荣心，于是向来好大喜功

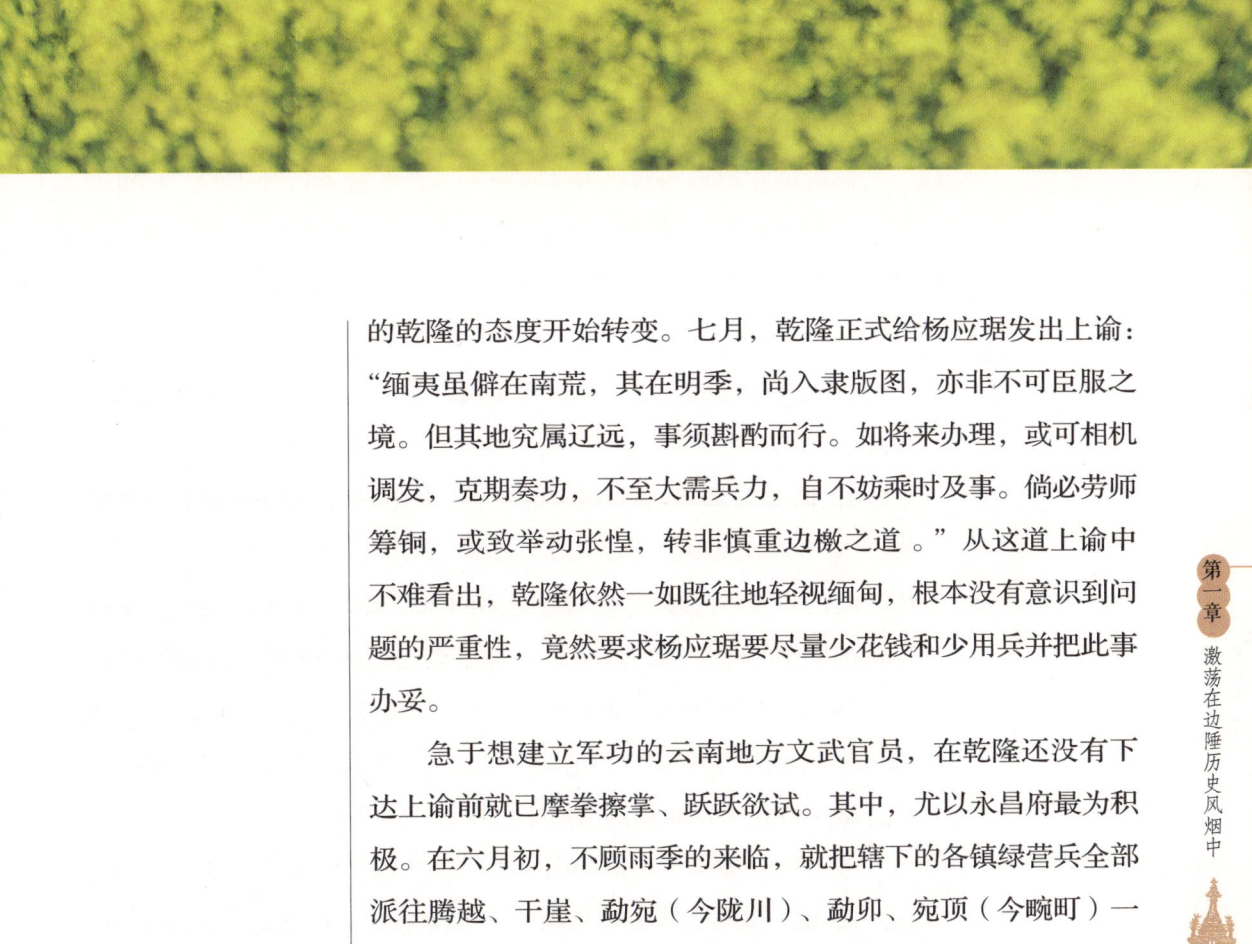

全景的少女

的乾隆的态度开始转变。七月，乾隆正式给杨应琚发出上谕："缅夷虽僻在南荒，其在明季，尚入隶版图，亦非不可臣服之境。但其地究属辽远，事须斟酌而行。如将来办理，或可相机调发，克期奏功，不至大需兵力，自不妨乘时及事。倘必劳师筹铜，或致举动张惶，转非慎重边檄之道。"从这道上谕中不难看出，乾隆依然一如既往地轻视缅甸，根本没有意识到问题的严重性，竟然要求杨应琚要尽量少花钱和少用兵并把此事办妥。

急于想建立军功的云南地方文武官员，在乾隆还没有下达上谕前就已摩拳擦掌、跃跃欲试。其中，尤以永昌府最为积极。在六月初，不顾雨季的来临，就把辖下的各镇绿营兵全部派往腾越、干崖、勐宛（今陇川）、勐卯、宛顶（今畹町）一线边境，并动员这一带各少数民族土司所属的土练兵，沿伊洛瓦底江东岸各渡口布置兵力。而且分头派出使者，向伊洛瓦底江沿岸、勐卯江对岸的缅属蛮暮、木邦等地土司发出通牒。

因得到清朝云南绿营和地方土练异动的消息，缅甸贡榜王孟驳在六月底紧急召集众文武大臣及沿边各所属土司到都城阿瓦城商议对策。

缅属蛮暮土司还在阿瓦城参会期间，永昌绿营的通牒就接连不断地送到了他的土司府，且口气一次比一次强硬，大有立马出兵征讨之势。蛮暮土司的母亲、妻子和弟弟急得像热锅上的蚂蚁，迫于压力不得不在七月初奉上蛮暮版图归降。永昌府尹立马派遣腾越副将赵宏榜率500多名绿营兵出铁壁关，以协防为名接管了蛮暮土司管辖地区内的临江重镇新街（今缅甸八莫）。蛮暮土司从阿瓦城回来后，也只得向清军投降。回到勐兴威，木邦土司在巨大的压力下，不久也宣布内附。

杨应琚觉得形势对己方非常有利，是乾隆圣谕要求的"相机调发""乘时及事"的时候了。于是，八月，杨应琚便开始调动云南各地绿营兵共约14000人到永昌集结，并先派遣3300名绿营兵进驻邻近木邦土司领地的遮放土司辖区内，做好进攻缅甸的准备。杨应琚本人也由昆明到达永昌查看军情，并制定了分东西两路攻缅的计划。

此时，虽然缅军主力在暹罗久攻大城未克，战事陷于胶着状态，大军难以抽身，加之蛮暮、木邦土司又内附，但在清廷大军压境之时，留守阿瓦城的缅王孟驳并未惊慌失措。他一面严令征暹缅军统帅诺尔塔继续围攻大城，一面派遣将领莽聂渺遮调集卫戍阿瓦城和留守境内各要塞的缅军10000人，乘船从阿瓦城沿伊洛瓦底江溯流北上与清兵对抗；一面命落卓土司率所属土兵主动攻击木邦土司，造成缅军从南路攻击的假象，以掩护莽聂渺遮部北上。

九月初，落卓土司率部进攻木邦。木邦土兵抵挡不住，退入宛顶，寻求驻扎在遮放土司辖区内的清军庇护。由于这一突发事件，使得杨应琚对自己原先制定的攻缅策略产生动摇，又延缓了发起攻

缅的时间。最终，杨应琚于优柔寡断中失去了战略先机。

新街当时是中缅边境重镇，位于陇川西南约50千米的伊洛瓦底江岸边，扼水陆之要冲。只可惜杨应琚并没有意识到新街的重要性，只派了永顺镇都司刘天佑和腾越镇都司马拱恒率400余名绿营兵支援赵宏榜。援兵于九月七日到达新街，但清兵总数依然不足千人，而且没有火炮等守城利器，仅有几十支火铳。

九月二十四日，3000名缅军水师携带20门西洋火炮和200多支西式燧发枪乘船率先抵达新街，随即对新街发起了攻击。

本来双方兵力就悬殊，再加上缅军拥有先进的西洋火炮、火枪，火力更是清兵无法比拟的，守城清军勉强坚持了两日一夜，都司刘天佑身中数弹，不幸身亡，大部分兵将战死。赵宏榜、马拱恒率残军由后山小道突围，绕道退入铁壁关。蛮暮土司见状，也率其部众过江退入云南境内。

杨应琚随即命西路永北镇总兵朱仑带兵进驻铁壁关，打算进攻蛮暮土司管辖地区以收复新街。又命东路永顺镇总兵乌尔登额带兵前出至宛顶，打算进攻木邦土司管辖地区。

莽聂渺遮率缅军大部队全部到达新街后，马上兵分两路，主力沿东北方向进入中国境内，在铁壁关（距今陇川境约30千米）外的楞木驻扎，准备攻击铁壁关。另一路2000余人继续乘水师战船溯伊洛瓦底江北上，抵达戛鸠后，轻装向东潜入中国境内，准备南下截断铁壁关清兵的后路。这完全出乎清军的意料，因而对缅军的这些动向，清军上下毫无觉察。

云南提督李时升于十一月十五日经户腊撒抵达铁壁关，第二日，便命总兵朱仑率3000余兵出关向新街方向进军。十七日，朱仑兵近楞木，斥候来报，说看见楞木到处是缅军的旗帜。

朱仑闻报大惊，这才知道缅军已占领了楞木，只好匆忙在

南宛河

楞木东北面的高坡上扎营，组织防御。

十八日，缅兵主动发起攻势。此路缅军装备有700多支燧发枪，本来在火力上就远胜于清兵，更何况缅军还有30门机动性好、火力更强、射程更远的西洋火炮。虽然清军占有地利，但在缅军的强大炮火面前，只能陷入被动挨打的境况。双方攻防4日，清军首先感觉挺不住了，急忙求援。提督李时升急忙拨东路宛顶兵700名驰援，但战况依然对清军不利。

见一时难以突破清军的防线，莽聂渺遮改变了战术。在炮火的掩护下，不断把营栅向前推进，逐渐逼近清兵大营。而清军此时也已在军营四周用粗大的木头竖起了3米高的坚固营栅。为躲避缅军的枪弹，清兵坚壁不出，只凭借弓弩、火铳阻滞缅军的进攻。清军密集的火力使缅军无法再将营栅向前推进，攻守双方相持不下，于是，从二十三日起，双方暂时休战。

入侵到楞木的缅军全数不到6000人，朱仑却以杀敌6000人、取得楞木大捷上报。

而绕道戛鸠的北路缅兵，配备有300多支燧发枪，经万仞关、巨石关的小道，于十一月二十日攻入守备薄弱的腾越境内。缅军凭借手中先进的武器，仅用十天时间，就先后攻占盏达、铜壁关等地。而清兵则死伤数十，游击班相继战死。缅军一路向南，进至户腊撒西北面的大盈江西岸，兵峰直指户腊撒，严重威胁铁壁关的后路。

得知缅军由万仞关、巨石关攻入后，清军开始手忙脚乱。提督李时升急忙命游击马成龙带兵900名从户腊撒出发阻击缅军，又令驻南

甸（今梁河遮岛）的临沅镇总兵刘德成率所部2100人从干崖渡大盈江夹击缅军。但刘德成到达干崖后，畏葸不前，贻误了战机。

十一月三十日中午，马成龙率部涉水渡过大盈江，但因水深没及腰部，所带火药都被浸湿。

等马成龙部基本过江后，缅军突然发起攻击。清军猝不及防，仓促间火铳又打不响，马成龙只能率部与蜂拥上来的缅兵生死肉搏。最后马成龙阵亡，除还未来得及渡江的70余人外，清军800余名兵将死伤殆尽。

北路缅军渡过大盈江进入户腊撒一带，提督李时升先后从勐宛、南甸调遣了2800兵力至户腊撒抵御。但缅军不与清军正面交战，只在户腊撒一带的深山密林里跟清军玩躲猫猫。后来看到清兵越来越多，经暗中派人到楞木请示莽聂渺遮后干脆脱离与清军的接触，向铜壁关方向慢慢撤退，而清军也不敢贸然追击，却又以大捷上报。

缅兵虽然屡战屡胜，但也很清楚本国军队主力远在暹罗，即使全部主力回国也无法长期与清朝抗衡，因此以战逼和是他们此战的目的。于是，在楞木前线处于相持状态后，莽聂渺遮就派出使者请求议和。但杨应琚、李时升要求缅方递交降表称臣，深知孟驳议和底线的莽聂渺遮自然不答应，谈判破裂。

谈判破裂后，北路缅军又回过头来再次进攻户腊撒一带。清军因始终弄不清楚他们的实际人数，加之绿营习惯上就喜欢夸大其词，自然在上报时夸大了这路缅军的人数。这样就使得杨应琚等高层觉得这路缅军已严重地威胁到了楞木及铁壁关清军的后路，再不撤兵，李时升、朱仑就有可能被缅军前后夹击，于是便命令李时升赶忙撤兵。不久，清军便狼狈撤至勐宛坝，连户腊撒都不敢留军队驻守。缅军随即便占据了铁壁关。

莽聂渺遮留下1000余人踞守铁壁关，其余4000余名缅军主力进至户腊撒，与北路缅军会合后，准备进军陇川勐宛坝。

在此期间，杨应琚一直在永昌，仅凭滞后且可能失真的前线奏报决策指挥，最终盲目下令清军从铁壁关、户腊撒撤军。乾隆对他进行了严厉的申斥:"独不计蛮暮、新街等既已纳降,并遵定制剃发,即成内地版图……且蛮暮而外,尚有木邦、整欠、整卖等处……今该督亦置之不言……如此,即几视受降如儿戏,何以靖远夷而尊国体!"

1766年十二月十六日,缅兵先锋进至勐宛坝西北面的山脚下,被大队清兵围困。可惜被缅军打怕了的总兵朱仑过高地估计了缅军的实力,不敢马上发起攻击,一举聚歼这股不到1000人的缅军,再次错失了良机。直到第二天中午,磨蹭了半天的清军才对被围的缅军发起攻击。

在缅军先锋渐渐不支时,前来增援的数百缅军骑兵突然自丛林里冲出,从后面对清军的战线发起攻击,而被围的缅兵也趁机拼命突围。清军的战线顿时崩溃,一路溃逃过南宛河。缅军追杀至河边,看到许多身穿各色民族服饰的少数民族土练兵呼叫着接应清军,只得停止追击,就地扎营布防,等待其大部队赶到。

说起来真的让人哭笑不得,4000多名清军绿营兵竟然在1000多名缅军的追赶下丢盔弃甲、溃不成军。清军兵员当然不会丧失很多,但军械枪炮却丢弃了很多,把本来应该是一场大好的围歼仗打成了自己的大溃败。而总督杨应琚却根据前方的战报仍然以克敌大捷奏报朝廷。

已把提督大营退至陇川杉木笼要隘东北面山脚下梁河萝卜丝庄的李时升还想调兵从三面围攻缅军,但此时绿营兵已军心动摇、战力锐减,实在是力不从心,无法有效组织反攻。直到这种情况下,李时升才将战场的实际情况上报给杨应琚,请求酌处。

身在永昌府的杨应琚接到李时升的这个战报后,一瓢冷水浇灭了之前的万丈雄心,顿时胆战心惊,面如土色,想想之前自己给乾隆皇帝的所有奏报,一股寒气从头凉到脚。杨应琚恨不得立马派人杀掉李时升,但按大清律例,一个总督是无权处死一个提督的,只好赶紧派人绕过李时升,直接到陇川命令总兵朱仑与缅兵议和。

总兵朱仑仗打得不怎么样,可死要面子,不愿出面与缅军和谈。十二月二十五日,朱仑派参将哈国兴到南宛河以西的丙寅缅军大营与莽聂渺遮议和。莽聂渺遮强硬地驳回了清廷再次提出的让缅方纳贡称臣的要求,并虚张声势,威胁说假若和谈再次破裂,缅方将进一步调来重兵与清军决战。二十六日，哈国兴被迫全面接受了莽聂渺遮提出的条件，即双方立刻停战，蛮暮、新街、木邦等地仍归缅甸，缅军依次撤回。二十八日，缅军开始从陇川撤兵，其主力取道勐卯转回木邦，原北路缅兵则折回铜壁关，再由铜壁关取道铁壁关，一路收拾伤兵，转回新街。

缅军撤离陇川后，朱仑派已升为副将的哈国兴率2000余兵于乾隆三十二年（1767年）正月初四日进驻勐卯城。此时缅兵还在勐卯城附近砍竹子扎竹筏，看到大队清兵到来，以为是清廷撕毁了协议，派兵来追击他们。于是，莽聂渺遮马上将部队收缩进营寨，推出大炮，组织防御。而此时哈国兴还在为此前被迫接受莽聂渺遮提出的议和条件生着闷气，竟然不派人向莽聂渺遮通报实情，对缅军的异动也没有一点警惕。

缅军迟迟不见清军有所动作，还以为清军正在集结部队。此时在勐卯的缅军作战部队也只有3000余人。莽聂渺遮知道自己的兵力有限，不如在清军还未完成集结之时，来个先下手为强，于是在正月初七日，缅军便开始围攻勐卯城。还摸不着头脑的哈国兴这才匆忙组织防守。

缅军拥有的先进武器再次显示了其威力，双方血战数日，清兵伤亡500余人，哈国兴受伤，一把总阵亡。

正月十一日，朱仑派来增援的2000名清兵赶到。莽聂渺遮见清军越来越多，于是便命缅兵交替掩护向弄岛方向撤退。

清兵出城追击，遭到缅军密集炮火的强力反击，伤亡又近500人，各有一名游击、都司、守备阵亡，清军被迫停止追击。缅军渡过勐卯江，撤回了木邦境内。

此役，缅兵前后共伤亡不到500人，但清军却上报杀敌4000人。之后，杨应琚继续调兵万余，从宛顶出境，进入木邦土司辖区内与缅军对峙。

杨应琚一味按照前线清兵的奏报上报给乾隆皇帝，至此已经屡获大捷，前后杀敌至万人。乾隆皇帝不是傻子，查看地图，发现交战之地几乎都在自己境内，心想："如果是我军屡屡获胜，怎么缅军反倒越打越进来了？而平定新疆时，大小百余战，杀敌也不到万人，云南

仅仅几次战斗，就杀敌超过万人，这决不可能！"于是就派侍卫福灵安紧急赶往云南查看具体军情。等到福灵安将真实情况报告回来后，乾隆皇帝震怒，于二月将李时升、朱仑逮捕进京处死；三月，又将杨应琚逮捕进京赐死。

此次清缅第二次战事，虽然在兵力总数上，清兵多过缅兵，但之所以依然屡战屡败，一是因为对缅甸的一贯轻视，对缅情报一如既往地缺失，清军将帅几乎处于瞎指挥的状态；二是云南地方绿营兵几乎没怎么上过战场，器械又不精良，战力薄弱，行动迟缓；三是带兵将领大多为地方豪强充任，能力不怎么样，却大多霸凌骄横，不体恤士兵，又不懂军事，不知战术；四是主帅云贵总督杨应琚是文人出身，丝毫不懂军事。还有另一个更重要的原因就是武器上的落后。西方火器往往成为人数处于劣势的缅军敢于率先发起进

攻、敢于孤军深入，并能在关键时刻彻底扭转战局的强大依仗。一些参加此次清缅战事的清军高级将领，目睹了这些火器的巨大威力，深感自身火器技术的落后，返回后纷纷上书乾隆皇帝，提议向西方购置先进的枪炮，或雇佣西方军事技术人员，仿制枪炮，增强自身国力、军力。按当时大清在国际上的地位，无论是购买还是雇佣仿制，应该都是轻而易举之事。但乾隆皇帝深受"骑射乃建州之本"祖训的影响，认为发展火器将会导致本来入关后因腐化导致骑射和冷兵器作战技艺松弛的八旗军在骑射技艺上更进一步衰退，而更加依赖火器，所以未予以重视。这不仅对接下来清缅战争的结局造成了影响，而且也让中国失去了一次引进西方技术、强国强军的大好时机。

此后，乾隆皇帝又先后钦命伊犁将军明瑞和朝廷重臣傅恒率军征讨缅甸，结果，明瑞战死缅甸，傅恒被迫私下议和，且身染疟疾，回京后不久病故。

这场战争清军四易主帅，四攻缅甸，均遭到了失败。四位主帅皆死于缅事，兵员伤亡19000余人，其中死亡14000余人（多因病死），耗银1100万两；而缅军伤亡11000余人，其中死亡4000余人。

18年后，清朝虽然最终取得了缅甸名义上的臣服，但是并未能获得战争的真正胜利。在乾隆皇帝的"十全武功"中，对缅战争也是其中存在较多争议的一件。乾隆晚年时也说过："五十多年八桩战事，就征缅这桩不算成功。"

四次清缅战争，其中三次都在陇川境内外进行，陇川各族人民都为此做出了巨大物资的贡献和人员的牺牲。一个乾隆眼中的"蛮荒小夷"，竟然能在大清国境内百里纵横，时耶？运耶？呜咽的南宛河见证了两百多年前的这一刻骨遗恨！

南宛河

南宛河畔的爱国史

边陲陇川,历史上曾多次遭遇外敌的入侵,勇敢、智慧的陇川各族儿女,通过不屈的抗争,捍卫了国土、保卫了家园,悠悠的南宛河是这些历史的见证者……

户腊撒江头城保卫战

1275年旱季,缅甸蒲甘王那罗梯河波趁元军在江南一带全力对付南宋,无暇西顾之际,令阿奴耶陀为征东大元帅,率领2万人马东侵。陇川户腊撒的江头城便成了蒲甘军东侵路上第一个要攻克的要塞,而当时元宋在江南的战事正吃紧,驻守在这里的元军只有700多人。

蒲甘的2万大军在大元帅阿奴耶陀的率领下,于当年十月抢占铁壁关,从平山一路气势汹汹地向江头城杀来。

阿奴耶陀早已得到探子报告,知道江头城的守军情况。他估计一阵强攻就可占领江头城,到城里吃蒙古的烤全羊了。

元军守将忽不拉花早在蒲甘军在伊洛瓦底江西岸集结的时候就得到了当地阿昌族山民的报告,但苦于兵力有限,无法分兵前往沿途堵截,只好一面派人驰大理求援,一面率军积极备战。此时元军的装备早已不只是当年的刀马弓弩,经过多年横扫中亚、东欧,欧

洲的"红毛火炮"、中原的"机匣联弩"等强兵利器都被纳入了他们的兵器谱。

蒲甘国多次傲慢地拒绝忽必烈的招降,让这位"草原战神"恼羞成怒,很是不爽。要不是因耽于南宋战事,恐怕早就对蒲甘兵戎相见了。因此,在江头城建成以后,他就下旨将许多战略物资囤积到这里,随时做好征讨蒲甘国的准备。于是,守将忽不拉花下令将大炮和联弩搬上城墙,决心固守待援。

"呜呜"的牛角号声响起,蒲甘军缓缓地前移到距城墙百步(五六十米)开外。只见象队和马队中间让出一条路来,一队肩扛竹云梯、腰缠飞索、身背弯刀镖筒、跣足短褂的蛮兵迅速抢到阵前,做好了攻击前的准备。五六十米一般是弓弩射程外的安全距离,可这却是火炮和联弩的最佳杀伤半径。只听忽不拉花喊一声打,敌楼上、垛堞后的炮弹和箭雨呼啸着飞向敌阵。这猝不及防的打击,使蒲甘军人仰马翻,象嚎人哭,阵脚

静静流淌的户撒河

大乱，相互践踏，死伤惨重。

蒲甘军溃退了几里，好不容易才稳住阵脚，阿奴耶陀只好下令就地扎营，另寻良策。

由于忌惮守军的大炮和联弩，阿奴耶陀决定采用围困加消耗的战术。他下令大军在大炮射程之外安营扎寨，布置防御，将江头城围得像铁桶一样牢固，并每天派出多股小队从四面八方对江头城进行佯攻，以消耗守军的箭矢弹药。

江头城里的武器储备倒是充足，但平时军粮是由地方政府按月供给，副食果蔬则大多在附近采购。如果遭蒲甘军围困的时间一长，守军吃饭都会成问题。而且忽不拉花心里清楚，原来驻扎在云南境内的元军大多被调往江南作战去了，朝廷短期内不可能有援兵到来。就这样久拖下去，江头城最终将无法守住。他搜索枯肠，苦无良策……

❶ 户撒江头城（沐城）旧址
❷ 南宛河风光

　　一天深夜，当地阿昌族头人派家丁（这个家丁，忽不拉花接见头人时见过）化妆成蒲甘士兵，潜入江头城，与忽不拉花取得联系。

　　忽不拉花大喜，说："我正愁没有外援呢，这下好了！你回去转告你家老爷，请他联系各村寨的猎户乡勇，不惜一切代价切断蒲甘军的运输路线，要再有能力就不断在外围袭扰他们。我这里只要一发现他们有分兵迹象，就会以骑兵快速突击，尽可能多地牵制住他们的兵力，以减少你们的压力。只要把蒲甘军的粮道断了，几万大军不要几天就必然缺粮，他们就不得不撤兵了。这样你们的家园保住了，又为国家立了大功。我一定会奏报朝廷，给你们重赏。"

　　"赏不赏倒无所谓，只要能把蒲甘这些盗贼赶走，我们死都不怕。"家丁应毕，趁夜色潜出了城。

　　于是，蒲甘军焦头烂额的日子就此开始了……

　　蒲甘军的粮道基本上被截断，小股抢粮部队不断被猎杀。围城部队整天提心吊胆，不知道什么时候又会遭袭击。

　　如此过了10多天。阿奴耶陀见粮草将尽，于是令蒲甘军对江头城发起最后的疯狂进攻。蒲甘军不分队形，不分波次的进攻一直持续着，城墙下500米范围内尸首枕藉。守军也伤亡过半。正在守军危急时刻，只听得敌军背后的东山和北山脚下铠锣声和喊杀声响成一片，阿昌族头人率领各族乡勇从背后向蒲甘军发动突袭。蒲甘军腹背受敌，顿时大乱，兵败如山倒，纷纷向西夺路而逃，相互践踏，死伤无数。

江头城内守军尽出，与乡勇会合后，一路追杀，一直把蒲甘军撵过了伊洛瓦底江。

江头城保卫战虽然取得了最终胜利，但守军最后只剩下不到200人，且多数受伤，而阿昌族等各族乡勇更是伤亡1000余人。

江头城保卫战中，当地阿昌族和其他各族人民与元军守军一道，创造了以少胜多的神话，谱写了一曲守土保边的壮歌。

明代，沐英之子沐晟在户腊撒率军屯边时对江头城进行了重新修葺，改名为"沐城"。如今，沐城的残垣断壁还在顽强地守护着悠悠的户撒河。

多宣抚使抵抗东吁

缅甸东吁军在明世宗末期对麓川（元明时期对陇川的别称）的几次小规模入侵，都被多士宁（明朝皇帝册封的麓川宣抚使）指挥的各族地方武装所击退。其间也发生过两次较大规模的进犯，但都得到了朝廷万户刘斑将军的及时驰援，追亡逐北，把东吁军赶回了伊洛瓦底江西岸。

1566年，明世宗驾崩，穆宗继位。

1567年二月，消息传到麓川，多士宁紧急召开会议，加强铁壁关、雷基（中国一侧是拉影）到杉木笼隘口一带的防务，以防止缅甸东吁趁国丧之时，大举来犯。

果然，在三月底，东吁大军就乘着竹筏，驭着大象，渡过伊洛瓦底江，从八莫沿着通往雷基的雨林马帮山道向麓川进犯。

宣抚使府参军多发率领麓川各部族勇士充分利用熟悉地形的优势，采取

节节阻击、沿途袭扰的方法，延缓敌人的进攻速度。

而宣抚使多士宁一面组织住在坝子里的各村寨的人员带走物资，全部撤到其他部族的山寨里，并在杉木笼要隘设防，一面派人疾驰永昌府，向朝廷求援。

东吁酋下令大军直扑勐宛坝，不与沿途袭扰阻击部队纠缠，迅速拿下麓川，占领杉木笼要隘，打通下一步进军内地的通道。

虽然从伊洛瓦底江到雷基镇只有50多千米的路程，但全程穿行在莽莽的原始雨林中，沿途山路崎岖，虫蛇遍地，猛兽出没，瘴疠横天，加之麓川各族勇士的节节阻击，给东吁军造成了很大的伤亡，大大迟滞了敌人的进犯速度。直到10多天后东吁军才攻进雷基，打开了进入勐宛坝的大门。

多士宁马上命令各部族乡勇迅速向杉木笼集结，各部族民众则进一步撤退至东北面的护国、王子树一带的高山密林之中。

东吁军本打算马不停蹄地一路直攻杉木笼，但由于沿途人员和物资损耗太大，到雷基时早已人困象乏，不得不在雷基休整和等待补给。这无意间给了多士宁较充足的撤退和集结的时间。

休整了几天后，东吁军才大举侵入了勐宛坝。

由于在沿途雨林中吃尽了麓川乡勇的苦头，东吁的兵将们先前的狂傲之气早已抖落了一路。他们沿着东南面的山脚，一路小心翼翼地搜索前进，生怕哪里又突然射出箭矢，跳出杀手，或自己踩入陷阱。从雷基到章凤到景罕再到撒丁短短40多千米的路程，他们却足足走了3天。

因一路几乎没有遇到什么抵抗，东吁人于是幻想着从此便可以一路高歌猛进了。可进入山区雨林后，又再次坠入与雷基山雨林一样的噩梦。真个风声鹤唳、草木皆兵，每穿越一片丛林，每攻占一座山梁，东吁人都要付出血的代价。但对手却像鬼魅一样，看不见，摸不着，来无踪，去无影。东吁人只能以大象开路，但茂密的雨林又使大象不能随意穿行，无法摆开象阵一路冲锋。单路前行的象队不时发生象背上的兵将被射杀，有大象落入陷阱或被松油火箭射中等事。

由于多士宁事先已让沿途村寨撤退时带走了所有的粮食和禽畜，东吁军无法就地补充粮草，加之从伊洛瓦底江到雷基的漫长补给线又不断遭到各部族勇士的袭击，最终能运抵雷基的物资只有十之二三，东吁军不得不时常停下来等待补给。直到十多天后，东吁军才艰难地侵占了杉木笼脚下的大牛圈。

再说云南总督府接到麓川的数次急报后，迅速以六百里加急送达朝廷。但因新帝即位，忙于国丧和巩固皇位，迟迟未派兵救援。直到四月中旬，才钦命驻扎在云南驿的万户刘斑为征西将军，率五千精锐驰援麓川。

多士宁亲率各部族守军凭借着杉木笼的自然天险和坚固的永久性工事，顽强地阻击东吁军的进攻。

东吁军先是炮火轰击，后是步兵冲锋，一波波地攻击，又一次次被击退。炮火硝烟熏黑了山壁，鲜血浸透了青石板路的每一块石板、每一个缝隙。这种残酷的攻防战每天都在重复地进行……

明穆宗隆庆元年（1567年）五月初，刘綎将军率朝廷援军终于抵达杉木笼。

援军到达后的第三日凌晨，密集的土炮声撕开了夜幕，大牛圈顿时陷入一片火海。从睡梦中惊醒的东吁军慌忙逃出营帐，乱作一团，人号象嘶，兵找不着将，将拢不着兵，人找不到象。紧接着如飞蝗般的箭雨落入人群、象群，燃烧着的松油火箭照亮了目标，官军神机营的机弩专找象群射击，大象纷纷倒地。受伤受惊的大象四处乱窜，管你是同伴，还是活人、死人，或是主人，一路地踩踏过去，动物的本能驱使它们纷纷逃入周围的雨林。

官军的铁骑率先冲入敌营，紧随其后的是步兵和各部族勇士。

虽然在人数上还是东吁军占优，但突遭袭击，已无人组织反击，且平时依仗大象之威的东吁将士一旦失去大象，早已六神无主，哪还有心抵抗，只恨爹娘少生了两条腿，连滚带爬只顾向山下逃命。

刘綎将军和多宣抚使率领将士一路追杀，势如破竹，一直把残余的东吁兵将赶回了伊洛瓦底江西岸，终于取得了保土守边战役的胜利！

不幸的是，明神宗万历九年（1581年），多府的大管家岳凤（江西人）勾结东吁人，引狼入室，乘多府傣历新年设宴招待族人之时，毒杀了多士宁一族老老少少一共612人，制造了陇川历史上的惊天血案，一代爱国御辱的著名土官多士宁被外敌和奸贼谋杀。可喜的是，多士宁的侄儿多发继承了多宣抚使的未竟之志，领导陇川各族人民组织反抗军，与岳凤的伪政权

陇川宣抚司署旧址正堂

❶ 早乐东墓
❷ 陇川森林公园早乐东民族英雄广场

和东吁的占领军继续进行殊死搏杀，并于明神宗万历十二年（1584年）一月，配合刘綎将军率领的官军实施大反攻，全歼了东吁占领军，夺回了自己的家园，保障了祖国的领土完整。大奸贼岳凤父子也被明万历皇帝诏命刘綎押送京城，处以五马分尸的极刑，并亲自监斩。

不久，万历皇帝下诏，册封多发继承麓川宣抚使位。麓川多氏一脉绵延至今。

早乐东抗英

在陇川县城的森林公园西面，早乐东的红色花岗石雕像巍然屹立。他左手持枪，右手抚刀，神色凝重，面向西面，注视着国门的方向，似随时警惕着外敌的入侵。

早乐东雕像

早乐东，景颇族，云南陇川县人，生卒年不详，时为陇川县王子树乡的山官。鸦片战争以后，我国西南边疆不断受到英、法殖民主义的各种侵略，边疆各族人民因此不断掀起保家卫国的斗争。清光绪十一年（1885年），英国吞并缅甸后，把缅甸设置为其殖民地下的一个行政区，并借中英滇缅勘界之机，蓄谋侵占中国领土。

清光绪二十三年（1897年），中英在陇川地段勘界，当地景颇族山官目睹英国官员胁迫软弱无能的清政府把国界线无故再划进我国六七十里，遂率领各族群众奋起抗争。景颇族爱国山官早乐东先向英方展示虎踞关及铁壁关的碑文拓本，证明这一带地区历代均是中国领土。但英国侵略者竟无视边民卫国行为，悍然命令步骑兵侵入陇川章凤街。早乐东率众反击，将英军头子奥氏从马上拉下，欲斩杀之，迫使奥氏跪地求饶，答应立即撤兵，退出我国疆界，有力地阻止了英国人的入侵行动。

在此次保卫战中，景颇族人付出了极大的代价，牺牲了50多人。

早乐东等人可歌可泣的英雄事迹弘扬了中华民族的正气，为保卫祖国领土完整做出了贡献。

陇川人民抗日

1942年5月3日，日本侵略军从缅甸侵入我国西南国门畹町，并沿滇缅公路侵占了遮放、芒市、龙陵、腾冲等地。

与缅甸毗邻的陇川县，由于不在滇缅公路沿线，交通闭塞，日本侵略军没有很快占领此地。1942年8月中旬，日军400余人从畹町经黑山门，经遮放弄坎渡龙江，越广董、广瓦，下到芒胆，窜入陇川县城城子。一部分日军北侵户撒、

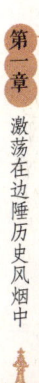

① 勐秀山户瓦抗战遗址
② 城子松山抗战遗址
③ 户撒东么抗战遗址
④ 拉影洋人街抗战遗址

盈江。

日本侵略军在滇西沦陷区实行划地区军事占领。在现德宏地区建立大区、县司两级殖民统治机构。畹町为大区，设指挥部，统辖芒市、遮放、瑞丽、陇川和木邦等地。

日军在陇川土司多永安的衙门内设立了军事占领部，又在小松山构筑战壕碉堡，作为永久性据点。在章凤、三户单（现已属瑞丽）、缅甸洋人街驻军，以加强对陇川的军事占领，对陇川实行直接殖民统治。日本侵略军不断进行"清乡"，扫荡、抢劫，屠杀无辜，镇压抗日力量，无恶不作。

治安维持会是日本侵略军推行殖民统治的又一重要统治工具。日军在陇川的城子、章凤设立了维持会，逼迫多永安出任城子维持会会长。日本侵略军向多永安提出：向皇军投降，交出全部武装，包括人员、装备；把游击队改编为伪军；抵抗国军；交出数万斤军粮、数千元军饷等。多永安不肯投降，他设法避开日军的监视，一天夜里只身逃走。后来，与其弟多永清组织滇西边区抗日自卫军第一路军第三支队，多永清任支队长。多永清领导的自卫军先后在洋人街、三户单等地袭击日本侵略军，给驻陇川日本侵略军以沉重打击。

日本由于军事战线拉得太长和长期战争的消耗，军需物资严重匮乏。为了解决军需物资，日本侵略军把占领地区变成单独的剥削对象和供应部署在各国的日军所需的一切物资的来源。缅甸从1943年起大米甚至不能满足国内需要，于是我国滇西沦陷区便成

| 拉影洋人街 | 了日军经济掠夺的重要目标。

日本侵略军对陇川的野蛮经济掠夺，主要是粮食，其次是牲畜运输工具、拉夫派款、抢劫猪牛鸡鸭等。日军刚踏上陇川土地时就威逼多永安交纳数万斤军粮，多永安故意拖延疲滞，以少驮慢行相抵抗，最后只分别向缅甸南坎和木姐两地的日军驮去大米70驮和40驮（黄牛驮，每驮75千克），远未达到日军的要求。1944年，日军畹町大区指挥部下达命令，又要陇川交谷20万箩（一箩有15—20千克），多永安又采取同样的办法，直到日本侵略军溃败，也只驮去几千箩。

日寇的野蛮经济掠夺极大地加重了人民群众的负担，激起群众自发的反抗，景罕的三名傣族青年就曾杀过一名日军中佐。

在日寇占领陇川期间，陇川各族人民不论是军事上的热血反抗，还是经济上消极抵抗，都为抗日战争的最终胜利做出了应有的贡献。

第二章
陇川：自然的秘境

　　陇川的山，逶迤连绵，雨林密布，四季常青。穿行在陇川的山梁上，不时有山泉叮咚、溪流潺潺、湿地茵茵。复杂的地质结构，塑造了无数隐藏在大山深处的奇异绝美的自然秘境，61.3%的森林覆盖率使这里成为天然的"大氧吧"。景颇族、傈僳族等少数民族世代居住在这些大山里，他们赋予大山以神性与灵性，山峰、巨石、树木、原林、泉潭都有了生命，有了故事，有了与人类息息相关的神性。

　　陇川的水，江河密布，泉涧众多，清澈洁净，川流不息。

　　龙江、南宛河、户撒河三川并流，在陇川大地上书写出一个苍劲有力的"川"字。汩汩滔滔的龙江冲刷出具有地中海气候特点的美丽的勐约谷地风景，奔腾不息的南宛河冲积成一个德宏面积最大的勐宛坝。这里群山环绕，平畴百里，美丽富饶。静静悠悠的户撒河在陇川西北部的深山里刻蚀出一个四季如春的户撒坝，恰如阿昌族人赋予它的称号："佛祖花园"，那样美丽多彩。

　　行走在陇川美丽山水间，一定会让你心旷神怡、心灵纯化、流连忘返。

行走在美丽山水间

　　行走在陇川美丽山水间，一定会让你心旷神怡、心灵纯化、流连忘返。

　　行走在陇川美丽山水间，禁不住步步惊喜，时时赞叹！

　　陇川的山，逶迤连绵，雨林密布，四季常青。

　　多元的立体气候，印度洋季风带来的充沛雨水，使这里的动植物资源十分丰富，可以称得上是热带亚热带动植物物种的基因库，有多种国家保护的动植物物种。61.3%的森林覆盖率使这里成为天然的"大氧吧"，这里空气如此洁净，终年温度适宜，没有热带气候的闷热之感。

　　充沛的雨量和良好的植被使得这里"山有多高，水有多高"。穿行在陇川的山梁上，不时有山泉叮咚、溪流潺潺、湿地茵茵。复杂的地质结构，塑造了无数隐藏在大山深处的奇异绝美的自然秘境。

　　险峻的山势和难以穿行的雨林，曾经阻挡住外敌的无数次侵犯，杉木笼等要隘曾经弥漫着硝烟。

　　景颇族、傈僳族等少数民族世代居住在大山里。大山养育了他们，塑造了他们的"大山文化"和独特的民族性格。他们也赋予大山神性与灵性，山峰、巨石、树木、原林、泉潭都有了生命，有了

故事，有了与人类息息相关的神性。于是，陇川的大山便更加丰富，神秘，灵动。

如今，陇川的大山又增添了一些时代的色彩，一条条硬化的山村公路蜿蜒在莽莽的原始森林中，一座座崭新的山寨掩映在绿树翠竹间，一块块翠绿的蚕桑地、茶地镶嵌在雨林里。"公司＋农户"的现代经营模式正在这大山里形成，电商平台让人们与市场不再遥远。

❶ 县门
❷ 章凤口岸联检中心

第二章 陇川：自然的秘境

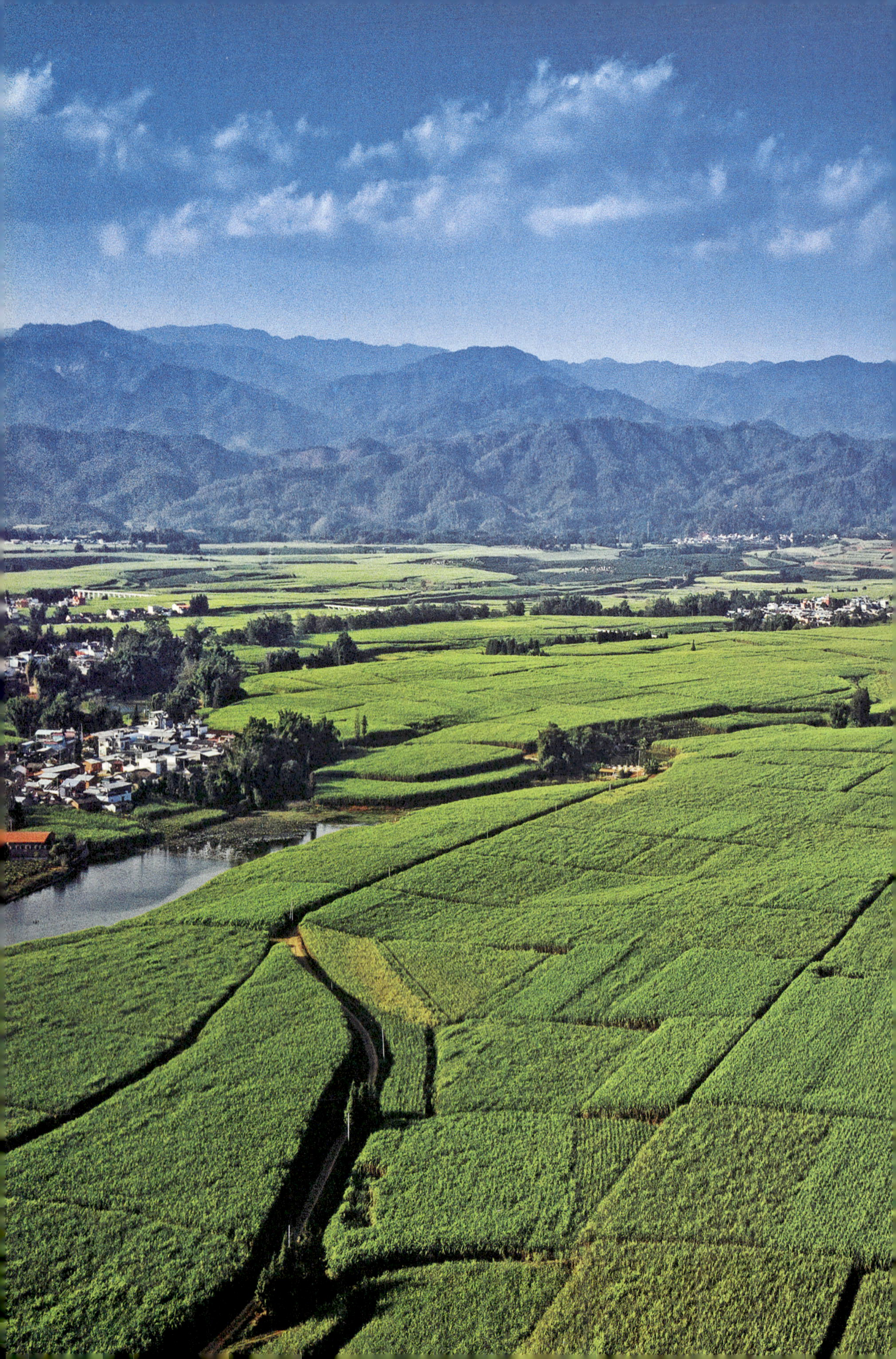

甘蔗林

① 国家二级保护植物桫椤
② 国家二级保护植物翠柏

陇川的水，江河密布，泉涧众多，清澈洁净，川流不息。

龙江、南宛河、户撒河三川并流，在陇川大地上书写出一个苍劲有力的"川"字。

汩汩滔滔的龙江冲刷出具有地中海气候特点的勐约谷地。

这里物产丰富，盛产甘蔗及各色热带水果，近年来又种植了大量木薯。如今，龙江水库和新建的目瑙纵歌广场及星罗棋布的民族新村交相辉映、相得益彰，形成了一幅美丽的谷地时代风景。

奔腾不息的南宛河冲积出德宏面积最大的勐宛坝。这里群山环绕，平畴百里，美丽富饶。

沿瑞陇高速，穿过滇西最长的南京里隧道，经过云南最大的县级收费站——陇川收费站，一座由两排高大的景颇族图腾立柱构成的陇川县门赫然耸立。顿时，一股民族旋风和着热带亚热带温暖、湿润、洁净的空气扑面而来。伫立县门，一座极具南国民族风情的边陲小城——章凤尽收眼底。

"章凤"，傣语意为"大象吼叫的地方"。相传当年麓川王思可法率象兵巡视勐宛，来到这里时，众战象仰天嘶鸣，引来四周的野象高声应和。思可法灵机一动，便将这里命名为"章凤"。章凤城依山傍水，沿着勐宛坝东面的台地顺地势铺开。作为一座20世纪末才新搬迁的县城，这里基础设施建设科学合理，街道宽敞，建筑崭新，电力供应、给排

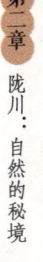

水系统完善，原生雨林植被和新绿化林木花卉把这个新兴的边陲小城装点得诗意盎然。

　　章凤对面的西山脚下就是中缅两国的国境线，阡陌交通，鸡犬相闻。拉影巍峨的国门和联检大楼上飘扬的五星红旗昭示着一个复兴大国的大度与尊严。缅甸蒲甘、东吁、贡榜王朝时期，从这里进来的是战象和军队，后来的英法帝国主义从这里进来的是洋枪火炮。而如今从这里通过的是两国的商品和蜂拥进来的外籍打工人群，不断扩张的工农业、建筑业和服务业使陇川成了这些外籍打工者的天堂。

　　往北沿着章凤后面正在建设中的腾陇高速，工业园区正在

❶ 勐约的移民新村
❷ 陇川县党政综合大楼
❸ 陇川一角

第二章　陇川：自然的秘境

083

❶ 章凤一角
❷ 跌撒大桥
❸ 腾陇高速

扩建之中，飞机场已具雏形。站在半山腰上，整个勐宛坝尽收眼底。一个个村寨掩映在翠竹绿树间，一座座佛塔与高大的菩提榕交相辉映，傣族和德昂族的奘房里不时飘荡出一阵阵经呗梵音。坝头的南宛湖波光粼粼，其东西两边的灌溉系统与南宛河及无数小水库、荷塘构成了勐宛坝完善的水资源系统。稻谷、甘蔗、香料烟和各种热带亚热带水果有不同生长成熟期，使得勐宛坝的不同季节变换出不同的色彩。春天翠绿，夏天墨绿，秋天金黄，冬天暗绿。这是一个"插根木棒都会发芽"的地方，如今不断引进的农产品新品种又为勐宛坝增添了新的色彩。

静静悠悠的户撒河在陇川西北部的深山里刻蚀出一个四季如春的户撒坝，恰如阿昌族人赋予它的称号："佛祖花园"，那样美丽多彩。元初，为应对缅甸蒲甘王朝的侵扰，选择在这里建堡屯兵，并在距离这里不远的山

口设立铁壁关,就是因为这里的气候适合中原人生活。明初,沐英父子选择在这里屯垦,也大多与这里优越的气候有关。清初,吴三桂让驻屯军首领取代阿昌族头人,多元文化在这里交汇,才有了具有汉唐建筑风格的古斐房,才有了具有宋明格调的古村落,才有了"三教合一"的皇阁报恩寺,才有了"白鹿指路"的传说,才有了"夫妻树"的故事,才有了名闻遐迩的户撒"三宝一绝"……如今,随着"宜居乡村,骑行之乡"工程的实施,古老的户撒山水更加美丽迷人。

行走在陇川美丽山水间,一定会让你心旷神怡、心灵纯化、流连忘返。

鸟瞰龙江水库

水墨陇川

巍巍的高黎贡山一路向西南逶迤蜿蜒，在它的余脉舒展出一块碧玉般的土地——陇川。陇川就像一幅画，让人浮想联翩。如果把祖国比作一卷巨大的中国水墨画轴，那么陇川则是这卷水墨画轴中西南端最精彩的一幅，可称为"水墨陇川"。

水墨陇川由龙江、南宛河和户撒河由北向南，在青山和碧坝间书写出一个苍劲有力的"川"字。三川大美，构成了这幅画的线条和轮廓。

而绿色，是"水墨陇川"这幅水墨画的主色调。陇川深得造物主的厚爱和眷顾，冬无严寒，夏无酷暑，是全国森林覆盖率较高的地区之一。除了漫山翁翁郁郁的亚热带雨林之外，满坝的甘蔗林像青纱帐一样组成无边无际的绿色海洋，真是满目翠绿，绿满陇川。

从章凤行30多千米，就到了天蓝水碧的清平。那一望无际的甘蔗林，就是陇川的"蔗海"了。站在"海"边一望，啊！这无边无际的甘蔗林，郁郁葱葱的，像碧波万顷的大海。阵风吹过，绿浪翻卷，一浪高过一浪，一浪拍打一浪，时而跌落涧谷，时而卷过坡头，滔滔滚滚，逶迤远去。偶尔有几株树或几蓬竹子，伫立于绿波之上，恰如大海里的舟樯。而在浪花飞溅的近岸，那一棵棵甘蔗，挺立着笔直的躯干，摇动着翡翠般的羽叶，在微风中婆娑起舞，好像有意向人们炫耀绿色的风姿。"啊，多美的甘蔗林！"人们常常会赞叹不已。还有县城的森林公园，当地人对这里的绿色心生热

❶ 秋色章凤

❷ 金色户撒坝

爱，外地人则艳羡不已。陇川就是活脱脱一个天然大氧吧！

陇川县委、县政府确立的建设"生态陇川、绿色家园"的发展战略，为陇川进一步走上生态之路打下了坚实的基础，陇川的明天会更加迷人。

金色，是"水墨陇川"中色彩最鲜艳的一笔。且不说陇川坝子秋季那金色的稻海，以及点缀在万绿丛中众多的金色奘寺佛塔，仅被称为"佛祖花园"的户撒坝子的油菜花海，就叫人心醉，让你歌，让你颂，让你感叹不已。每年的2月初至3月中旬，是油菜的盛花期，也是观赏的最佳季节，真是村在林中，林在花中，人在画中。

户撒坝，在陇川西面，是群山环抱下的美丽"花园盆地"，户撒河从坝中穿境而过。全乡自然生态环境优越，日照充足，雨量适宜，气候温和，是人们魂牵梦萦的"佛祖花园"，是绿色生态农业的天赐宝地，是全县重要的烟、粮、油生产基地，素有"陇川烟仓"和"边陲江南"之美誉。

白色，是"水墨陇川"这幅画的点睛之笔。凡到过陇川的人，都不会忘记龙安、户宛等众多温泉喷出的热气。这些热气与山风融合，变成缕缕白烟，潇潇洒洒，弥漫飘逸，缓缓上升，流动在山野间，迷了你的眼，美了那方人。

陇川火山附生地质现象丰富，有温泉二十多处，大多数都有待

开发。

　　陇川大地到处飘逸着乳白色的灵气，那是乡野的情歌，是幽谷的行吟。明朝崇祯十三年（1640年）七月，徐霞客到了陇川，曾住在户宛温泉附近，在此沐浴。

　　在这飘飘洒洒、氤氤氲氲的白雾中，还有一群群、一点点流动的白色精灵，为"水墨陇川"增加了几分动感，白鹭就是这幅画中的流动精灵。在陇川的任何一个地方，都可见到它们的身影。在天上、在树上、在稻田里、在原野上、在公路边，它们都那样安然自若。白鹭伴荷花、白鹭戏水牛，白鹭、晚霞、菩提、竹林、白鹭、稻浪、农人，这些自然和谐的绝美画面每天都在陇川这幅水墨画上展现。好逍遥，好自在啊，人与自然竟是这般地和谐共处！

　　刚劲的轮廓和优美的线条，浓郁碧绿的主色调，加之金色的渲染和白色的点缀，"水墨陇川"精美绝伦，让人流连忘返。

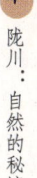

陇川县城全景

第二章　陇川：自然的秘境

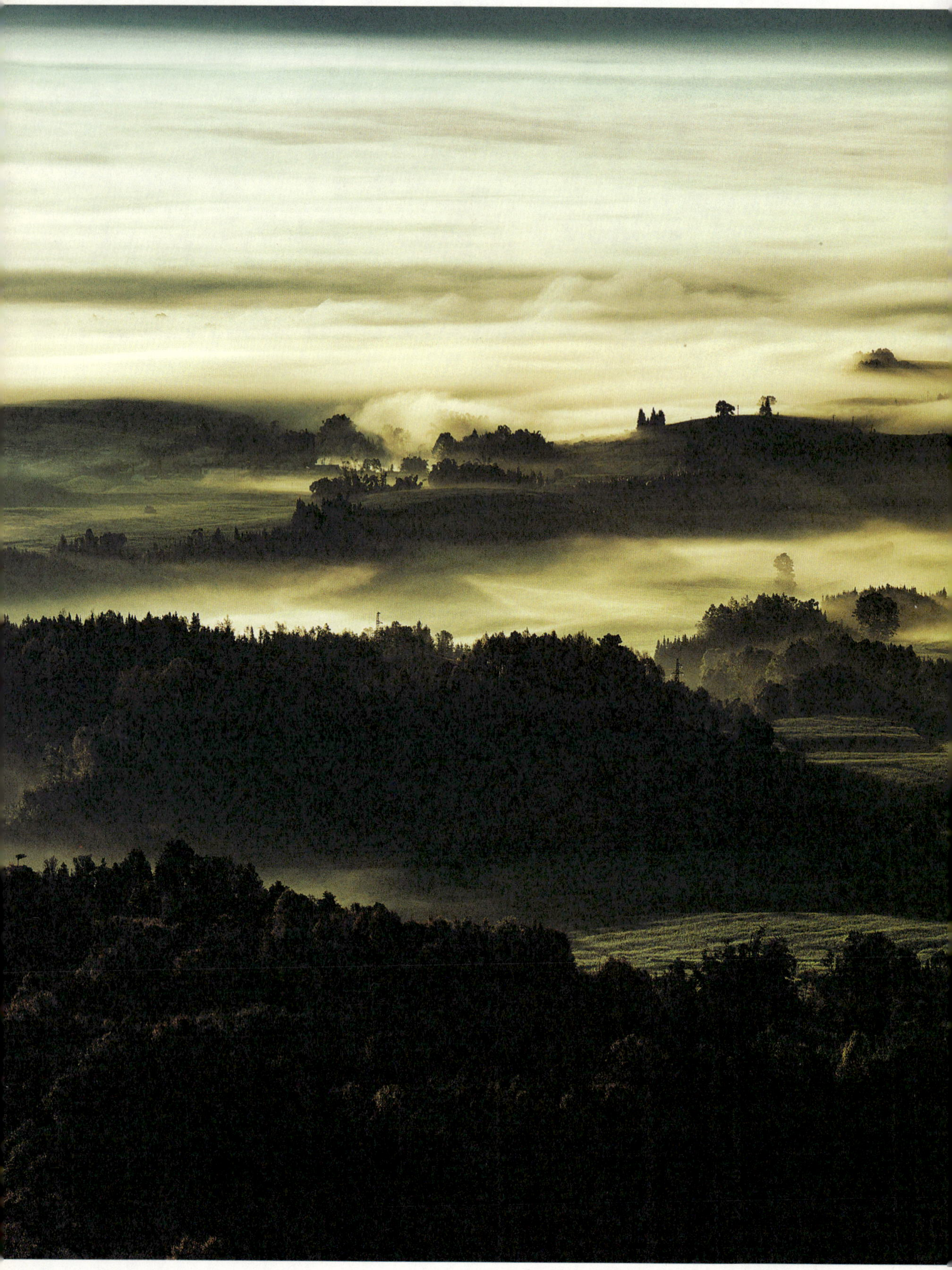

水墨陇川

品读陇川
——致这片热土上的人们

> 品读陇川，读不完她纷纭绵长的故事，读不尽她雄浑宽阔的大山情怀。让我们向这片热土上的人们致敬，正是他们以流光溢彩的人生，以浓厚的笔墨，点染出了陇川的神韵，绘制出陇川的壮美！

陇川，傣语称"勐宛"，意指太阳照耀的地方。历史和现实都在告诉我们，这里的确是一片充满英雄情怀的热土！

改革开放之初，是德宏发展最好的时期，许多高层重要领导和考察团纷至沓来。那时的陇川，无论是走进普通的学校，还是民族村寨，处处涌动着奋勇争先迭创优绩的激情。

当时，有两位极普通的陇川人，一个是陇川民族小学的刘杰老师，一个是撒定村农民董勒栽。

刘杰老师在学生中组织开展"小记者"活动，短短一年的时间，就把一群来自农村的少数民族学生精心培养成颇有名气的小记者——先后在《蜜蜂报》《小主人报》《农村孩子报》《小学生拼音报》等多家报纸发表作品20多篇，有几位还被《中国儿童报》《蜜蜂报》《小学生拼音报》特聘为小记者。1988年12月，全国红领巾建设竞赛，有超过10万所学校的少先队组织参加竞赛，其中100所学校荣获最佳奖，云南省有2家，其中之一就是陇川民族小学小记者部。1989年8月，由云南省少工委和《蜜蜂报》联合举办的"蜜蜂小队"竞赛，刘杰组织小记者再度参赛，在4项竞赛中，

一举夺下3项冠军。

董勒栽，是景颇山寨撒定村的一名普通农民。他抓住了陇川内陆开放的机遇，在荒山上种植了万亩杉松，成为陇川农村致富带头人。他走进了《民族画报》，走进了人民大会堂……而最让人感兴趣的不是他家新盖的楼房，也不是他陈设华丽的家，而是他家的女人——她们不再像传统的景颇族妇女，一生只知生儿育女、侍奉公婆丈夫、劈柴背水、织布种地。他家的女人，在家里有了举足轻重的地位——可以大大方方地与男人们同桌用餐，可以与男人们平起平坐，一同讨论种植、经营的话题……

陇川的确是一片神奇的土地。无论是当地的，还是外来的，无论是落脚陇川，还是走出陇川，仿佛只要是沾了这片热土的地气，就或多或少会有所作为，甚至是有大作为。或许，这就叫地灵人杰吧！

陇川和平解放初期，为保护胜利的成果，许多人献出了自己的青春、热血，甚至是年轻的生命。翻开《陇川农场志》，你会惊奇地发现，农场的创业者和历任领导绝大多数来自外省，不少人是当年的八路军、新四军，经历过烽火连天的战争岁月。这里摘录一位后辈给陇川的信，信中说："我叫胡茂文，现在广东省河源市一家外资企业做财务主管，也是陇川农场第一批垦荒队员的后代。父亲叫胡华纯，1949年8月1日，

城子全景

在江西遂川加入中国人民解放军，在二野四兵团十四军四十二师一百二十四团三营九连历任战士、连部通信员、通信班长、副排长等职务。随部队转战江西、广东、广西、贵州、云南等地，先后参加了解放南宁、贵阳、昆明等大城市的战斗，参加了大迂回、西南剿匪、云南平叛等重大战役。曾荣立过一、二、三等战功各一次，获解放战争纪念章一枚。1955年5月离开部队，响应党的'屯垦边疆，戍边保国'的号召，复员到云南陇川农场工作，是农场创建之初108将中的一员。先后在陇川农场担任过分场场长、支书、总场工会主席等职务。"

倘若走进陇川烈士陵园，读读那些逝者的碑文，你会在心里惊呼：原来还有胡华纯的许多战友长眠于此。不久前有过这样的新闻报道：1952年，部队工作队到了陇川县护国乡执行剿匪任务。当时团部安排一个排准备进驻杉木笼村，先由一个班来协调住处打扫卫生。由于山顶上缺水，第二天早上起来，他们就到山下去洗漱。刚一下山，就遇到了一百多人的国民党残匪。他们立即跑回来，拿了枪就冲下山。由于对地形不熟悉，高天保、杜树德、徐嘉兴三名战士，在子弹打光的情况下不幸牺牲。村民罗有苍说，三名战士牺牲后，村民们含泪把他们葬在了牺牲的地方。寨子里的人都认得，这三名烈士是为了他们村子，才会牺牲在这里的。每个人的心里面，都要记得这份恩情。所以，民政局先后三次要将墓葬迁往烈士陵园，都被村民们苦苦留住了。他们说："烈士墓是我们村子的保护神，我们是他们的亲人。"

陇把人至今还记得女英雄徐学惠的故事：

1958年3月3日凌晨4点，一位名叫徐学惠的粮管所营业员的房间里突然闯进6个土匪。而她枕下的铁箱子里装着昨晚的营业款5万元。那个年代，5万元是一笔天文数字的巨款。她不顾生命危险，大声叫喊求救，不惧匪徒手掐刀劈，并起身死死抱住钱箱不放。歹徒急了，朝着她的脸和身上连砍数刀，18岁的徐学惠倒地也不松开双手，于是匪徒一刀将她的双手砍掉。枪声响起，匪徒毙命，钱箱安然，可年轻的姑娘从此失去了双手……周恩来亲自给她献花，英雄的故事传遍祖国大地。

过往陇把的人，大概不会知道这里曾发生过轰动全国的英雄事迹，也不知道英雄是否还活着。时隔多年，再次见诸报端是2009年5月下旬，中宣部等11个部门部署开展评选"100位为新中国成立做出突出贡献的英雄模范人物和100位新中国成立以来感动中国人物"活动，徐学惠是云南20名人选之一，随后又被评为云南双百人物。那壮怀激烈、以死相搏、捍卫国家财产的一幕，依稀就在眼前。是啊，假如当时徐学惠松一松手，她就能保住双手，而且谁也不会责怪她，因为她身上已被砍了七刀，足以证明她是当之无愧的英雄。但是，在生死抉择之际，徐学惠想到的是：死也不能让匪徒抢走国家的钱！她单纯如水，坚定如山。徐学惠这样一个刚走上工作岗位的年轻而柔弱的女子在面对凶悍的匪徒时，竟然有如此勇敢的表现！是一个新的时代的来临，时势造就了英雄，英雄成就了这个时代，成就了陇川的大美！

那个激情燃烧的时代，陇川成了天南海北人员的聚集地，一批又一批的建设者来了，一批又一批的垦荒者来了。他们中的多数人留了下来，即便是走了的人，依然牵挂着这里，在他们太多的故事中有意无意地打上了这里的印记。邓贤和王小波，两个陇把农场的知青，一个来自四川，一个来自北京。走出陇川后，他们成为中国著名的作家、学者。而两人成名作的素材不约而同都取材于在陇川这一段刻骨铭心的经历。邓贤的《大国之魂》《中国知青梦》《中国知青终结》，王小波的《黄金时代》《地久天长》，他们的背景与灵感均来源于陇把农场的劳动与生活，成为他们成果的核心部分，成为他们成果之塔的基础。苦难总是给文学注入神奇的基因，成为两位作

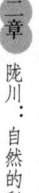

家不竭的创作源泉。所以两位作家多年后一次次回到陇川农场，这里有他们魂牵梦萦的东西。而这里的人们也一样记挂着他们，说起他们，说起知青，会像说起自己至爱的亲人、朋友："随时随地都见小邓在看书，晚上别的知青到处去玩，他还杵在屋子里看书。吃饭也在看，碗边就摆着一本书。""小波的褥子底下常常是既有书，又有钳子、锤子等劳动工具，他不嫌硌得慌，回来倒头便睡，也懒得收拾，想看了从褥子底下随手掏出书来就看，他的床谁也睡不了。""讲历史讲得好，田间休息的时候就听王小波讲曹操、周瑜，各朝故事，精彩得像评书一样。""王小波开始劳动是不太好，不会嘛，可是后来慢慢就改造好了。虽然割稻做得不太好，个子太高，动作不协调，怕割到自己，但是打谷子做得最好，120多斤的大麻袋，一个人从及膝的水田里抬出来。"

亦如候鸟会落在麻栗坝水库，停留虽短，但它们必定沐浴了这里的风，这里的水，这里的阳光，它们的歌声里带有这里的声调，它们的翎光里有这里的色彩。从这里飞出去的鸟儿，无论是鹰还是孔雀，总带着这里独有的秀水青山的灵气，五里一徘徊，这里曾是它们生长的好地方。

国家恢复高考后的两三年里，陇川有两个少数民族家庭特别引人关注和羡慕。一个是阿昌族的闫氏家庭，他们家三个孩子考上了大学，其中的闫敬华考入北京大学。尚氏家庭两个孩子考上了大学，其中的尚正宏（笔名晨宏）考入中央民族大学。

闫敬华，1980年考入北京大学，当时的新闻报道称："北京大学第一次有了阿昌族学生。"他也是恢复高考后德宏第一个考入北京大学的学生。闫敬华研究生毕业后，在中国气象局广州热带海洋气象研究所工作，1993年破格晋升为副研究员并担任数值天气预报研究室主任。1996年因工作、业绩和水平能力突出被破格晋升为研究员，是当时中国气象局最年轻的研究员。他是广东省第九届政协常委、广东省气象局学科带头人、中国气象局广州热带海洋气象研究所学科首席研究员、中国气象科学研究院研究生导师、中国气象学会数值天气预报委员会委员、水文气象委员会委员。他多次承担国家科技攻关项目，如国家"攀登"项目、国家"863"项目、国家"973"项目……他在数值天气预报模式技术、热带中尺度天气系统发生及演变机理等方面取得一大批研究成果，多项成果处于国内领先水平，多次获省部级科技成果奖。在国家《气象学报》《大气科学进展》等国内核心学术刊物上累计发表学术论文40多篇。广东卫视专门拍摄制作他的电视专题片《科技之子——闫敬华》。他站在气象学的屋脊之上，观测着世界的风云变幻，关注着故乡的阴晴圆缺。他以另一种形式回报家乡，也以另一种方式呈现家乡的大美。

章凤全景

晨宏则是步入中国文坛的作家，他用文学之笔思念故乡，回归故乡，赞美故乡。故乡的花、树、小溪、动物……一草一木一花都成了他思念和抒发的对象。"斑色花盛开的地方／是我可爱的家乡／每当我把家乡思念／总爱把斑色花歌唱。"(《斑色花开的地方》)"我的童年／属于山楂里／一角钱一堆的菌子／属于弯弯的背水路上／那些睁大了眼睛的露珠／属于那支和小鸟合奏的／牛背上的牧笛……"连丧葬也被他写得不带悲哀，而是激起读者对景颇山寨神秘的向往："唱的 低低地唱着／跳的　悠悠地跳着／用搏动的心律／感受着那／从遥远之外传来的／关于生命的声响。"晨宏是一位多产的作家，在20年间，他不但在各类报刊上发表了200多首诗歌，而且还发表了60多篇评论、散文、小说、报告文学。作家晨宏，他完全以诗的形式实现了他对家乡陇川的回归与赞美。

当然，几十年过去了，陇川考入北大、清华等国家重点大学的学子已比比皆是，到世界各国留学也不算什么新鲜事了。

品读陇川，读不完她纷纭绵长的故事，读不尽她雄浑宽阔的大山情怀。和平解放以来，陇川已走过了60多年的历程，多少人为陇川的建设与发展献出了青春与热血，甚至是年轻的生命，他们已然成了时代的榜样和骄傲！让我们向这片热土上的人们致敬，正是他们以流光溢彩的人生，以浓厚的笔墨，点染出了陇川的神韵，绘制出了陇川的壮美！

漫步在边城章凤

漫步在章凤的大街小巷上，总会让你有一些别样的感受。上天，或许是出于对这一片土地曾经苦难的补偿，把所有的花、所有的美、所有的激情，都赐予了这座边城。

漫步在边城章凤，一切都是清新舒爽的。

城市是崭新的，天是湛蓝的，云是雪白的，风是清爽的。葱翠的树，多彩的花，那是一种难得的清新、纯净和静谧。你的眼睛、皮肤和鼻腔会迅速清零，氧化在这个清纯的世界里。城在绿色中，绿色在城中，人与自然紧密融合，开门是自然，开窗是氧吧。

大街小巷绿影婆娑，无数小叶菩提榕、香樟、杧果树、波罗蜜树掩映着宽敞的街道和崭新的楼房，片片绿草花卉隐约其间。章凤城四季常绿，花果飘香，简直就是一个硕大的花果园。

绿影摇曳，清风追随，一路漫步到森林公园。坐落在城市中央的森林公园，过滤着城市的喧嚣与浮躁，释放着清新的空气，阴凉、纯净。

公园周围，炮仗花、凤凰花、三角梅争相开放，清香四溢。

公园西侧，伫立着一尊粉红色的花岗石雕塑——民族英雄穆然早乐东。雕像庄严神圣,一双深邃如鹰隼般的眼睛一直注视着不远处国门的方向,仿佛稍有风吹草动,他就会抽出紧握在手里那把长刀,为家园而战,为民族而战,为祖国而战。

顺着火山石和小石子巧妙融合的小道,徜徉在原始的雨林里。古木参天,蕴含着深远的意境。密密匝匝的树叶弥漫着一种特殊浑厚的气氛。被树叶层层过滤的空气,吸入的每一口都能感觉到干净纯粹,沁人心脾。

走出原始森林,仿佛从原始回到现代,视野一下子明朗起来。一汪纯粹的湖水进入眼帘,宁静而深邃。湖面波光粼粼,宛若串串闪烁的宝石项链,幽雅而高贵。湖面上不时有鱼儿跃起,溅起的水花像一粒粒晶莹的珍珠,反射着五彩斑斓的光芒。两旁仿古石栏雕刻的各种鸟兽图案栩栩如生。清风拂面,凉爽无比,即使在炎热的夏季也会顿觉心旷神怡。一切烦躁、疲惫、人世间的苦闷都会在这里荡然无存,给心灵一个莫大的慰藉。

向北沿着百级火山石台阶进入民族广场。广场面积上万平方米,中间为主广场,西面为景颇族目瑙纵歌广场,东面为傣族泼水节广场。目瑙纵歌广场四周绿树环绕,四道三角梅拱顶的大门进入椭圆形广场。中间目瑙示栋高耸入云,犀鸟和长刀的完美组合,把人一下子带入那万人纵歌的盛大情景之中。泼水节广场四周修竹环绕,中央一座金光闪闪的佛塔围绕耸立,东面亭榭和水龙熠熠生辉。每年傣历新年泼水节,这里都会人头攒动,铓锣震天,吉祥水漫天飘洒。

当然,在什么时间漫步森林公园,每个人的喜好不同。

或午后,隐身于绿荫中,在这个鸟语花香的地方随便找个凉亭或观景,或冥思,或小憩,嘈杂、喧嚣、烦躁会离你很远很远。或早晨,湿漉漉的空气仿佛使劲一拧,就能拧出水来。氤氲之气在湖面上翻滚,渐渐地形成轻纱似的薄雾,向四周弥漫开来,钻入树林、花草丛中,附在树上、行人上,飘飘然有如仙气一般。湖边那些风姿婀娜的凤尾竹活像一群群腾云而来的仙女,摇摆着秀美的长

❶ 云南景颇园

❷ 户撒风光

❸ 章凤街道

新县城夜景

发在打闹、戏水，幻化入湖面潋滟的波光里。湖中央的凤桥忽明忽暗，早已虚幻成神话中的蓬莱仙阁。好一个人间仙境呀！黄昏，太阳在西山渐渐隐去，四周安静了下来。这里早已是灯光浮动，人影憧憧。大爷老太太们在小广场上载歌载舞，小孩子们溜旱冰、打球，那些大姑娘大伙子们则手牵着手漫步在林荫小道上……

从森林公园向东漫步两千米左右，就到了景颇生态园。这里是一个景颇民族文化的浓缩馆，七棵参天的古榕树连接成一顶巨大的绿色华盖。小桥、流水、草棚、洞穴，仿佛把你带入最原始的部落。银泡闪闪的景颇族姑娘，身配长刀的景颇族小伙，会邀你一起舞蹈。一桌绿叶宴，会让你品尝到大自然那最原始、最生态的味道。

漫步在章凤的大街小巷上，总会让你有一些别样的感受。上天，或许是出于对这一片土地曾经苦难的补偿，把所有的花，所有的美，所有的激情，都赐予了这座边城。

户撒，放牧心灵的花园

走近户撒，我被过手米线的美味所诱惑，被如画的风光所陶醉，被深厚的历史文化所震撼。然而，我更喜欢那梦幻一般的民族风情与慢悠悠的时光，让我一次次从工作和生活的压力中解脱出来，放牧心灵。

人生苦短，世事纷纭。在这个竞争激烈的红尘中，心灵的空间备受挤压，生存的压力步步加大，能够放松心灵的地方越来越少，而能系住自己的梦的地方更是难觅。

走进户撒后，我才知道，世间有些地方，仍然可以让我们放下心灵的包袱，呼吸着清新的空气，在如诗如画的大自然里沐浴阳光，在老树下的古院里回味往事，在淳朴的民风里简单生活，在蛙声的鼓点和稻花香里放飞思绪。

"青龙浮出水面／摇头又摆尾／沐浴着金灿灿的光华／白象昂首走出森林／和着铓锣的节奏／迈出坚实的步伐。"2002年，第一次参加户撒阿昌族"阿露窝罗"盛大节日，在阿昌族少女轻盈的舞步中，在阿昌族汉子粗犷的刀舞中，我第一次被户撒阿昌族的文化震撼。

通过长者的讲述，我才知道户撒的"阿露窝罗节"原来分为"阿露节"（会街）和"窝罗节"。其中，"阿露节"是关于孝子个打玛的。传说七岁时母亲便去世的孝子个打玛修炼成佛后，牢记母亲的养育之恩，每到母亲忌日（农历五月，

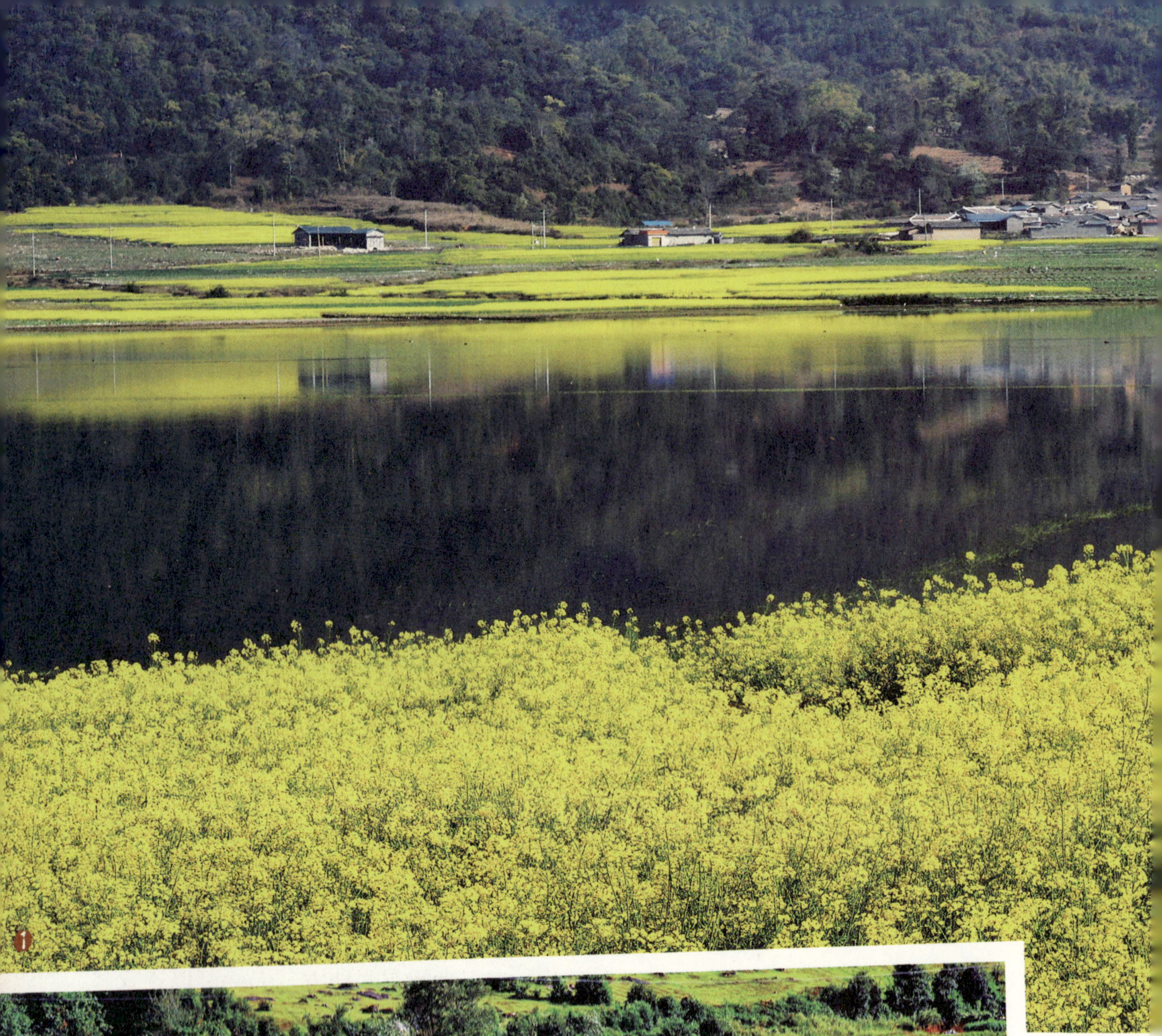

①

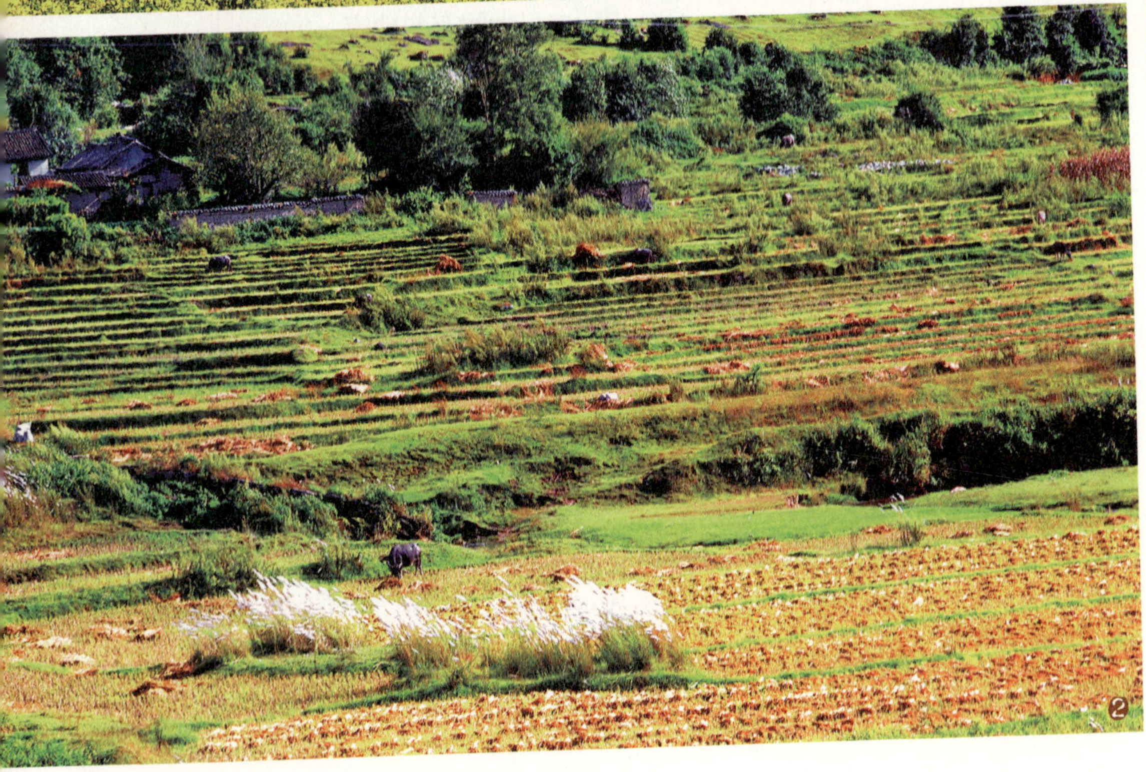

②

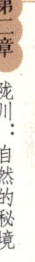

闰年为六月）都要到天上为母亲念经三天。然而天上一日，地上就是一月。个打玛不在人间的这三个月，正逢疾病暴发的雨季，人间多灾多难。当个打玛返回人间的时候，佛光把天空照亮，青龙跃出水面，昂首摆尾，欢欣极致；罕见的白象也从深山密林里跑来，高兴得昂首甩鼻。生性善良的个打玛一到人间，马上拯救世人。人们为了报答个打玛的恩泽，每年在他返回这天，总要制作出漂亮的青龙、白象，举行塔拜活动，以载歌载舞的方式抒发心中的情感，迎接佛祖个打玛回到人间。"窝罗节"则源于户撒阿昌族的民间传说：远古时无天无

❶ 户撒春色
❷ 户撒晚秋

地，于是天公遮帕麻造天，地母遮米麻织地，从此人们安居乐业。然而旱神腊訇却造了个假太阳钉在天幕上，毁灭了人类的幸福。天公和地母为了世间万物的生存，降妖除魔，用神箭射落假太阳，使人类获得新生。人们为了纪念天公地母，便以集体歌舞"蹬窝罗"来表示感激之情。1993年5月20日，德宏州第九届人大常委会第三十次会议正式将两个节日统一为"阿露窝罗节"，节日时间为每年的3月20日。从此，"阿露窝罗节"便成为阿昌族的法定节日，并赋予了庆贺民族团结、庆贺丰收、祝福美好生活等含义。

　　阿昌族虽然人口较少，但却是一个古老、勤劳、善良而又勇敢，充满智慧的民族。元明时期，陇川户撒乡的阿昌族曾配合元军、明军击退缅甸蒲甘军的侵犯，参与明军平息麓川思氏的反叛。清朝时又参与清军抵御缅甸东吁王朝和贡榜王朝对德宏边境的屡次侵犯。1879年，又与陇川各族人民一道多次粉碎英国殖民主义者企图侵吞陇川的阴谋，捍卫了祖国领土的完整。

　　知道了这些美丽的传说与历史后，我对户撒更有了一种神秘、崇敬和向往之情。

　　2011年3月，我第一次以摄影人的身份到户撒采风。

　　一天早晨，我们来到户撒坝，老远便被大片金黄的油菜花所吸引。我们找到一个高地之后，看着太阳慢慢从高山上长起来，把油菜花渐渐染黄，穿着美丽民族服装的阿昌族妇女，在金黄的油菜花里劳作着、走动着，迷离的光影把一切都变得美丽和谐。

　　沿着坝子的西北一侧向东北方向行进，到处是油菜花泛起的金光。过了乡政府之后不久，便见一片草坡下，有一个泥塘，几十头水牛，有的站在泥塘边，有的眯着眼睛在泥塘里反刍，有的在泥塘里打滚，看到车辆经过，牛儿们也慢慢抬起头来，眼睛盯着人和车，也不知它们在做

着怎样的思考。前行的过程中，可见一头头水牛在田边地头吃草，白鹭或停在牛背上张望，或在牛背上、牛角上展翅欲飞，有时则有成群的白鹭在牛周围飞来飞去。户撒的白鹭总爱与牛在一起，有牛的地方便会有白鹭，壮实的水牛与精灵般的白鹭，构成了户撒一道独特的风景，我曾开玩笑说"牛鹭一家亲"。

到了朗光寨子后，我看见大片的油菜花绵延数千米，从云层里钻出来的阳光，把油菜花照得东亮一片，西亮一片。随着太阳和云层的不断移动，使得花海里的色彩不断变化，美丽的油菜花地更具层次感。

到了户撒的坝子头——地方头，但见一个大坝将宽阔的坝子头的近千亩良田隔开。大坝内的两边高中间低，低地里有一些纵横交错的田埂，尽数被水淹没，在阳光下闪着黛蓝色的光芒。而在水里，还长出了一簇簇绿色的水草，有的水草把绿色的身影挺出了水面，疯狂地生长。微风吹来，水草与水的波纹一起晃动，真是美不胜收。数十只野鸭，在远处的水面上游来游去。我带着相机猫着腰向它们走去，准备拍下它们美丽的倩影。可是这些可爱的野鸭却没有给我面子，在我还隔着老远的

秋摄陇川

第二章 陇川：自然的秘境

时候，它们就相继飞起，在水面上徘徊一阵后，飞向远处炊烟袅袅的村庄。同行的朋友告诉我，现在这里全部是水，等到秋天，这里全部是金黄色的稻谷，那风景要多美有多美。

有一年10月，我和两位朋友经户撒前往盈江。经过户撒时，看见刚修起的新公路边上建起了一个瞭望台。我们登上瞭望台后，发现这里观景不理想，便又爬往更高的一个小山包上看风景。时值金秋，户撒的稻田里到处是金灿灿的，上万亩稻田连在一起，壮观至极。镶嵌在稻田中间的一个个小村子竹树环绕，红墙碧瓦，房屋错落有致，炊烟袅袅，给人一种宁静祥和的感觉。随着云卷云舒，稻田里光影变幻，忽而金光奔跑，忽而阴影移动，美丽的村庄也随之时明时亮，好一派南国秋天的壮景。于是我不断地按下快门，留下了一张张美照。

进入户撒坝后，我们从西南侧深入户撒腹地。满眼都是金黄的稻浪，蓝得让人想飞的天幕下，几朵洁白的云飘得很低，仿佛一伸手就可采摘。我迅速把在稻田中延伸的柏油路与蓝天白云同框，那

样的美景真是和谐到了极致。车行在如画的风景中，不时可见人们在田里收割稻谷。他们有的挥舞着镰刀在割谷子，有的挥起大把的稻谷，再重重地打在罐斗（阿昌族人特有的斗状打谷容器）上，在汗水中收获一年来的劳动果实。再往前走，但见美丽的户撒河蜿蜒在坝子中间的层层稻田里，河岸边的芦苇正在开放，林立起数不清的白色"尾巴"。

一路前行，稻浪、绿树、村寨、人家、奘房、佛塔，一一从我们的车窗前掠过。笃信南传佛教的阿昌族人几乎村村都有奘房，寨寨都有佛塔。奘房古树修竹环绕，佛塔菩提树巨冠掩映，风铃叮当，梵音缭绕，一派佛国净土的景象。难怪户撒历来就有"佛祖花园""灵谷"的美誉。

下午5点多到达地方头，正如之前朋友所说，这里曾经是储水的地方，此时正林立着金黄的稻谷，层层叠叠，被云层中散射下来的阳光分割成不规则的、或明或暗的条块。几头水牛，正在大坝的斜坡上安详地吃草。由于栽种时间不同，稻田中的水稻或黄或绿，展现出不同的色彩。几个打谷人，从远处扛着谷子袋，行走在田埂上，身上被阳光镀上了一层金色。一位老奶奶和一位大嫂牵着牛向我走来，金色并且有些迷离的夕阳打在她们身上，衬托出人与自然的和谐之美。我抓紧时间用逆光的手法分别拍下了她们的剪影。

接下来的三年中，每年国庆节我都要到户撒拍摄，户撒的神秘面纱在我眼前渐渐揭开。可以说，最初深入户撒的时候，我们喜欢的是户撒的自然美景，但反复多次后，我们发现户撒的人文与历史同样引人注目。

我们拍到了穿着阿昌族服装的女人挑着担子走在路上的身姿，拍到了阿昌族姑娘拿着镰刀走向稻田的倩影，拍到了在傍晚的天光中三个十几岁的小孩在路边割草的画面，连她们割草时扯起的灰尘和泥浆都出现在我们的镜头里。有一次，我们还拍到一个才一岁多的小孩扶着锄头站在地里，脸上是一脸的认

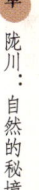

真。有一天，当我和老王刚下车拍照的时候，竟然看到放牛的人敲响手中的铓锣，一大群水牛就跟着他走，一直从山坡上走到大路，穿行在人来人往的村寨公路上。而在另一个火热的午后，我和老王在一个村子里的水池边，拍到了一群光着屁股游泳的小孩子。面对镜头，他们没有多少羞涩，不断地从水中游上岸来，又不断地跃向水池中。

古树、古院、古村落多也是户撒的一大特征。户撒铅勒两棵巨大的柏树挺立于村子中，需要几个人才合抱得来。两棵大树树干笔直粗壮，树顶枝繁叶茂，相互交融，犹如撑开的两把巨伞，让天上的风雨难于穿透，人称"夫妻树"。而在省级文物保护单位芒捧奘寺，一株古老的榕树如巨人般站立在这古老的奘房旁，树下的青石板路透着历史的沧桑。

而建于明朝洪武年间的皇阁寺，更具深厚的历史，据传系西平侯沐英在户撒屯兵防护时所建。建设在半山上的皇阁寺系汉式建筑，分正殿、左右厢殿及下殿。正殿建在一个高台之上，厢殿和下庙建于台下，下庙有两道大门进出，殿四周镶砌着坚固的石墙。正殿和厢殿塑有各种神像，下殿是戏楼，是唱戏的舞台。就在这座山上，皇阁寺、报恩寺和下皇阁寺依次排开。据碑文记载：皇阁寺建于明洪武年间；报恩寺由户撒赖土司邀约干崖、盏达土司及其族人共同筹款修建于清雍正十一年（1733年）。三座寺有三道天门，各寺都是古老独立的四合院，下皇阁寺已于民国初年倒毁。皇阁寺和报恩寺是道教和佛教合一的寺庙，上奘皇阁寺塑着玉皇大帝及诸神像，故称皇阁寺，下奘报恩寺塑着佛、法、僧三宝及其他佛像，故称佛教寺。

在户撒芒捧坝子中间的一座小山坡顶，一株苍劲的古树与一间小屋相依相守，一直是我们摄影人最喜欢的场地。白天，这个绿草如茵的山坡上到处是水牛，时而在安静地吃草，时而在坡上徜徉，时而站在一起反刍，时而睡在一起厮磨。秋天的一个傍晚，我和几位朋友经过山坡时，看到满天的彩霞十分壮观和独特，便让同车的女孩们在树和屋子前面的草地上做各种动作，我们从不同角度把她们在坡顶树旁跳跃、嬉戏的一系列剪影与红色的彩霞拍在一起。这些美丽的照片放

花海中的妇女

到网上后引起了很多人的围观。在户撒，类似这样的风光非常多。

户撒刀是户撒的灵魂，是阿昌族人智慧的结晶，更是户撒的名片之一。早在唐朝时候，阿昌族的先民就初步掌握了锻制和铸造铁器的技术。沐家军在户撒屯驻时期，阿昌族人从汉兵匠作手里进一步学会了锻刀技术。在明代历史上有名的"三征麓川"中，户撒阿昌族人就成了官兵兵器制造的"专业户"。睿智的阿昌族人吸取了汉族兵器制造技术的精华，创造了独特的户撒刀锻制工艺，生产出了各种各样精良的刀具。20世纪80年代初，喜欢创新的阿昌族打刀世家的嫡系传人项老赛把兵器制造术与工艺结合起来，开始了工艺刀的锻造。通过他和其他锻刀师傅们的积极钻研，使户撒刀成功地实现了由最初的农用刀具演变成民族工艺品的华丽转身，并远销东南亚各国及日本、法国、挪威等国。项老赛被人们称为刀王，该锻制技艺还被列为国家非物质文化遗产名录。目前，在这片美丽而又神奇的土地上，已经有很多打刀的农户因打出了好刀而在每年"阿露窝罗节"的比赛中获得了刀王之称。

阿昌族的另一张名片是过手米线。在中国，很多人都知道云南的过桥米线。实际上，陇川县户撒的过手米线同样名不虚

传，是边境地区一道特色美食。每逢盛大活动或有尊贵的客人来，当地的阿昌族总要拌一盘过手米线，倒出最好的米酒，一起品味幸福的生活。

别看过手米线名字简单，但做起来并不容易，其复杂的工艺非常考验人。户撒人做过手米线时，先选用当地红米做成质感滑软、香糯的米线，煮熟滤水后放凉备用。之后，将猪皮、猪肝等烤熟剁碎后，与同样剁碎的瘦肉、舂碎的花生米和芫荽、芫荽子、鱼腥菜、辣椒、稀豆粉等搅拌在一起，与米线配在一起吃。吃米线的时候，传统的吃法更讲究过手这一关，必须先用三个手指揪下一小撮米线，然后将手掌向上张开，让米线平衡地摆在手掌心，再从盘中挑起作料放到米线上送进嘴里。这样的吃法，才能吃出过手米线应有的独特味道，如果把米线和作料搅拌在一起吃，那味道就大不相同了。

走近户撒，我被过手米线的美味所诱惑，被如画的风光所陶醉，被深厚的历史文化所震撼。然而，我更喜欢那梦幻一般的民族风情与慢悠悠的时光，让我一次次从工作和生活的压力中解脱出来，放牧心灵。的确，连传说中的佛祖都要驻足的花园户撒，谁来以后会不留恋，离开以后又不思念呢？

金凤山境界

> 一花一世界，一树一菩提。于是，我想象一个情境：木鱼深沉思辨的声响，透射着见灵见性的光芒。灵魂在黄昏最后一道云霞里，安住于光明的殊胜之地，生生世世不会转生在邪见或者黑暗的地方。

高黎贡山的烟雨迷雾居然孕育出如此内涵丰富的一座山：那峰峦峡谷生长的都是诗的胚胎，简单润色就是一阕唐宋诗人的长歌短令；那漫山遍野堆积的都是画的底色，简单调配就是一幅明清画家的山水写真；那浓郁的自然风情和深厚的人文景观，简单整理就是一篇声律藻饰的骈体文。

金凤山，地处陇川境内户撒乡北角。她虽名不见经传，却集北方磅礴大气和南方清秀婉约于一体，加之源远流长的宗教文化和底蕴深厚的本土文化的滋养，使她有着独特的风景，绝美的意境。在这里，一座山的自然形态所赋予的物质含义被诗情画意所替代，一座山蕴积的深厚底蕴被一种精神境界所诠释。

一

走在金凤山流淌古韵的清幽山径上，苍翠馥郁连绵而至，峭壁陡崖如约而来，鸟语花香裹挟着季节神韵和地域情怀与我

一路同行。顺着山谷涓涓溪水的走向，我仿佛听见一阵如同江南丝竹般的流韵，缠绵于幽谷深涧，余音袅袅。总有几处山花的红颜滑过眼帘，委婉而凄美。我知道，金凤山是百花的故乡，每到春天，盛开在山梁和坡地的花簇是季节里最具风情的景致。可时令已过，想必无数山花的落红早已化作根下护花的春泥。我揣摩，那斑斑红颜应该是秋日的红叶在茎脉里调色，抑或是身披彩虹衣裳的山鸡在隐匿休憩。

是不是陶渊明书中的世界我去得多了，这金凤山就像和我有着与生俱来的缘分，走近她便有一种似曾相识的感觉，各种情感都来得那么自然，那么顺理成章。记起沈从文说过的一句话："美的东西都是没有家的。"想想确有几分道理。美学层面上的东西总是如此的玄奥，不是数理知识的简单推理和换算就能得出答案的，这里面有个形象思维的问题，也有个审美情趣的问题。透过金凤山诗情画意的演绎，我体味到了一种美学境界的情韵。

进入山势陡险之处，有些许凉爽侵入身心。我不知道是海拔增高造成的温差所致，还是金凤山的幽境越来越深邃所致。金凤山山峦起伏，重峦叠嶂，海拔1470米，可谓一览众山小。我想，这样的高度也象征着陇川人的一种理想，一种志向，一种超越，一种登高不止的境界。一座山的深邃与高耸总是带有某种特质，这就像一种文化高度，是有历史渊源和时代属性的。在金凤山，我能感受和体味到一种勇攀高峰的精神内涵。

金凤山的半腰和山顶都有云，聚集成一种形态，流淌着一种意境。半山腰上的云，像是阿昌族姑娘飘逸的裙裾，缠绵在树上，风情万种。远远地，似乎就能闻到户撒河水的馨香。还有些云从丛林深处升腾而上，袅袅如烟，让人疑惑是不是密林深处有人家？山顶上的云厚重一些，但却不像黄山的云那么臃肿，也不像泰山的云那么稀薄，而是洁白如棉花，给人以温暖和洁净，身在高山而不胆寒。随着时空的变化和视觉的转换，那些云缓慢地演绎着不同的形状，象形象意，为金凤山的神秘增添了一道面纱。

总觉得有一种声音萦绕于耳边，并以特有的分贝尾随着山顶云彩的走向回旋在峰峦与峡谷之间，流淌在林带和草坡之上。是鸟儿和兽类发出的声音吗？金凤山有许多飞

❶ 户撒皇阁
❷ 户撒金凤山、皇阁寺

第二章 陇川：自然的秘境

115

禽走兽，它们与周边环境和谐相处。但这声音委婉而有韵律，不像是源自它们。是林涛奔涌和溪流瀑布发出的声音吗？也似乎不是。这里的林涛声低沉浑厚，这里的溪水声和瀑布声绵长悠远，有着明显的地域特色。忽然顿悟，那应该是神秘莫测的山风在峰谷之间回旋，演绎出的美妙弹奏。我这个视角处的金凤山，很像一座超大的竖琴，峰峦为琴架，峡谷为琴座，密林为琴弦，一阵阵风儿就像一双双纤指，拨动着自然界最纯真的生态和弦。

然而，随着脚步的纵深，这种天籁之声渐渐消失了，整个金凤山像是进入一种静默状态，几乎所有的声源都被屏蔽了。一座山的巨大能量全都隐匿在了葱茏之中，一座山的生灵全都进入了一种休憩状态。这是一种现象，更是一种神奇、一种境界。或许，只有陇川的金凤山才有这样的神奇，这样的境界。

光影下的一蓬紫色小花，几分素雅，几分淡定，沐浴着山坡上淡淡的清凉，碎碎地开，从容至极。那种单薄却思想丰盈的神韵，给人以无尽的想象。我能感觉到，她正以一种最简单的形态，把自己贫瘠的生命展示出来。这种从容和淡定，这种不重华丽和芳香的风格，不正是金凤山的特质吗？不正是生于斯长于斯的阿昌族人的特质吗？

二

穿越在金凤山苍茫蓊郁的怀抱里，我的心灵立即被它博大渊深的意境所溶解，似是化为一片浸透古韵的绿叶，穿越于悠远的时空。金凤山茂林修竹，古树参天，几百个植物种类犹如绿色基因库，在陇川大地构筑起一座绿色王国。古老与新生叠加在一起，高大与细小混合在一起，刚劲与柔弱有机结合在一起，局部与整体以逻辑形态连接在一起，严谨而有序的生命结构，给人以哲思，给人以遐想，给人以意象，呈现出无处不在的蓬勃生机和旖旎韵致。如果把金凤山比成一幅中国古典山水画，那么绿色就是它永恒的底色，林木就是它浓涂重抹之笔。这是诗与画的构想，蕴含的不仅是绿色景

金凤塔

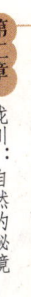

致，还有绿色的内涵和外延。

我很是疑惑，似乎只有到了金凤山，才明白什么是被绿净化了的空气，什么是被绿浸透了的负氧离子，什么是森林与所在空间的非生物环境有机结合，构成完整的生态系统。这是一种典范，其意义已经超越自然生态本身的固有含义。在这样的丛林之中，物质概念被溶解，精神概念被溶解，意象和思维也被溶解。

喜欢金凤山树木的沧桑和绿意。杉也罢，松也罢，抑或楠木和青樟，直至苍茫连绵的原始雨林，这些独具自然生态特色的稀有植物，都是让你不得不回头、可遇不可求的景致。面对一丛丛浸透民族风韵和佛音梵呗的青枝绿叶，梦在缥缈，色彩在缥缈，微笑也在缥缈。灵魂的欲念，在这碧树丛中，化为青烟。金凤山的树木带着真实的随性，牵引人的思绪向往一种高度，向往一种境界，领悟大千世界的玄机，领悟一切生命的奥妙。与其说每一棵树都是一件精美绝伦的艺术品，强烈的美感让人浮想联翩，倒不如说，每一株树都是生命的使者，仿佛在

第二章 陇川：自然的秘境

为人洗涤岁月带来的疲惫和凡尘带来的贪欲。

最是欣赏皇阁报恩寺对面不远的山脚下那两棵巨柏。这两棵相传有500年树龄的参天柏树，树干相近，枝叶相连，宛如终生偎依在一起的夫妻，阅尽世间沧桑和人间冷暖，以从容淡泊的生命诠释爱情的真谛。这样的忠贞与朴素，又岂是几句唐诗宋词、几幅古典山水可以解读得了的。

在金凤山，我似是触摸到树的心跳，倾听到树的喃喃絮语。生命的能量往往都是在静默中积蓄的，人如此，树亦如此，生命皆如此。一座山孕育了一棵树，一棵树也孕育了一座山，这不仅有着哲学层面上的意义，还有着美学层面上的意义。

金凤塔

有山风吹来，穿越丛林激起的声响犹如王俊雄书香音乐《松涛》中的序曲，在峡谷里起伏，在茂林中回荡，在天空中盘旋。闭上眼睛，沉醉在天籁之中，我感悟到叶的吐蕾、花的绽放、风雨的协奏、雷电的高歌及群鸟的和鸣；感悟到风的潇洒、云的轻盈，日出日落、月降月升的恢宏和壮阔；感悟到清新的自然、淳朴的世界，以及朴素的思想、淡泊的人生。

三

我们无法否认金凤山的自然美景带给人的身心愉悦，但我更惊叹于它的人文内涵赋予人的精神滋养。一座山，用它的广博和厚重为我们树立了一种文化高度。

是不是西南边陲独特的风土人情，才使得这里汇集了儒学、佛教和道家之精华，成为一座名副其实的中庸之山？它没有丝毫刻意之痕迹，与生俱来就有了道家的风骨、仙家的气韵，以及禅境的空灵。

在金凤山，我听到一个关于皇阁寺的传说。六百多年前，明将西平侯沐英修建"皇阁报恩寺"，可谓是功德之举。此后，民族团结、和谐共处，随着汉族人员的增多，汉传佛教和道教也随之传入了户撒。日子久了，信仰南传佛教的阿昌族有一些也信仰起汉传佛教及道教了。于是，皇阁寺成了汉传佛教、南传佛教、道教三教合一的神奇庙观。

其实，佛教的本质是一种智者的文明，道教在本质上是一种文明的智者，而儒学的中庸思想则如同一架桥梁横跨于这两者之间，使之相容相纳，汇于一处。这种独具特色的地域文化成就了金凤山的广博与包容。金凤山就像一个大酒窖，容纳了三种截然不同的文化元素，酝酿出陇川地域文化的醇香。因为

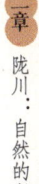

有了金凤山这种豁达的胸襟，一种广博的文明便在这绵延的大山深处随着时空的转换而向外无限延伸，渐成史书。

皇阁寺可谓是金凤山这本史书的扉页，字里行间装裱着自明洪武年间以来陇川香火的兴盛。佛光铺就的石板阶梯，从神祇的脚下向上伸延，朝圣的脚步敲响菩萨大殿的钟声。于是，佛音梵呗越过画栋雕梁，越过飞檐翘角，越过苍松翠柏，落在了每一个朝拜者的头顶和心灵。

皇阁寺背靠悬崖峭壁，面朝平坝山峦，古朴典雅。透过苍翠斜泻过来的光圈，拂去尘埃，拂去杂念，把洁净的光影投射在浸有千年古韵的崖壁上，虚晃着斑驳，闪烁着清亮，很合人的心境。我在想，一个饱含灵性的世界，需要以仰视的角度，才能读懂这浸透神灵佛光的清亮。这个世界除了阳光，还有心灵，还有信仰。

圣武威严的玉皇大帝及诸神高高屹立于上粜皇阁寺台座上，端庄的雍容，微丰的体态，包含几分盛唐的神韵。而那气宇轩昂、心胸澄明、擎天傲骨、亲和慈善，有着盛世和谐的雍容气度，又有着江河日月般的淡定。刹那间，我忽地感到生命的渺小和灵魂的卑微。随着诸神的视线，我面朝重峦叠嶂，眺望苍翠之外的尘缘世界。那阳光雨露般的禅语引无数凡徒穿越尘世的繁华喧嚣，抵达这油菜花盛开的清明世界。

而在下粜报恩寺，仰望和感悟也是一种修行。清高脱俗是佛之境界，四大皆空是佛之境界，包容天下也是佛之境界。从山巅流淌而下的宝刹钟声绕着我的耳鼓又向瑟瑟而动的林中弥散而去，沉雄的音律，敲下路边的几片落叶。我小心翼翼地拾起那片俯身着地的半黄叶片，感觉到了一份蠕动的重量。钟声落在秋日的林木里，衍生的不仅是一种交融，还有一种生命的孕育。曾经走过许多落叶的林道，感觉这金凤山的落叶最是超脱，最是虔诚。我寻着钟声望去，期待视线里有更多的飘落，为我洗礼，让我带走这在佛的境界里沐过的净品。

一花一世界，一树一菩提。于是，我想象一个情境：木鱼深沉思辨的声响，透射着见灵见性的光芒。灵魂在黄昏最后一道云霞里，安住于光明的殊胜之地，生生世世不会转生在邪见或者黑暗的地方。

金凤山，将佛教和道家的寓意深深地写进了自身的境界之中。

去巴达山，去德昂族女王宫遗址

古事远去，唯有悲凉的传说遗留在了历史的烟尘里。神秘的女王和她的宫殿已化作一堆尘土，但无数的断想或猜疑，却反而赋予了巴达山无限的隐秘。

去巴达山，去德昂族女王宫遗址，去1400年前的一个地方。

身为土生土长的陇川人，却不知道德昂族女王宫遗址就在陇川城子镇的巴达山，真是惭愧。幸而参加了德宏州作协组织的下基层采风活动，才有了去一瞻德昂族女王宫遗址的机会。

我们是从山下的一个村寨开始徒步的。此时，正值暮春时节。按往年，这样的节气里陇川正是春光明媚、阳光灿烂的好时候，但由于雨水来得早，泼水节一过，陇川的雨便一场接一场不停地下。

刚踏上山路，天便暗了下来，空中的乌云很重，又是一场大雨要来的样子。这样的天气上山不免让人有些担忧。不过，虽说不好的天气给我们此行的旅途罩上了一丝灰蒙蒙的色彩，却也恰巧暗合了德昂族女王悲凉的传说。

曲曲折折的山路周围全是密密的树林，树林间四处都有不同的野花点缀着，最多的是一种蝴蝶状白色的花朵，这些

洁白的花朵，或许正是为德昂族女王而吐蕊绽放的吧。

寂静的山林，泥泞的山路，扑哧、扑哧的脚步声和一声声忽远忽近的鸟鸣声，让整个巴达山显得更清幽、寂静，与世隔绝。

最先到达的是德昂族女王宫的护城河。河水依旧清澈，只是河流早没了昔日的面容，如今的护城河已被后人用石头水泥砌成了灌溉农田的水渠。

这里的一切看上去都刻上了岁月流逝的痕迹。然而，就是在这样的情景中，因为有着德昂族女王的传说，依然有一种让人怦然心动的感觉。

传说，德昂族女王功夫了得，在族群遭到侵犯时，她奋起还击，女扮男装率领部族捍卫族权。她的每一次出征都大获全胜。护城河是女王秘密洗浴的地方。那是女王最后的黄昏，当她剥去一层

大龙潭，传说中女王洗澡的地方

层缠胸裹体的白布，在护城河里抹着艳丽的霞光沐浴时，她的女儿身不幸被部下窥破。部族的男人们深受男尊女卑思想的毒害，无法忍受一个女人当他们的统领，德昂族女王由此惨遭杀害。

德昂族女王的传说，让同为女儿身的我肃然起敬的同时，也深深地为之感伤。

离开护城河，我们向王宫遗址所在的山顶攀爬。山势陡峭险峻，树木茂密，遮天蔽日，根本没有路。脚下全是让雨水浸湿的枯枝败叶，稍不留意，便会打滑摔倒。虽然攀爬得很是艰难，但大家还是彼此扶持，相互照应着，如期到达山顶。

站在山顶上，山风吹来，草木低吟，森林里的气味也似乎血腥了起来。风声里也好似有了远古的声音，好像是在向人们

第二章 陇川：自然的秘境

诉说着女王的那段传奇，仿佛能听到德昂族王宫的水鼓声，震天而起。风声里，一切都让人不由地生出一种神秘的敬畏之情。

大家在山顶聚集、停留、寻觅。寻觅的足迹与风中的故事成了一段美好的邂逅，给此时阴冷的巴达山增添了些许人气和暖意。

我默默地看着人们从枯叶覆盖的泥地里扒出一块块散落的旧墙砖，扒出那些德昂族女王女扮男装统治王国的辉煌日子。这些残缺不全的墙砖似乎还隐隐地散发着昔日烽火的味道。拭去尘埃，砖中的秘密已隐没于悠悠的历史烟尘之中，唯一能让人想象的就是这里曾经有过一个受人敬仰的德昂族女王和她的王国。而现在已不复存在，一切就像被遗忘在山间的一棵古树上，坐落于此，远离尘世的喧嚣，给人一种异乎寻常的庄严与肃穆。

任时光默默相去千年，太阳依旧镶嵌在巴达山的天空，护城河的流水依然默默守在德昂族女王宫的山脚。只是河岸再没了德昂族女王缠胸裹体的白布，河里再没了德昂族女王戏水沐浴的丽影。想象德昂族女王宫曾经的热闹繁华，面对德昂族女王宫如今的破败、孤寂和荒凉，心中有了一种无法言说的落寞之感。

下山时，天色慢慢暗了下来。雨声从树叶间传来，一会儿便雨点密集，大雨倾盆，似在为德昂族女王的不幸命运而悲鸣。

古事远去，唯有悲凉的传说遗留在了历史的烟尘里。神秘的女王和她的宫殿已化作一堆尘土。但无数的断想或猜疑，反而赋予了巴达山无限的隐秘。

撑着伞，我伫立山脚，在雨中再一次仰望德昂族女王宫遗址。我的目光正穿越时空，目送德昂族女王，她像巴达山间洁白的花瓣一样飘落于大地。

通往巴达德昂族女王宫遗址的林区路

陇川有座山水碑

　　他死了,他的名字还活着。
　　他死了,他的故事还活着。
　　因为,在这儿,我们知道,人,应做一个怎样的中国人;在大是大非面前,人,应该坚守怎样的人格。
　　尚自贵就如一座碑,昭示着一切!
　　尚自贵的人格更是一座碑,彰显着一切!

　　"黯淡了刀光剑影,远去了鼓角争鸣。"这儿再也没有了军事意义的古关、隘口,只有一座邦角山官衙署,在夕阳光影里,独对青山,默默诉说着一个故事,一段传奇,一个民族的骄傲。
　　它,日日对着鸟鸣。
　　它,夜夜对着一轮明月。
　　屈指算来,衙署建成时间不足百年。可是,近百年的风雨,已让一栋建筑苔痕斑驳。只有三月的燕子,依旧飞来飞去,叽叽喳喳,谈论着衙署的兴衰,岁月的变迁;只有石砌的墙基,两进的房子,还有那座门旁的堡垒,印证着一段历史的过往。
　　那时,是谁在这儿马蹄嘚嘚,走向远处?
　　那时,是谁在这儿,户撒刀出鞘,寒光闪烁?
　　这些,历史记得。
　　这些,陇川记得。
　　这些,一个民族记得。
　　时间会老,可是,青山不老,历史也不会垂垂老去。三月的风里,我站在四围山色里,站在青葱碧绿中,耳边,是一粒粒鸟鸣,

王子树邦角山官衙门

清亮圆润，落入耳中，润入心里，让人的心里长出一棵棵草芽。

站在这儿，让人无来由地有一种"青山依旧在，几度夕阳红"的沧桑感。

这，大概就是怀古之感吧。

眼前就是鼎鼎有名的邦角山官衙署，也是海内一座独特的衙署，是一个山官，一个抚夷的衙署。别处也有，可是，少了这儿独有的气势，也缺乏这儿独有的那种金城汤池般的坚固。

今天，走在陇川王子树乡邦角村的山水间，走在这儿的田头地脚，或者随意走进一个院子，谈及这座衙署，仍有老人滔滔不绝，回顾着衙署的前尘往事。当年，开始建造衙署的时候，首先是平定地基，接着引水浇灌，最后才开始夯筑。那时，这儿的号子声，一定响彻山谷吧？那时，这儿人来人往，一定十分忙碌红火吧？

地基夯实，用条石砌成墙基。

衙署梁柱，一概以楠木、红木为之。

整个衙署，占地两亩，分前后两院。前为迎客办公之所，后为生活之地。中堂设太阳门一道，专为迎送达官贵人，平日关着；至

于家人出进，则由侧门。

那时，是民国，是个乱世。

因此，房子既是办公场所，又是一座城堡。山墙左右，开有射孔；前院大门右侧有石砌堡垒，上下两层，有人防守，以备不测。衙署前后，栽着白脸刺，如同蒺藜一般，密密麻麻，护住房子。

那时，这儿的坚固程度，真有一夫当关、万夫莫开的韵味。

而今，衙署还在，如一个沧桑的老人。而那个著名的抚夷，却早已挎着他的户撒刀，带着他的保商队，走向了远处，走成了一座碑。

只有薄雾起时，满山弥漫。只有薄雾散后，满山青绿。

抚夷，是一个官职，不大，就字面意思来看，是管辖一方百姓的小吏。至于为何在这儿设置抚夷，原因是，这儿曾是险关要隘。

历史上，这儿名叫石婆坡。

这儿的隘口，被称为石婆坡隘。

在这儿设置关隘，起自明朝万历年间，明地方官在这儿设置一隘，以练目带着练兵把守。

练兵，清朝时叫"土练"，即今日的民兵。

练目，为民兵组织的首领。

也就是说，早在五六百年前，这一处小小的地方，就出现了鼙鼓声，就有了号角声，就有了"千嶂里，长烟落日孤城闭"的词韵，就有了"不知何处吹芦管"的悲壮。

而今，关隘何在？

而今，戍兵又去了哪儿？

历史，在烽火里远去，走向天地的尽头，走向竹青汗简里。明人沐英、王骥的马蹄嘚嘚地走过历史的山路，一直走向夕阳芳草。清时绿营、八旗子弟就长矛横过，奔赴伊洛瓦底

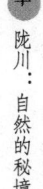

江畔。

于是，这儿刁斗之声再次在月夜响起。

于是，号角之声再次在这儿飞扬。

时光，在将军白发、征夫回首中，在大雁的来去中，悄然流逝。清朝走过盛世，走向嘉庆时代。这儿，烽烟隔岸升起，刀光如雪旋舞。这儿的百姓，与清廷产生了矛盾，纠纷不断，难以解决。

无奈之余，清地方政府眉头一皱，想出一法，贴出告示：如果有人能解决这事，给他官做。

一个叫刘仁美的站了出来，他带着练兵，攻破了几座寨子。于是，他成了这儿的抚夷。他之所以成功，从史书的文字间可以窥测到，并非他善战，而是他已和这些寨民商量好，合演了一曲双簧，一败一胜，做给朝廷看的。

总之，刀光剑影不再，鼙鼓号角熄声。

目瑙纵歌，依旧在山间响起。

为了平衡力量，清廷在此又设置了副抚夷，让邦角山官尚早乱担任，并规定采取世袭制。也因此，景颇族的一个著名人物，得以一步步走上历史舞台，走到岁月的前沿。

这人，就是尚早乱的后人——邦角山官衙门的主人尚自贵。

景颇族是一个铁血柔情集于一身的民族。景颇族汉子喝米酒，唱山歌，和心上人月下相会，把自己火热的感情，挥洒得淋漓尽致。

走在山间林内，突然一声葫芦丝声婉转传来，让人听了身心俱醉，游人的眼前，就会出现明月，就会出现相偎相依的男女，就会出现卿卿我我的爱情。

同时，景颇族汉子又有着铁血风骨，有着尚武之气和钢铁个性。他们挎着的户撒刀，就是他们的化身。一柄刀鞘，秀气婉约，如唐代的绝句一般清新美好。长刀出鞘，流线型的刀身，雪亮的锋刃，如眉一般，间或亮光一闪，出手如电，刃快如风，断金截铁，无坚不摧。

王子树邦角山官衙门

它柔，如月下景颇族女子的微笑。

它锋利，如一句无解的魔咒。

而在石婆坡隘，在这片小小的土地上，大概是风气所润吧，走出的景颇族铁血汉子，至今，人们听了他们的故事，也不由得热血上涌，击案称快。

其前，有早乐东。

其后，是尚自贵。

两人前后辉映，成为一个民族的骄傲，也成为历史的骄傲。

早乐东的出现，是在晚清。此时，大清朝已辉煌不再，如乐游原上的那轮夕阳，摇摇欲坠。各国列强纷纷觊觎中国疆土，英国更是趁火打劫，欲占领陇川一带的土地。早乐东听后大怒，他拿着虎踞关和铁壁关的拓片，呼的一声，扔在了英国人面前，告诉他们，这块土地是中国的，要想得到，除非做梦！

第二章　陇川：自然的秘境

英人恼羞成怒，开始强攻。他们拖着大炮，带着快枪，进入这片土地。早乐东一见，一声高呼，带着一群汉子，拎着户撒刀冲了上去。尤其是早乐东，更是一人奋进，直冲到英军指挥官奥氏马前，一声大吼，将之扯落马下，刀子划过一道寒光，削了下去。奥氏浑身一软，跪在地上，苦苦求饶，答应马上撤军。

早乐东冷哼一声，放了奥氏。

英军，在户撒刀的寒光中，再也顾及不了"日不落帝国"战士的尊严，纷纷屁滚尿流，扯着一面破旗，狼狈而去。

这一战，景颇族壮士，战死五十多人。

青山有幸，得葬忠骨。

祖国中兴，得慰忠魂。

走在今日的陇川，走在这一片铁血柔情的土地上，山歌阵阵，茶香浮荡，楼房掩映在山间水边，水泥路则蜿蜒着，一会儿上了白云山间，一会儿又进入了绿色山谷。村里女子，时时下河洗涤东西，如月的脸上带着洁净的微笑，映亮了这儿的山水，也映亮了游人的心。

那些长眠地下的壮士，也该瞑目九泉了。

尚自贵的出现，显然要比早乐东晚。他在早乐东抗击英人十八年后，也就是1905年他十二岁的时候，承袭邦角山官和副抚夷职务。那时，他也仅仅是安抚地方而已。到了民国之后，尤其1926年，自他担任抚夷之后，成了一个民族的代表，也成为陇川的传奇。

他首先建造了邦角山官衙门。

接着，他利用关系，担任起腾冲保商队大队长，组织了几百人的队伍，拥有几百杆步枪、机枪，甚至还有炮。

他的势力，开始逐渐强大。

可是，他又不同于当时一些地方拥有武装者，将部队看作私人争权夺利的工具。抗战军兴，他马上带着自己的子弟兵，走上战场，和日本人展开血战，以枪炮，回击日军的枪炮；以户撒刀，回应敌人的三八枪刺；以铁血，回应敌人的武士道。

在抗战中，景颇族的刀，是喷溅过敌人的颈血的。

这，是尚自贵的骄傲。

这，也是景颇族的骄傲。

抗战，是一场上下一心、团结御侮的战争，各个民族都参加进来了，都付出了各自的努力，景颇族也毫不例外。

我见过尚自贵的照片，是老年时所拍。老人头戴头巾，胡须苍白。可是，那双眼睛却显得坚定、刚强，如鹰眼一般，盯着前方，给人一种不怒自威的感觉。

这个景颇族老人，也如一柄户撒刀一般。

他有时可化绕指柔。但是，在大是大非面前，则是一把百炼钢刀，斩钢削铁，其锋无匹。

1947年，面对中国的一片乱局，英人野心不死，再次开始觊

王子树邦角山官
尚自贵

觎中国领土。英人在缅甸八莫悄悄开会谋划，以密柬函请尚自贵，邀其参加，以图谋实施他们唆使景颇族闹独立的计划。

当时，老人的石婆坡乡乡长和抚夷的职务，刚刚被国民政府撤掉，英人便以为，尚自贵会一怒之下跟着他们走的。

可是，老人接到函件，严词拒绝，并将这些东西毫不犹豫地交给了国民政府。英人的鬼蜮伎俩，大白天下，狼狈不堪。

一个人，面对公众利益，放弃私憾，是一种无私。

一个人，为了民族和国家，不计得失，这是伟大。

尚自贵，就是这样的人。

尚自贵死于1974年，享年八十一岁。

来到邦角官陵园，面对着他的墓，人们不由得低下头来。老人离开这个世界，到今天，已经过去了四十多年。

他死前，担任德宏州政协副主席。死后，回归故土。

壮士，就应魂归来兮。更何况这儿有他的衙署，他的事业，他的爱情，他的战友。

他死了，他的名字还活着。

他死了，他的故事还活着。

四十多年后，走在陇川的三月里，走在景颇族姑娘的山歌里，走过这古旧的衙署前，就如走过一段并未远去的历史，人的心，多了一分洁净，多了一分坚定。

因为，在这儿，我们知道，人，应做一个怎样的中国人；在大是大非面前，人，应该坚守怎样的人格。

尚自贵就如一座碑，昭示着一切。

尚自贵的人格更是一座碑，彰显着一切！

王子树邦角山官衙门

夜宿杉木笼

杉木笼亘古悠久的历史，一幅幅清晰地陈列在我的面前，这里就是我一生难于忘怀的乡愁。

白云千载，岁月悠悠，古寨杉木笼仍以从容的脚步在时光里穿行，它的悠远历史、壮美景色、淳朴民风形成的那独具特色的魅力，令人心驰神往。

一个寒风飕飕、秋雨绵绵的傍晚，我与朋友赶在夜幕降临之前，徒步跋涉至杉木笼，夜宿亲戚家里，只为聆听一段亘古久远的故事。

杉木笼之名，源于一个美丽的传说。兄弟俩上山砍柴时，突遭暴风骤雨袭击，河水瞬间暴涨，生命危急。正当兄弟俩悲观绝望时，眨眼间一棵巨大的杉木横跨于河上，兄弟俩乘机过河。不巧，弟弟被树枝绊倒，兄怒，举斧砍去，刀口落处，杉木喷出鲜血，摇身化成一条巨龙，腾空遁去，兄弟俩坠河身亡。

从此，民间就留下了"杉木龙"的神话，迁居此地的村民把寨名改成谐音"杉木笼"，流传至今。

不足二百户人家的杉木笼，乃千年前的古寨，位于南宛河源头，雄踞天险绝壁之上。登高俯瞰，同居一座山的菜园寨子好像在地面，杉木笼寨子顶着天。

向右眺望，杉木笼与陇川最高峰赵家寨并肩，两座巍巍山峰，雄峙高奇，宛如孪生兄弟。

夜幕降临，朦胧如画的山寨，萤火虫似的灯火，星星点点，在夜幕中闪烁着清冷的光。

瑟缩着身子的水牛，拖着笨重的四肢，踏着石板路进村，留下山村最后一串生动的音乐。

10月的陇川坝，还正是酷暑炎炎的深秋季节，刮风飘雨的杉木笼，却已是隆冬一般寒冷。

伫立雨幕之中，望着模糊的山寨轮廓，我突然想起杉木笼跌宕起伏的亘古历史，悠久的风雨历程，浓郁的沧桑感涌上心头。

冒着绵绵细雨，徘徊在昏暗的古寨小巷，我记不清亲戚家的位置了。眼前依稀可见残存的青石板路，来回踱步，小巷两旁排列整齐的瓦片房屋几乎一模一样，可以看出历史上兵营建设规划的痕迹。

明代末年，清代初期，中缅边境曾经发生旷日持久的拉锯战争。为抵御外侵，朝廷沿着边境崇山峻岭，修筑八关九隘，"杉木笼"为其中一隘。

于是，此地便成了军队的驻所，成了兵家必争之地。

据史料载，明朝王骥率大军三征麓川，战事持久，战况惨烈，此地成了重兵把守的军事关隘。

"若要麓川破，船从山上过"，一句歌谣，一段历史，可见此地之险要。

明代诗人漆文昌写道："断崖，石水流溪，曾与将军指路迷。今日重跻思铲削，阴风暗雨暮云低。"写尽了此地风云涌动的历史。

解放初期，曾有土匪盘踞此地，抢劫过往商贾。时至今日，当年剿匪战士的忠骨，仍埋葬在高高的山岗上。他们的英灵仍守卫着古寨和一方百姓的和平安宁。

杉木笼又是古代茶马古道通商要冲，德高望重的陈德坤老人说："杉木笼乃茶马古道要害位置，寨子周围曾留下许多碉堡、战壕、客栈遗址。历经千百年风吹雨淋，有些一直保留下来，近年来遭到毁坏，真让人扼腕叹息。"

又据村民说，距离寨子几丈远的地方，有个"大牛圈"，地势平整，乃是茶马古道客商歇脚、喂马之地。曾有"大牛圈是杉木笼西坡、北坡关口，乃税收卡点、商贸中转站"之说，各路马帮常驻足此地，歇息喂马，补充粮草。

杉木笼的茶马古道，迄今已有1800余年历史。

一条狭长黝黑的青石板路从寨子中间穿过，历经千年风霜雨露，仍然遗留着深深的马蹄痕迹，成为悠久历史的见证。路旁黝黑斑驳的石碑，依然残留着硝烟炙烤的印迹。

护国山云海

据说直到20世纪50年代，边疆地区解放后，掀起发展生产高潮，全民上马修筑公路。"人定胜天"的力量很快见效，腾冲、梁河、陇川等地相继修通公路，杉木笼茶马古道才逐渐淡出人们的视野。

在这细雨纷飞的傍晚，我头脑中幻化出一幕幕历史的剪影：战马嘶鸣，象阵森严，将士怒吼，兵器交响，战云笼罩隘口；一头枣红马摇摆着铃铛，一队骡马跟在后面，缓缓穿过古寨巷道，披蓑衣、戴篾帽的马锅头，叼着喇叭状的草烟，发出一声声的咳嗽，惊醒睡梦中的村民；脸庞布满松树皮般皱纹的耄耋老人，坐在火塘边的草席上，给一群懵懂的孩子讲述着杉木笼久远的历史故事……

据传，阴雨连绵的天气，万籁俱寂的夜晚，突如其来的马蹄声、枪炮声会让老人小孩心惊肉跳。

我曾经听人说过，特殊气候环境下，会出现磁场现象。我不知道老辈人流传的这种惊悚故事是否就是磁场作祟？海市蜃楼现象常有，万马奔腾的磁场现象却不常有。

夜宿杉木笼古寨，居住在亲戚家低矮的瓦片房木板屋里，听雨，听故事，听狗吠。

夜阑人静，雨水敲打着瓦片，此时此景，任何幻觉和想象都显得那样的合情合理。火塘上的柴火冒着浓烟，熏得人睁不开眼。抬手揉揉眼睛，眼前产生了虚幻：一列列藤甲兵，手持长矛盾牌，双手握紧枪柄，从巷道走过，消失在村头的深山老林里。

梦从心起，心里想得多了也就成了梦。夜宿古战场故地，聆听过老人讲述的故事，睡眠中的梦境，是一个个古代兵马激战和现代乌蒙山剿匪剧的惨烈场面。

寒风从木板空隙挤进来，吹在露出被子外面的额头上，一夜辗转反侧难于入眠，满脑浮想联翩。

公鸡打鸣时，早起背柴的主人，拉开木门发出"吱呀"的声音，惊醒，起床。从四合院天井仰望天空，雨已停，无星星，很空旷。

残旧的石墙

天蒙蒙亮，颤抖着身子来到村前空旷地。这里孤峰突兀，徐霞客遍游名山大川，是否曾跋山涉水到此一游？尚不曾见诗文记载。

古寨前兀立的刀削绝壁，貌似战马奔腾长嘶，马肚一侧镌刻四个遒劲大字：山川一览。传说明朝麓川王饮酒兴起，驻地官吏见机求字，王命家丁当场摊纸，提笔挥毫赐此四字。

另有史书载："山川一览"原字为"三川一览"，雕刻者落笔时或看走字体，或意走偏锋，"三川"变谐音"山川"，留下一段迷人佳话。

在我眼里，虽然一字之差，神韵却大有不同，历经千年沧海桑田，墨迹经后人多次添加，然笔锋神韵犹存。

登巨石之上，山风呼啸，我有些恐高，顿感头晕目眩，不敢临壁而立，后退几步，独享一览众山小之气魄。

伫立绝壁之上，近可观陇川、梁河，远可眺盈江、芒东。"三川"者，所指陇川坝、勐养坝、芒东坝也。

若低头俯瞰，绝壁脚下，山峦平缓，野草凋黄，牛马成

第二章 陇川：自然的秘境

群，悠闲散步，怡然自得。

抬头眺望，白云蓝天，陇川坝子辽阔；绵绵群山，逶迤起伏，千山万壑，墨绿一片；薄雾缭绕，大青树婆娑，凤尾竹摇曳，甘蔗林碧波万顷，犹如丹青一幅。

南宛河宛如一面巨镜，折射着万道金光，两岸青山如黛，粼粼波光折射得犹如颗颗珍珠撒满湖面，金光闪烁中，一个童话摆在面前。

侧身往北面眺望，形状如萝卜的萝卜坝（芒东坝）中，金灿灿的稻谷，从坝尾黄到坝头，随风摇曳，似乎能听到金浪涛声。

东面状似葫芦的小陇川坝（勐养坝），也是金灿灿、沉甸甸的丰收景象，一群白鹭飞翔其间，犹如一串珍珠撒落在金色的绒缎上。银色如链的龙江掩映在墨绿色的山峦竹木之中。

熹微初露，浓雾消散，陇川坝的傣家村落依稀可见，炊烟袅袅，薄雾冉冉升起，好似一幅油画。

又宿杉木笼亲戚家里，抚摸着长满苔藓的黝黑色条石和墙壁，风霜雨露早把雕琢痕迹抹得光滑无棱角，但它们见证的是亘古历史。

听着风，听着雨，坐在用木莲花树做成的四方凳子上，脚下是用漆黑条石砌成的四方形火塘，脚底板把条石磨得光滑油亮。

橙色的火苗把脸庞照映成古铜色，看着被火烟熏黑的房柱、板壁和布满烟尘的炕架，似乎能看到先民生活的艰辛与磨难。

咕咕响着冒出热气的铜壶架在三脚架上，拳头大的茶罐煨在

❶ 杉木笼景色
❷ 杉木笼隘口

残旧的石墙依稀可见曾经繁华的杉木笼

火炭上面，煮开的似乎不是开水和茶水，而是世代村民流下的汗水。

坐在火塘边，聆听着耄耋老人讲述的久远的让人伤心落泪而又惊心动魄的故事。

火塘上面烧烤着过年时用脚锥舂下的糯米粑粑，烘烤着用小黄豆焙臭后捏成的圆圆的豆豉饼。

听着山风从旧瓦房缝隙间呼呼刮过的回声，熊熊的火焰难以温暖寒冷刺骨的脊背。

历史沧桑，生活磨难，全部雕刻在深深的皱纹里面。永不熄灭的火塘，似乎就是老人永远的期盼。

杉木笼亘古悠久的历史，一幕幕清晰地陈列在我的面前，这里就是我一生难于忘怀的乡愁。

白云千载，岁月悠悠，古寨杉木笼仍以从容的脚步在时光里穿行，它的悠远历史、壮美景色、淳朴民风形成的那独具特色的魅力，令人心驰神往。

瓦幕惊影

在陇川坝和勐约坝之间,耸峙着一条葳葳郁郁的葱岭。在岭的最高处,有一个小山村点缀在万绿丛中。它有一个非常地道的名字:瓦幕。

这是一个景颇族聚居的山村——可能是景颇族的太阳神故意将子民遗落在了这里,又让大自然刻意地保留了他们的古朴和神奇!

我与瓦幕的结缘却完全是个意外。

那是两年前的七八月间,正值这里的雨季,俗话说:"六月天(指农历),孩儿脸,说变就变。"本来我们好不容易选了一个天晴的日子,兴致勃勃地到勐约水库18千米处去钓鱼。刚下钩不久,一大片乌云从东边的山峦上气势汹汹地扑来,一下子便遮天蔽日,狂风挟裹着豆大的雨点顺江面呼啸而来,搅动起波浪,吹翻了渔伞。一波波拍岸的惊涛戏谑着,把渔竿横推向岸边。惊慌失措的渔翁们蜷缩着,祈祷天快放晴。

暴雨肆意地一阵紧似一阵,我们只好胡乱地收拾行装,东倒西歪挣扎着回到停在高岸上的车里。

从钓点到勐约有柏油路,要行18千米的环山弹石路。弹石路顺江而上,一边是深不可测的江水,一边是陡峭的山峦。我们冒雨返程,刚走出五六千米,暴雨开玩笑似的突然停了下来。我们一边

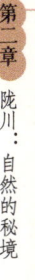

咒骂着天气，一边整理着还滴着水的衣裤。

　　车行至8千米处，一位骑摩托车的老乡在我们的前方停下车来向我们拼命挥手，示意我们停车。他告诉我们，前面6千米处发生泥石流，路完全被阻断了。我们正万般无奈的时候，热情的老乡建议我们掉头到26千米的地方，有一条通往瓦幕的山路，可以从那里绕道回章凤去。

　　我们只好调转车头，一路感叹着老乡的纯朴善良。伴着沥沥淅淅的小雨，乘着渐渐黯淡下去的天色，夜幕已降临，路边有一户人家，我下车去问路。一家四口人正在灯下吃晚饭，我说明来意后，他们热情地告诉我，再走两三千米，就有个突出的山包，向右拐的那条是到芒赛的，向左从山上绕的那条才是上瓦幕的。男主人特意嘱咐我，通瓦幕的是砖石路面，雨水天特别滑，开车一定要小心！他十七八岁模样的女儿执意打着手电把我送到车旁。

　　我们再一次感动着驶上通往瓦幕的砖石路。这的确是一条

瓦幕风光

独特的路，路面全部用烧制的砖块铺砌而成，在这莽莽原始山林中蜿蜒而上。夜晚行驶在这样的路上，灯之所及，密林、怪树、翠竹；耳之所及，莫名的种种山林怪响；心之所及，时惊，时诧，时逸兴遄飞。

车行了近一个小时，渐渐接近山顶，山雾越来越多，也越来越浓，能见度甚至不足十米。突然，一座建筑映入眼帘，浓雾朦胧，那古怪的造型更显得其雄伟而神奇。

车停在它下面，才看清这原来是瓦幕的寨门。巨大的圆木支撑起高高的景颇族图腾，在浓雾中平添了几分庄严和神秘。

进入山寨，雾更浓了，仿佛是雾裹挟着车往前走。星星点点的灯光显得

依稀和邈远，时不时传来的潺潺山泉声似动听的仙乐，油然而生李太白"梦游天姥"的情怀。

哦！瓦幕，这里的奇路、奇雾、奇门、奇泉，我记住了。我会挑一个对的季节、对的时间，尽可能领略你们的神采……

几天后的一个雨天，选择了一个对的时间，我再次登上了瓦幕山顶。脚底下雾海茫茫，随风涌动，远近的层峦叠嶂时隐时现，村寨完全湮没在浓雾之中，但闻鸡犬之声。远望烟雨空蒙的陇川坝，禁不住涌起"孔子登泰山而小鲁"的豪情。沉醉在这变幻万千的雾海里，不觉时至傍晚，真有点似陶渊明"景翳翳以将入，抚孤松而盘桓"的流连。

一路下山，少不了无数山泉相伴，但在雨季这不稀奇。雨季，不是赏泉的季节……

后来，我终于挑了一个对的季节——金秋十月，专门去欣赏瓦幕的山泉。我想，雨季瓦幕那么多山泉，旱季也一定还会有那么一眼或几眼。于是准备了十来个大大小小的矿泉水瓶，哐当哐当地一路响着驶上了瓦幕山。

完全出乎我的意料，真是山有多高，水就有多高。一路上，到处是"木欣欣以向荣，泉涓涓而始流"的美景，越近山顶，泉流反而越多。涓涓细流，汇成潺潺小溪，顺着路边的排水沟一路低吟浅唱。到了一处泉流较大的地方，乡亲们用竹槽接着，以便路人饮用。我们停下车，欢叫着拥到水槽边，掬起一捧喝下去，一股沁人心脾的清凉爽遍全身，然后是一阵淡淡的回甜。有两个狂徒索性把头伸到泉流中，口里大喊着："哇，爽！爽！爽！"我们搬下矿泉水瓶，灌装泉水，随着泉水上升，一层淡淡的雾气渐渐冷凝在瓶外，多纯净、多清凉的天然甘露啊！

这些也许就是太阳神故意把景颇族子民遗落在这万山丛中的原因吧！

❶❷瓦幕风光

水天一色是龙江

> 其实，来与不来都不再重要。无论来与不来，龙江会一直在。那水天一色、清洁澄净的样子，会一直在这个叫勐约的地方，也会一直在我心里。

9月，在这个日子渐渐变黄的季节，每次路经陇川勐约，一江净水皆素颜对我。每次见到龙江，都会想起置身其中的种种美好。感受龙江的水天一色，犹如饮下一杯极品的干红，让我的灵感汹涌笔尖，想要醉出的都是龙江那极致的美丽。

是上年一个临冬时节的清早，我和女儿携一抹晨曦的微芒，登上驶往江中的小船。小船缓缓驶离岸边，悠悠地将山水拉至眼前，撞入眼帘的皆是秀丽的山峦和浓郁的绿树。一江清洌的碧水瞬时濡湿我干燥的心绪，让我酸涩已久的双眸也含情脉脉起来。船行中牵起两岸山峦连绵的灵动，令人全身心直抵晶莹澄净的世界。

龙江，狭长、曲折、幽深，清凉安静。和小船一起泊依两岸美景，悄然穿梭其间，正是一幅水在身下走、人在画中游、水绕在其中、人绕在水中的迷人景致，触目的风景皆是一幅画、一首诗。

清晨的水面有薄雾飘散，天空有白云游移。抬头是满目柔云，低头是满江雾气，一呼一吸，皆波澜不惊。船每走一段，都似走在传说铺垫的浪漫中，行在神奇设置的纯净里。

江水，清凉、清净、清洁、清澈……这些都不再是词语，而是

龙江的本性。每一滴江水都似汲取了通天的灵气，喂养出龙江两岸亮丽的风景。

坐在船沿边的我，总忍不住俯下身，去掬一捧这来自勐约山涧的水，来自勐约山林的青碧，来自勐约天空的蓝。旅途诸多的疲惫，皆洗得干干净净。我甚至听到江水深处生命的欢跃。

我始终放眼四望，却静默无语。我在感受秀美这个词来袭的惬意。这上天不小心放脱的一缕秀水，让我不再被世俗的喧闹惊扰，让我失守已久的平静得以收复，让我在此刻成为真正的静物。我想久久拽住这样的时刻，我的心长出了手，那么多，那么长，那么粗壮。我还想在这里寻到我前世的尘埃，遇见我来生的掠影。

漂游的途中，江水无处不在。我尽情享受这江中的静谧，享受江间的风，享受江水平静的面容。再不想别的，只想一直看着天空向我撒来的朵朵纯洁与温柔的云，只想让江风将人世

龙江风光

第二章 陇川：自然的秘境

145

从我的心上移走，只想享受这山水的静默、风月的静默、自己的静默，只想有一天能住进这样的水做的棺椁，让山做我最美的墓碑。

龙江，这恒流不息的江水，以清波涵养山色，以魅人的容颜为我的融入引路。江的许多臂弯处，安详地枕着古老的景颇山寨。这些缀于江边绿色之中的村寨，千百年地驻守，千百年地任江水解说。

返回江岸伫立江边，我的心比掠过水面的风还要柔软，我的思绪比吹动花朵的风还要轻盈。一时间就想守着龙江，成为一棵亲水的植物，一生与水为邻，以江为伴，不去想时光的尽头，也不去想尘世里种种路的出口。

回望龙江，我没有一声言语。江水知道，我的热爱已沉到水底。虽如此，

还是心生小小的奢望。奢望有一天，这清冽的江水能濡湿这个时代人性的干燥。如此，我的故乡陇川，定会是这江水般水天一色的美好家园。

不知此去是否还能重来？归途中，如是想。

其实，来与不来都不再重要。无论来与不来，龙江会一直在。那水天一色、清洁澄净的样子，会一直在这个叫勐约的地方，也会一直在我心里。

❶❷❸ 龙江风光

第二章　陇川：自然的秘境

探秘双坡山

欲知景颇族古今事，当入陇川双坡山；欲品景颇族文化韵，莫忘陇川双坡山。

神往已久，今天终于有时间去探秘双坡山的真面目。

自县城章凤镇往北，沿老公路向景罕镇方向行 10 千米，又向东北方向拐进罕等村委会的景颇村寨吕乐村小组。穿寨上行，到了村东头，一座驼峰形状的山峰就矗立在头顶。不用问，这肯定就是双坡山了。阳春三月的陇川，天气已然暖热，加之我想一探双坡山的急切心情，以及初见它时的惊喜，我的后背和鼻尖渗出细密的汗珠，浑身充满了力量——双坡，我来了！

双坡山由两个相连又相对独立的山坡形成，因此得名"双坡山"。由于陇川坝是南北走向，处在坝子正东面的双坡山是南北各一个大坡。其中南坡比较尖耸，感觉它灵动威猛，总是在攒着劲要往云霄上面钻；而北坡比较圆润，感觉它憨厚踏实，不用担心他会闯出什么祸端。南北坡之间还有一个稍微隆起的小坡，像母亲般一左一右把两个大坡紧紧地牵在一起，不让他们分离。正是这个忠于职守的小坡在告诉世人，南北两个大坡是亲密无间的兄弟。

我一个陌生人，当然不能贸然进山。幸运的是，我几乎未费

多少口舌，就有一位景颇族老大爹愿意做我向导，于是拥有神奇传说与故事的双坡山逐渐向我揭开了神秘的面纱。

传说在远古时代，只有太阳王的子女会跳"目瑙纵歌"。有一次，地球上的鸟雀受邀到太阳宫参加"目瑙纵歌"盛会，双坡山的南坡听到了盛会传来的鼓声和舞步声，被深深迷醉，也想去参加。于是拼命地向天上生长，迅速拔高，竟然真的长到了天上，看到了天宫里面的"目瑙纵歌"盛况。太阳王发现了南坡这个不速之客，让南坡赶紧离开，但是南坡着实迷恋天宫目瑙，不肯走，还央求太阳王让他参加跳舞。太阳王对南坡说："我会让受邀的鸟雀把'目瑙纵歌'传到人间的。你不请自来，冒犯了天宫的规矩，从哪里来回哪里去吧，今后不准再上来了！"太阳王说完话把一个项圈套进了南坡的脖子，南坡很快缩回来，而且再也不能长高。据说，先前人们还能够明显地看到南坡山峰脖子处戴有项圈的样子，现在整座山都长满了树，项圈早已消失不见。

北坡也有一个动人的"借银泡"的故事，说的是一个叫能仙的景颇族姑娘，与情郎约定了见面的时间，但是她家里穷得没有一件完整的衣服可以穿。眼看约会的时间越来越近，焦急的能仙姑娘走到北坡山腰处，祈求山神能够借给她一套新衣服。第二天，当能仙姑娘再次进山时，惊喜地发现昨天祈求处的石头上整整齐齐地放着一套带有银泡的崭新衣服。约会过后，能仙姑娘没有将银泡据为己有，而是满含

❶ 立柱
❷ 鸡血藤王

感激地把衣服还了回去。能仙借银泡的消息传开后，陆续有贫穷的姑娘去北坡借银泡，并衍生出了景颇族情人节（能仙节）。

南坡反映了对美好生活的探寻，北坡代表了对永恒爱情的追求，整个双坡山又见证了景颇族人民世代繁衍的历史，因此双坡山在景颇族人民心中的地位是神圣而崇高的，被当地群众称为母亲山，被当作"目瑙斋瓦"的传习地、景颇族情人节的发源地。

缓步而行，从山脚到山顶，从南坡到北坡，我走得小心翼翼，不敢有一丝一毫的放肆，虔诚地约束自己不要搅扰神灵休息，就连照相机的快门也未曾频繁地按动。在两坡之间的小坡上，我参观了

目瑙斋瓦传习点

目瑙斋瓦传习场所,耳旁响起一阵阵轻微的风吹过松林发出的声音,再凝神细听,哦,那其实是一代又一代传诵和承袭下来的景颇族史诗的回响。

在南坡,我恭身踏上206级台阶,瞻仰了木代房以及雕有筒帕和背篓的立柱。地面落满了金黄的松针,那全是史实的积淀。灿烂却不灼人的太阳照耀着每一个角落,让我坚信我们的生活将会一片光明。在北坡,我重走了借银泡的小路,每走一步就回忆起自己感情路上经历的一件件甜蜜事,点点滴滴酿成撕不破磨不灭的幸福,我感谢爱神的眷顾,更期望天下有情人皆成眷属。

就在我心潮起伏、留恋不舍返城的时候,消息传来,陇川县委、县政府已确定对双坡山进行旅游开发,在山顶修建顶天立地柱等构思正在紧锣密鼓地变成详细的规划……

欲知景颇族古今事,当入陇川双坡山;欲品景颇族文化韵,莫忘陇川双坡山。

隐藏在大山深处的"仙鹅抱蛋"

仙鹅抱蛋有古树、古寺、山泉、草地、龙潭、秀峰,没有人工雕饰,确实是一块自然宝地。这里风景独好,真是人间仙境,使人流连忘返!

从城子镇沿邦瓦方向驱车24千米,再往左向走约2千米的山道,就来到一个幽美的自然风景区——"仙鹅抱蛋"。

这里群山环绕,古树参天,潭水清澈,天高云淡,空气清新。这里的山水草木是那样的灵动,充满神韵,仿佛是遗落在人间的仙境。有仙人自然少不了仙鹅,仙鹅在此抱蛋繁衍也就是合情合理的想象了,我想。

曲径通幽,山道两旁生长着形状怪异的参天古树,森林茂密,绿草葱葱。一年四季野花遍地绽放,七彩蝴蝶在花丛中翩翩起舞,蜜蜂在花瓣上辛勤地忙碌着,嗡嗡地喧闹着。漫步于山道,融入美妙的大自然,轻风拂面,凉爽爽的,吸一口空气,有丝丝香味。听鸟儿在枝头鸣叫,真能体会到"蝉噪林逾静,鸟鸣山更幽"的佳境。偶尔也能听得到牧羊男女粗犷豪放的山歌,令人心旷神怡,惬意至极!

山道的尽头有一片空旷的草地,草地的四周被茂密的森林围绕着。走累了,躺在软绵绵的草地上,看着蓝天白云,听着鸟儿在林间嬉闹,内心是多么的甜蜜!草地正下方有一潭清泉,泉水清幽,

仙鹅抱蛋瞭望台

在阳光的照射下，泛着点点金光，掬一捧泉水放入口中，真是沁人心脾！草地的左方山顶上有一朝阳寺，听说曾经有仙人居住过，至今香火不绝。每年正月初九，附近的各族人民就会聚集于此，敬神祈福，并在草地上载歌载舞，热闹非凡！

往草地的右方爬一段弯曲的山路，即到达山顶。陇川县林业和草原局在此设立了一个森林观测台，因地名而命名为"仙鹅抱蛋瞭望台"。登上瞭望台楼顶，真会有"会当凌绝顶，一览众山小"之感。向东俯瞰，勐约坝尽收眼底，龙江水库宽阔的水面夹在两岸群山之间，显得那样的安详宁静；向西远眺，南宛河如巨大的镜面熠熠闪烁，如一条玉龙在宽阔的陇川坝子间蜿蜒。此时清风徐来，神清气爽，令人陶醉，真有"极目楚天舒"之慨！

从瞭望台右边下行约500米，有一个神奇的天然水潭——龙潭。龙潭周围古树环绕，十分幽静。潭水波光粼粼，清澈见底，水中野生鱼儿悠闲地游来游去，别有一番韵味。龙潭最为神奇的是没有水的源头，一年四季却不会干涸。这不禁会令人浮想联翩，拍手称奇！

仙鹅抱蛋有古树、古寺、山泉、草地、龙潭、秀峰，没有人工雕饰，确实是一块自然宝地。这里风景独好，真是人间仙境，使人流连忘返！

❶ 仙鹅抱蛋
❷ 远眺陇川坝

风吹铃响青松寺

进入山门,沿着一条弯曲的水泥路延绵而上,不一会儿,几座亭台楼阁在红花绿树的掩映下隐约可见。侧耳细听,"丁零……丁零……"清脆的风铃声随风飘来。

从陇把镇驾车往西行驶一千米左右,就可以看到路边有一个很大的标志牌,写着"户岛村"。一直驾车前行,便到了青松寺。

进入山门,沿着一条弯曲的水泥路延绵而上,不一会儿,几座亭台楼阁在红花绿树的掩映下隐约可见。侧耳细听,"丁零……丁零……"清脆的风铃声随风飘来。

走近寺院,有两个路口可供你选择。顺着坡下的小道往下走,便来到了处于寺庙最低处的弥勒殿,弥勒佛的泥塑像供奉在殿的正中。大肚开怀、满面笑容的弥勒菩萨,让每一位来寺里膜拜的善男信女顿时有了一个好心情。弥勒两边是四大天王的泥塑像,个个身躯魁伟,栩栩如生:东方天王手持琵琶,南方天王手握一剑,西方天王手缠一龙,北方天王手擎一伞。

紧挨着弥勒殿的是财神殿。里面供奉着老百姓十分膜拜的财神爷、土地公公、送子娘娘等十多尊神祇。每到农历初一、十五,善男信女们便三五成群地涌到这里来虔诚朝拜,祈求财源广进、五谷丰登、人丁兴旺。

顺着百级石阶一直往上,就直接到了大雄宝殿、观音殿。

户岛青松寺

大雄宝殿,是青松寺的中央主殿,占地五百平方米左右,殿宽七间,深六间,极为宽敞。里面供奉着十多尊菩萨像,神态各异,造型不一。每到朝拜日,这里便人头攒动,香烟缭绕,钟磬齐鸣。大殿一侧的流水素席摆了一拨又一拨,志愿来相帮的善男信女在席间川流不息。

若遇非朝拜日,寺里就显得格外清幽寂静。站在大殿前的院子中央,远近绿荫掩映的村寨尽收眼底,鸡鸣犬吠、百鸟欢歌,和着阵阵清脆的风铃声,让人心旷神怡、荣辱皆忘。

漫步于青松寺周围的松林之中,阵阵清风徐来,松脂馨香,松涛悦耳,顿觉气清神爽,禅意浓郁……

夕阳西下,返回的路上回眸青松寺,忽然发现:"众里寻他千百度,蓦然回首,那人却在灯火阑珊处!"

勐约大石头村

勐约大石头村的巨石自然天成，不经点化便构成了奇特的自然景观，是不可多得的自然资源和旅游资源。

大石头村位于陇川县勐约乡最南边，距离邦中村委会9千米，距离勐约乡23千米，距离县城50余千米。这里海拔约1500米，是一个偏远的山区自然村。因村子前面有多个巨石，故取名为大石头村。

大石头村地貌独特，风光秀美，是典型的世外桃源。

2017年春节，我到大石头村做客，有幸目睹了这里奇石奇山的真面目。

远看巨石被绿色植被包裹着、覆盖着，形成一座起伏连绵的险峻山峦。山上杂草丛生，灌木茂密，没有特别高大的树木，但是从树木的生长情况来看，山上几株较大的树显然年代已经久远，树龄少说也在百年以上。

巨石是大自然的艺术品，你可以从多个角度慢慢地观察，仔细地品味和欣赏。当我从巨石的背面沿着小路徒步爬到巨石顶上时，不自觉地吟诵道："天生一座巨石山，无限风光在险峰。"这里就是一个视野十分开阔的观景台，不时有游客登上巨石游玩、拍照，成了一道亮丽的风景线。

巨石一角

巨石的右侧面，巨石、古树相生相伴，相得益彰。身临其境，你会为那些耸立的巨石、奇异的古木拍案叫绝，感叹不止。奇石丛林中生长着许多新奇的植物，有绿色的翠竹，有缠绕盘旋的古藤，还有寄生在巨石上的漂亮石笋……

巨石山的下面又如何呢？许多去过的人都说那俨然就是孙悟空的花果山水帘洞，宽大开阔的溶洞足可以容纳上百人，地上满是石床、石凳、石盘等，宛若神话故事里花果山上猴儿们的家具。

勐约大石头村的巨石自然天成，不经点化便构成了奇特的自然景观，是不可多得的自然资源和旅游资源。

❶❷❸ 勐约大石头

广岭温泉的传说

幽美的温泉加上美丽的传说，使广岭温泉散发着迷人的风情！

广岭温泉位于麻栗坝水库西中段的湖边，20世纪70年代前这里是一片原始森林，温泉四周青山绿水，树林茂密，整个温泉水喷出的地方都被大树笼罩着。温泉北边的小山坡上经常传来孔雀优美动听的歌声，还时常有野生动物来此喝温泉水，简直称得上是动物们的"天堂"。原喷温水的地方呈一片洼地，多处喷出的泉水形成小溪，与两大块卵石下流出的清澈凉水合拢，沐浴时人们可自行调温。两个大塘旁有一棵大青树，形成一把天然大伞。大塘下整条河都可沐浴，温泉掩映在一片古木参天的树林中。来沐浴的人也很多，特别是冬天，前来沐浴者更是络绎不绝，有些远道而来的客人还自带行李在此住上几天，泡完澡累了，到"大伞"下躺一躺。每当夜幕降临，男女青年们喜欢在这里打情骂俏，对唱山歌。森林里一片欢歌笑语，简直就是人间天堂。泉水温和，河里鱼类较多，加之温泉四周树林茂密、花香鸟语，景色美如画卷，是当地人游玩的胜地。

相传，很早前广岭温泉是在户撒南补的一个小盆地里，仙女常在此沐浴，由于人类不知珍惜，经常将死牛烂马抛于此处，

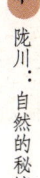

久而久之仙女不能沐浴了，一怒之下想把温泉搬走。仙女们便想寻找一个清静优雅的去处，最后选来选去就选中了广岭的这块平地，于是就把温泉搬到了这里。每年农历二月十五日，仙女就会下凡来广岭温泉沐浴。

据说，此地也曾是动物的家园，很多动物都喜欢来这里洗澡、嬉戏、喝温泉水。为了感谢仙女，动物们邀请孔雀给仙女跳孔雀舞，热闹极了。原来大青树脚下有两个大池塘，仙女曾在这儿沐浴，人

们称它为"仙浴塘"。温泉北约300米注腰处有一个"石床",是仙女到来时休息的地方。此石长约30米、宽10余米、高约5米。其北面约500米处有一座山,山顶上有个平台,传说这里是孔雀给仙女跳舞的地方。此地景颇语叫"舞东赞嘎崩",意为"孔雀给仙女跳舞的山"。

幽美的温泉加上美丽的传说,使广岭温泉散发着迷人的风情!

❶❷ 广岭温泉

第二章 陇川:自然的秘境

第三章
沉醉在民族炫风里

从白雪皑皑的青藏高原到湿热多雨的高黎贡山余脉丛林，大山养育了景颇族，也塑造了景颇族人特立独行的性格——粗犷倔强、英勇无畏而又随性善良、热情好客。

一个没有文字的民族，竟然依靠口口相传，创造出如此丰富多彩的民间文学。阿昌族人绘田园山水、家禽走兽、万事万物都赋予了神性和诗意，让大千世界更加灿烂无比、生动无比、诗性无比。

没有哪个民族能像傣族那样与水结下如此深厚的情缘。上善若水，没有哪个民族能如傣族一样具有如水的性格，顽强坚韧又随性、隐忍。

德昂族是一个崇尚种茶、饮茶的民族，他们自称是"茶叶的后代"。

傈僳族对大自然满怀感恩和敬畏，从大自然里学会了生存的智慧，创造了自己几乎纯天然的民族文化和传统……

走进陇川，你会为这里浓郁的民族风而沉醉！

景颇族：大地的儿女

> 从白雪皑皑的青藏高原到湿热多雨的高黎贡山余脉丛林，大山养育了景颇族，也塑造了景颇族人特立独行的性格——粗犷倔强、英勇无畏，随性善良、热情好客。

大山的儿女

从白雪皑皑的青藏高原到湿热多雨的高黎贡山余脉丛林，大山养育了景颇族，也塑造了景颇族人特立独行的性格——粗犷倔强、英勇无畏，随性善良、热情好客。

景颇族是中国的少数民族之一，有自己的语言和文字。语言属汉藏语系藏缅语族，5个支系语言分属景颇语支和缅语支，文字有景颇文和载瓦文两种，均为以拉丁字母为基础创制的拼音文字。

景颇族的来源与青藏高原上的古代氐羌人有关，有景颇、载瓦、勒赤、浪峨、波拉5个支系，主要聚居在云南省德宏州山区，其中以陇川县最多，少数居住在怒江州与缅甸克钦邦接壤地区。

根据第七次全国人口普查统计，我国景颇族总人口数为147828人。

景颇族先民以"寻传蛮""高黎贡人"见诸汉文史籍，自元明清至新中国成立前，又先后出现了"峨昌""遮些"等名称。

印证着景颇族迁徙历程的"目瑙示栋"

中华人民共和国成立后,根据本民族的意愿,统称为景颇族。

据历史传说和汉文史籍记载,从古代起,景颇族的先民就与大山结下不解之缘。他们最先劳动生息在康藏高原南部景颇族称为"木转省腊崩"(意为"天然平顶山")的山区,约自唐代始沿横断山脉南迁至云南西北部、怒江以西的地区。这个地区汉代属永昌郡,唐代属南诏政权的镇西节度管辖。该地的居民包括景颇族先民在内,被称作"寻传蛮"。当时的寻传人居住在山野森林中,持弓挟矢,从事狩猎生活,因此被一些史书称为"野人"。

继南诏、大理政权之后,元代在云南设立行省,寻传地区属云南行省管辖。随着生产的发展,景颇族各部逐渐形成茶山、里麻两个大的部落联盟,产生了从原始农村公社分化出来的世系贵族山官制。社会开始分裂为最初的三个等级,即官种(贵族)、百姓和奴隶。

15世纪初,明朝在这里推行土司制度,设立了里麻、茶

❶ 在国际上享有较高声誉的景颇族祭祀舞蹈——金斋斋

❷ 目瑙纵歌节祭祀

山两个长官司，任命景颇族山官为长官。茶山长官司先属金齿军民指挥使司，后属永昌卫，继改属腾冲府管辖；里麻司直属于云南都司。清代，景颇族地区属清朝所设置的有关府州县管辖。

16世纪以后，大量景颇族迁移到德宏地区。在汉族和傣族先进生产技术和封建经济影响下，景颇族开始有了犁耕农业，使用了较先进的铁质农具，以后又学会了种水田，生产力进一步提高。

新中国成立前夕，景颇族社会已发展到农村公社趋于解体和向阶级社会过渡的阶段，在保留了较多原始公社制残余的同时，出现了阶级分化。景颇族人民一方面既受国民党政府和傣族封建领主土司的统治，也受其社会内部相对独立的山官的统治，过着民不聊生的生活。

新中国成立后，党和国家在景颇族地区实行了民族区域自治，进行了"直接向社会主义过渡"的民主改革，废除了山官制度，景颇族人民实现了当家作主的愿望，社会、经济、文化和生活都发生了翻天覆地的变化，昔日贫穷落后的景颇山呈现了欣欣向荣的繁荣景象。

历史上，景颇族人民为维护祖国统一进行过英勇斗争，为捍卫祖国领土完整和开发建设西南边疆做出了重要贡献。1875年，在有名的马嘉理事件中，景颇族人民击毙窃取中国情报的英国间谍马嘉理，阻击了英国军官柏朗率领的侵略军，打击了侵略者的气焰。1898年，中英两国勘定陇川边界时，景颇族山官早乐东在人民群众的支持下，据理抗击，粉碎了英帝国主义者侵占中国领土的野心。1910年，英国侵略军2000多人侵占中国景颇族聚居的片马、古浪、岗房地区，激起景颇族人民的强烈反抗，进而在云南全省掀起了反英运动，组织"中国保界会"，终于迫使英政府承认片马、古浪、岗房是中国领土。抗日战争时期，景颇族人民积极参加抗日游击队，用长刀、斧子、铜炮枪奋起抵抗侵入滇西的日本侵略军，为保卫祖国立下了功劳。

由于景颇族独特的历史经历和近现代的生活区位，景颇族社会

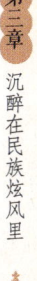

中并存着两种类型的信仰，一种是秉承传统的超自然信仰，另一种是外来的基督教和天主教信仰。

景颇族的宗教祭祀活动种类繁多，因地区不同而有差异，但总体来说可以根据祭祀的形式分为集体祭祀和家庭祭祀两类，也可以根据祭祀的性质分为时间固定的仪式、特定场合的仪式和临时解决问题的仪式。

景颇族的原始宗教充满如大山一样的神秘色彩，在祭祀活动中，宗教祭司"董萨"（景颇语和载瓦语称）是必不可少的。董萨是鬼对人们现实生活支配的体现者，人们通过他向鬼祈福消灾。董萨分为不同的级别，最高等级的董萨是"斋瓦"，是主祭天鬼木代的大宗教祭司，能以歌来吟唱历史，被认为是懂得景颇族历史知识最多、学问最渊博的人，备受人们的尊敬。斋瓦之下是董萨（董萨之中

❶ 景颇族老人
❷ 婚礼

又分为嘎董萨、蕨董萨、西早董萨、小董萨）、强仲、迷兑、努歪。"迷兑"断案是过去景颇族经常使用的，也最具神秘色彩的解决纠纷的形式。

天主教于 20 世纪 30 年代开始传入景颇族居住地区。

景颇族多数居住在海拔 1500 米左右的半山腰或山间小平地，少数居住在坝区边缘地带。一般村寨规模大多在 40—60 户，上百户的村寨屈指可数。村寨一般依山而建，面向坝子和河谷，靠坝一端称为"寨脚"，靠山一端称为"寨头"。寨头、寨脚都有标志，寨脚的标志是进村道路两旁用木柱简单搭建的寨门，寨头的标志是在村寨通往山顶小路旁的某一种自然物，可以是石头、大树或树桩。寨门前有一片被严禁砍伐的树林，林中设有村寨进行集体祭祀的"能尚"（景颇语，汉语称为"官庙"）。除能尚所在神林

景颇族新米节仪式

❶ 景颇族姑娘舂米
❷ 景颇族新米节祝福仪式

外，村寨周围被作为水源林的森林禁止砍伐，植被保存良好。

村寨内房屋建盖分散，户与户之间相距几十米甚至百米，一幢幢楼宅隐现在苍林翠竹丛中。

传统民居多为竹木结构的草房，过去只有少数地方的山官、头人才有瓦房。今天，随着改革开放和脱贫攻坚，一幢幢具有民族特色的景颇族民居和一个个美丽的景颇族移民新村在陇川随处可见。

景颇族靠山吃山，有人说，只要有一包盐巴、一把刀，景颇族人就能在大山里生存。连他们自己也说："动的就是肉，绿的就是菜。"足见景颇族人跟大山的关系。

景颇族的主食以大米为主，竹筒饭、鸡肉稀饭是景颇族人喜爱的特色主食。

菜肴以辣著称，品种除园地中种植的瓜、豆、芋头、青菜、白菜之外，从山林中采集的野菜、野果更是餐桌上的家常菜。

烹饪方式包括舂、烧、烤、煮、蒸、拌、揉等几种类型，其中，舂菜是景颇族菜肴中最具特色的一种，几乎到了无菜不舂的地步。其味道鲜美独特，辣味十足。景颇族人常说："舂筒不响，吃饭不香。"

景颇族服饰风格独特，男子服饰以黑、白为主色，老年男子服饰各支系相同，均着黑色对襟短衣和黑色宽管长裤，戴黑色包头。中青年男子服饰各支系间存在着细微差别。但无论哪个支系的男子出行，筒帕（即背包）和长刀是他们的标配，以至于国家特许成年景颇族男人可以身带长刀。

妇女的服饰分便装和盛装。便装上身为黑色或各色对襟紧身短衣，下身为净色或织有景颇族特色图案的棉布长筒裙。盛装是节庆或婚嫁时的着装，上为黑色短襟无领窄袖衫，胸、肩和背部饰有银泡、银牌和银穗，下为用红、黑、黄、绿等各色毛线织出美丽图案的毛质筒裙，腰间系红色腰带，头饰为羊毛

织成的红底提花包头，小腿包裹与筒裙质地色泽相同的裹腿，佩戴数串红色项珠及耳饰、手镯。近年来随着经济的发展，景颇族妇女服饰在保持原有特色的基础上不断翻新。在节日庆典中，可以看到各种各样新式的景颇族妇女盛装，真是一道亮丽的风景。

景颇族热情好客，客人进家，无论认识与否，主人都会招待食宿，拿出自家酿制的水酒和小锅米酒招待宾客，且喝酒时十分注重礼节。

景颇族的民间文学也如大山一样神秘、多彩和厚重，有史诗、神话、传说、民间故事、歌谣、谚语、情歌、叙事长诗等种类。

宗教祭司董萨所念经词也是一种宗教文学。它们是景颇族历史文化的综合体现，既反映了景颇族的历史和现实，也反映了景颇族人的宇宙观、生活的态度、思想、感情和愿望。

创世纪史诗《目瑙斋瓦》是景颇族民间口头文学作品中的优秀代表，全诗长万余行，内容涉及天地的形成、鬼神的世界、人类的出现、景颇民族的起源、人间的生

❶ 木鼓震天
❷ 景颇族目瑙纵歌节

活、爱情和痛苦等，汇总了景颇族对宇宙、民族历史的认知，对生活的态度、思想、情感和愿望等多方面的知识，生动表现了景颇族人心目中的世界和他们真挚朴实、奋发向上的情感。

景颇族在长期的生产生活中创造了丰富多彩的民间音乐，各支系民歌种类繁多，主要有"月鲁"（舂米调）、"志"（山歌）、"斋瓦"（历史歌）、"脑石幼嗯先"（催眠曲）、"木占"（风俗歌）、"恩准"（情歌）等。

景颇族的舞蹈多为集体舞，形式多为环舞、巡回舞，曲折行进。其内容多反映生产、生活、战争、祭祀等，主要分为欢庆

性、祭祀性和娱乐性三种，包括"纵歌""布滚歌""龙洞歌""整歌""金斋斋""向姆赫"等。

在景颇族的艺术中，景颇织锦具有鲜明的民族特征，编织工具十分简单，能编织出300多种绚丽美观的图案。

民族传统节日主要有目瑙纵歌节、能仙节、新米节等，其中最盛大、隆重的节日为目瑙纵歌。"目瑙纵歌"被誉为"天堂之舞""东方狂欢节"。

目瑙纵歌是景颇族祭祀天神"木代"的传统祭典活动。木代是景颇族超自然信仰中最大的天神，代表着财富和幸福，能够给人以保佑。景颇族各个支系的人们都把目瑙纵歌奉为最神圣、最庄严的节日，把参加目瑙纵歌盛会视为莫大的幸福和乐趣。1983年4月，目瑙纵歌被德宏傣族景颇族自治州确定为景颇族人民的传统节日，一般由州、县或乡的人民政府组织，于每年的正月举办。节日期间，成千上万的景颇族男女身着盛装，从崇山峻岭、苍苍莽林中欢欢喜喜地会集到举行目瑙纵歌盛会的广场。随着改革开放的到来，节日期间，除传统的目瑙纵歌舞会之外，主办者还会举办各类文艺演出，组织商品展销、科普知识宣传和召开各种类型的招商引资会议。

过去，由于景颇族世居深山，形成了自己独特的婚姻习惯，实行丈人种（景颇语称"木育"，载瓦语称"勐"）与姑爷种（景颇语称"达玛"，载瓦语称"墨"）单向联姻的婚姻形式。两个家庭一旦缔结婚姻，不仅产生"姑爷"（女婿）和"丈人"（岳父）两

❶ 梳头
❷ 银泡唰唰响

❶❷ 准备景颇绿叶宴

种个人身份，同时也产生"姑爷种"和"丈人种"两种群体的身份，形成固定的丈人种与姑爷种世代联姻的关系。20世纪50年代以后，随着政府禁止近亲结婚法令的推行，姑舅表联姻的情况已发生很大改变。

景颇族的丧葬习俗独特，凶死行火葬，幼殇行天葬，正常死亡行土葬。

过去，棺材用粗大的树身挖空而成。年轻人死没有特别的仪式，而有子孙的老年人死，村邻及奔丧人夜晚在死者家通宵达旦跳祭祀舞蹈"布滚戈"（载瓦语，景颇语称"崩洞"），舞蹈须连跳数夜，直至下葬后第二天才结束。

送魂仪式与葬礼仪式一般分开举行，在葬礼后一年之内完成即可。现在，大多数人家的送魂仪式与葬礼同时进行。

走进景颇山寨，你仿佛走进了一个大山文化的博物馆，来自大山的元素让你目不暇接。这里远古文化和现代文化交集，古朴纯净与时尚靓丽交融。

大山的儿女——景颇族人会给你一个不一样的感受。

大自然的馈赠——景颇绿叶宴

登上高高的景颇山寨，走进一片绿色的世界，那青翠欲滴的墨绿，定能使你敞开拥抱自然的胸怀。"绿"，是景颇山寨永恒的主题。它不仅存在于云雾缭绕，令人无限遐思的高山竹楼，就连招待你的餐桌上，也会发现一个个绿色的世界，这就是景颇族闻名遐迩的"绿叶宴"。

绿叶宴，一个多么美丽而诱人的名字。它是从景颇族古老传统的饮食习惯中诞生的，桌上除了绿色还是绿色，就连餐桌，也全为绿叶铺就。那一张张宽大的绿叶，就是一个个特别

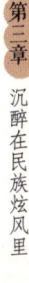

第三章 沉醉在民族炫风里

173

的"菜盘","盘"中盛满了景颇族人独特的山珍野味,也盛满了一个古老民族质朴的山水深情。

景颇族聚居区群山连绵,雨量充沛,各种野生动植物资源十分丰富,为景颇族人提供了取之不尽的食材。

景颇族的菜肴大体可分为舂、烤、煮、剁、炸、腌、凉拌几种。景颇山寨的绿叶宴就是根据景颇族传统的菜肴并结合客人口味烹制而成的,主要菜肴有景颇鬼鸡,绿叶包烧的鱼类、肉类、竹筒烧肉、烧鱼,揉野菜、舂筒菜、煮山珍野菜等。米饭很有讲究,它不是电饭锅或蒸笼里蒸煮出的饭,而是用竹筒烧出的竹筒饭和用鲜鸡汤做出的鸡肉粥。在诸多菜肴中,舂筒菜是景颇族菜肴中最富特色的菜,其舂的工具必须是竹筒和木棒。几乎所有的动植物都可制作成舂菜:鲜猪肉、牛肉、山味等烤熟烤干后,舂;牛干巴、鳝鱼、沙鳅鱼等烤熟后,舂;苦子果、各种青豆、鱼腥菜、马蹄菜等,生舂。景颇族人丰富多彩的舂菜会令你胃口大开,那辣中带香、香中微苦、苦中有甜的滋味,使食者无不齐口称赞。从景颇族人的"舂筒不响,吃饭不香"的谚语中,可见舂筒菜在景颇族

石玛丁

细不等的木棒和拳头大小的木梭子,有时拽起一缕彩色毛线,梭子穿梭在密密麻麻又排列整齐的各色线之间,有时细心数着线,牵起一缕环绕回旋,最后用锃光瓦亮的木楔子压紧、咬和。石大姐技艺精湛,动作娴熟,犹如一个将军指挥着千军万马完成一次战役,犹如一名音乐指挥在指挥完成一部大型交响乐。

石大姐是一位喜欢交流的人,她一边织锦一边介绍景颇族的远古历史。景颇族是太阳的儿女,景颇族的祖先来自青藏高原的日月山一带,他们从地球上距离太阳最近的雪山戈壁走来,一路向南,沿着横断山脉辗转迁徙到今天的德宏州境内。石大姐说:"我们的先人也随着迁徙大军安营扎寨在陇川麻栗坝山谷,男耕女织,繁衍

石玛丁（左）

是悬挂在墙面上的几幅景颇织锦绚丽多彩，彰显着民族特色，煞是吸引眼球，让人百看不厌。

石玛丁身材不高，古铜色的脸上绽放着开朗健康和善良纯朴的笑容，有些粗糙的双手巧夺天工，能织出精美的织锦，一个没有上过学的景颇族女人有这样的本事，真让人惊叹。

我由衷地敬佩："大姐，你真厉害，不愧是咱们移民人的骄傲。"大姐说："年龄大了，眼睛花了，线拉不准了，乱织些。"石大姐看见我们对景颇织锦感兴趣，就滔滔不绝地给我们介绍景颇织品的特点：织一件毯子，经线一般为黑色，纬线要用各种颜色的毛线、色线，还要以黑、红为基本色，以黄、蓝、绿、白等颜色做点缀图纹，织出的毯子才丰富而统一，达到五彩绚烂、浑厚庄重、艳而不俗、艳中含素的效果。

"大姐，织一个看看。"我在好奇心的驱使下向她请求。石大姐坐到"工"字形木织架的一头，手中挥动着长短不一、粗

第三章 沉醉在民族炫风里

177

放入竹筒或芭蕉叶包裹烧烤的"包烧",由于青竹和叶子本身的香气,使烤出的食物具有独特的清香,人们食之不忘。

景颇绿叶宴食用时不用碗筷等通用餐具,而是把手洗干净,打开包裹就可食用。餐桌上饮酒用的酒杯、盛汤用的汤勺均来自大自然中的青竹与绿叶。

围着一桌大自然馈赠的美妙绿色食物,和煦山风拂面,潺潺涧水盈耳,这是一种怎样的享受啊!酒不醉人人自醉,感谢主人,感恩大自然!

景颇族织锦女

快半年了,一直想写写咱们的景颇族移民织锦女石玛丁。她在当地小有名气,她的指尖上的故事被相关媒体报道过。

我和后扶科的一位同志到陇川县景罕镇的坝边移民村民小组调研建设"美丽家园 小康库区"项目。这个村民小组有20多户景颇族人家,是2004年开工修建麻栗坝水库工程移民搬迁安置到这里形成的。村内硬化道路四通八达,家家四合院,清一色砖混瓦房排列整齐,到处绿树成荫,三角梅盛开,衬托着美丽的移民小山村。

随行的地方干部在介绍村民小组生产生活、经济发展和民族文化时,专门向我们介绍了一位手工织锦人石玛丁。她是该村景颇族妇女,传承着少数民族织锦历史文化,多次在比赛中获奖。于是,我们决定去看看她。

性格开朗、热情好客的石玛丁大姐招呼我们一行到她家喝水。走进石玛丁大姐家,看不到一丁点从大山里搬出来的移民的痕迹:屋里收拾得很干净,家具摆放井井有条,尤其

石玛丁(右二)

菜肴中所占的地位。春筒菜的主要作料有金芥、生姜、大蒜、小米辣、香柳等。

另外，在景颇族名目繁多的各种烤、煎、煮、凉拌食品中，尤以竹筒烧煮和绿叶包烧最具特色。凡肉类均可用竹筒烹煮，其中上品为煮鸡肉、活鱼等。用竹筒煮肉，肉质鲜嫩而不烂，味道鲜美独特。而将各种家畜和兽类野味拌以多种作料后

❶❷ 准备景颇绿叶宴
❸ 景颇绿叶宴

第三章 沉醉在民族炫风里

生息。"

　　石大姐还向我们讲述了她母亲讲给她的关于景颇族织锦起源的故事。有一年，在大青树果子成熟的季节里，百鸟选择吉日，在结满红、白、黄、黑、灰、紫各种颜色大小不一的果子的大青树下举行了隆重的目瑙盛会。这一天，人类如期赴约，参加目瑙盛会，与百鸟一同欢歌狂舞。盛会结束时，舞场上满地散落着百鸟舞蹈后落下的五彩斑斓的美丽羽毛，一些细心、爱美的景颇族妇女就把这些羽毛一一捡起来，拿回家去，小心翼翼地纺成毛线织成筒裙。筒裙上面的图案多姿多彩，非常漂亮。到来年举行目瑙盛会时，妇女们穿着自己亲手织的鸟羽筒裙参加，吸引了在场所有宾朋的目光。大家都想拥有如此漂亮的筒裙，可哪里去寻找这么多羽毛呢？聪明的妇女们灵机一动，便用多彩线纺织鸟羽筒裙，并惊喜地发现，所纺织出来的织锦鲜艳夺目，足可以与鸟羽媲美。妇女们兴高采烈，争相效仿，于是便有了景颇织锦。

　　"小姑娘不会织锦不能嫁人，小伙子不会耍刀不能出远门。"石玛丁的母亲在她很小的时候就把景颇族女人织锦的美丽神话讲给她听，把祖传编织技艺手把手地教给了她。

　　在那个穿衣凭布票的年代，聪明好学的石玛丁偷偷地在家跟着母亲学织锦，很快掌握了母亲传授的织锦技术。石玛丁极富天赋，悟性很高，在生产生活中学会观察世间万物，一草一木，一花一石，在她的心中都有生命力，凡生活中所想所需都可以经过灵巧的双手编织出来。她的织锦作品有山的神韵，有物的灵魂，山石草木，飞禽走兽，惟妙惟肖。她织的长短裙、挎包、护腿、包头等产品，色彩艳丽，工艺精巧，图案有三百多种，既有典型的民族特色，又有现代时尚风格，如今已成为市场上的抢手产品。

　　功夫不负有心人，石玛丁大姐付出的心血和劳动获得了累累硕果。2002年5月26日，云南省文化厅和云南省民族事务委员会向她颁发命名状："鉴于石玛丁同志在传承民族民间文化艺术方面的贡献，特命名为云南省民族民间美术艺人。"2014年2月14日，年过55

岁的石玛丁参加"2014中国·德宏州景颇族国际目瑙纵歌节"在芒市广场举行的"第二届景颇织锦大赛",获织锦大赛三等奖。早些年,石玛丁被收入《指尖上的故事——云南民族民间工艺大师访谈录》。

大姐的聪明智慧让我敬佩,我问大姐还有什么困难时,大姐说:"困难不有,只是年龄大了,眼睛花了,想组织妇女来家里一起说话干活(不累些),还能挣点钱,培养织锦人。想在自家院子里搭个简易房,政府能否补助点?"当着大姐的面,我和陪同的地方领导商量,领导说:"自己建设,5000块钱够了。"我说:"给10000块钱,支持民族文化产业发展嘛!"看得出解决这点钱让大姐很感动,我却很惭愧。

然后,我们离开坝边移民村民小组,告别了民族民间艺人石玛丁大姐。车上,正好放着一首好听的耳熟能详的歌曲《雨花石》:"我是一颗小小的石头,深深地埋在泥土之中……"石玛丁大姐就是一颗不起眼的小石头,却不知不觉地推动着民族传统文化的传承。祝愿大姐永远年轻,在争奇斗艳、琳琅满目的民族文化艺术的大花园中越开越艳丽。

阿昌族：激情狂歌的边地民族

乐观浪漫让他们渡过了漫长的艰苦岁月，并使他们超然出一种难以想象的诗人情怀，创造出丰富的、极具浪漫主义特征的乡土文化。

唱不完的阿昌族民歌，讲不完的阿昌族故事，一个充满故事的民族，正在续写自己新时代的传奇。

刀剑划开尘封岁月，一个民族的大梦随一把刀剑徐徐划开，激情狂歌的边地民族，用自己不朽的魂魄在滇西写下自己深深的爱。

阿昌族舞蹈

一个具有诗人情怀的民族

"汉人的腿，阿昌族的嘴。"一个没有文字的民族，竟然依靠口口相传，创造如此丰富多彩的民间文学！

神奇的史诗《遮帕麻和遮米麻》，美丽的西南山水，独特的民族历史际遇，塑造出了阿昌族人坚强隐忍而又乐观浪漫的民族性格。坚强隐忍让这个久经磨难的民族历经千年还保持着自己的精神血脉和文化传统；乐观浪漫让他们渡过了那漫长的艰苦岁月，并使他们超然出一种难以想象的诗人情怀，创造出了丰富的、极具浪漫主义特征的乡土文化。

秉承着《遮帕麻和遮米麻》浪漫主义的文化滥觞，阿昌族人为田园山水、家禽走兽乃至万事万物都赋予了神性和诗意，让大千世界更加灿烂无比、生动无比、诗性无比。

长篇叙事诗《曹扎》《铁匠战龙王》，风俗故事《谷稷》

阿昌族节日"阿露窝罗节"——蹬窝罗

《亲堂姊妹》《胯骨》，动物故事《麂子和豹子换工》《老熊撕脸皮》等，都脍炙人口，生动感人。阿昌族青年男女在业余时间的"对歌"更是创造了无数情文并茂、音韵和谐的情诗。

在阿昌族人的眼中，万事万物一切都有因果，一切都有因缘，一切都可以入诗成文。

户撒之所以如此美丽，是因为这本就是"佛祖花园"。很久以前，佛祖要到人间建造一个花园。最初，佛祖打算把花园设在干崖（盈江坝），但那个年代干崖还是一片宽广的湖泊。每当夜幕降临的时候，妖魔鬼怪便出来兴风作浪，把湖泊搅得白浪滔天。佛祖看到此情景就改变了主意，返回天庭时，却在湖泊的东南方向意外地发现了一个山清水秀、气候宜人、百花争艳、飞鸟成群的小坝子——户腊撒，于是佛祖决定把花园建在这里。

的确，户撒不愧对"佛祖花园"的名号。户撒坝五山环绕，四季如春，土地肥沃，民风淳朴，六寺、九塔、四十一奘等名胜古迹点缀其间。阳春三月，万亩油菜花盛开的时候，更是户撒最美丽、

最热闹的季节，一年一度的阿昌族盛会"阿露窝罗节"就在这里举行。

青龙浮出水面，
摇动又摆尾，
沐浴着金灿灿的光华。
白象昂首走出森林，
和着铓锣的节奏，
迈出坚实的步伐。

"阿露窝罗节"的缘起也是如此的神奇、动人。

❶❷ 阿昌族象脚鼓舞

❶ 阿露节上为青龙白象挂彩
❷ 青龙白象

阿昌族民族服饰

连青年人谈情说爱时吹响的三月箫也被阿昌族人赋予了神奇的传说。

相传很久以前，阿刚和阿芳是一对恩爱的青年夫妻。一天，幻化成乞丐的蛇妖掳走了阿芳。全族的中老年男人马上吹响三月箫，用箫声的阳刚之声护住阿芳的身体，让蛇妖无法侵害她。阿刚则带领族中的年轻男子进山去寻找蛇妖，救回阿芳。但法术高强的蛇妖护住洞口，使阿刚他们无法接近。刚巧天公遮帕麻巡天到达户撒上空，看到户撒地面上集体吹箫的壮观场景，很是惊讶，便派身边的天仙下凡问明了情况，又找地母遮米麻核实。了解情况后，遮帕麻深受感动，决定为民除害，救民于危难之中。只见他从腰间抽出一支紫红色的三月箫，轻轻地投向地面上吹箫的人群，并在空中喊道："吹此箫可救阿芳也！"乡亲们寻声仰头望去，天公遮帕麻立在云端，峨冠博带，是那样神圣，又是那样威严！话音刚落，那支三月箫已到了族长的手里。"乡亲们，天公都来助我们了！快来磕头啊！"族长说完，乡亲们齐刷刷地望空膜拜。待天公远去，乡亲们吹箫的劲头更大了，尤其是族长吹起的神箫，它的音量

第二章 沉醉在民族炫风里

极大，音色细亮，优雅的旋律中有一股撼人心魄的力量，如强大的洪流，穿山越岭，冲到了蛇洞口，抑制住了蛇妖的法力。阿刚他们终于杀死了蛇妖，救出了阿芳。

沐英当年南征麓川，被阿昌族人演绎出"白鹿指路"的传奇。户撒铅勒寨的两棵有数百年树龄的老柏树，竟然也是当年沐英为一对情深义重的户撒夫妻特地栽种的"夫妻树"……

唱不完的阿昌族民歌，讲不完的阿昌族故事，一个充满故事的民族，正在续写自己新时代的传奇。

阿昌族葫芦笙

梦是一把飘散着青烟的刀剑

刀剑划开尘封岁月，一个民族的大梦随一把刀剑徐徐划开，激情狂歌的边地民族，用自己不朽的魂魄在滇西写下自己深深的爱。

刀剑归来

站起是一座丰碑，躺下是一段历史，阿昌族的刀剑是历史岁月中开放着的一朵鲜花。

大盈江（户撒河是其支流）水波光粼

阿昌族户撒刀

鄰，流淌不息，草木在夏日里幽幽生长。古老的阿昌寨湾中村人在田间劳作，村民们落下的汗珠很晶莹，将雨林里的几棵古茶树浇得异常青绿，村民在青龙山脚下石牛寺旁的海马舔石蝙蝠洞意外发现了你的踪迹。你在蝙蝠洞里，与诸多铁器、铜器、陶器、贝器、石器、竹器、木器一起，一任尘世喧嚣，做千年静梦。而洞外时光，已流过秦汉，流过隋唐，流过宋元，流过明清，流过岁月无穷的消磨和风吹雨淋。世事纷纷扰扰，战火轰轰烈烈，你睡容平静。此后，户撒一代刀王李根番以你的模样，按比例放大，打制出重达3吨的巨大体型放在勐巴娜西大花园里永世陈列，为永久的艺术品，让天下人共同品读鉴赏。

是的，时逢华夏兴盛，你从历史中醒了，划开岁月的口子，归来了。你以汉唐峨昌先民的姿势，冒着西风，沿着博南古道过澜沧水走来，在由远渐近的象脚鼓声，青龙寺、皇阁寺的古刹钟声中，带着3万有余的阿昌族人深情的呼唤，带着一束梦幻般的美丽光焰，终于从历史中归来了。

假若时光是一支歌，歌声洒落在史书的记忆里，那是血泪的痛楚；假若时光是一首诗，诗音阵阵，激情澎湃，思绪万千，反复吟咏着悲欢离合；假若时光是一幅画，画中阿昌族先民的影，是最坚强的底色。阿昌族先民视刀为生命，刀剑划过日月，划过漫漫长空，历史与今天再次对接。阿昌族人沿着你英气逼人的身影狂歌而来。爱刀的民族，太阳的子孙，刀剑是天公遮帕麻与地母遮米麻唯一的选择。

阿昌族人仗剑而歌，长歌当哭，从不叫屈。在这一天堂般的花园里，歌声伴着夜露入睡，山花笑出幸福热望。阿昌族人活在刀剑里，活在如诗如歌的岁月里。

时光的河岸上，西行的远征者留下无数匆匆脚步。马蹄声碎，西风古道伤痕累累，战火的烈焰漫过边地要塞，一浪一浪的狼烟滚动，数不尽的悲欢离合，在簇簇火把花的盛开中血样

凋落。那一刻，天上的圣灵与地上的圣者惺惺相惜、静静相依。那一刻，血染的阿昌刀剑随星星、随梦想悄悄睡去。光之钟，钟声喑哑，在空中回旋哀鸣，似来自内心最深处的叹息。微风漂泊无依，拂过荒郊野草，如同奏起古老的葫芦丝神曲。夕阳西下，光辉回照圣灵与圣者的背影。刀剑依旧在，无数豪杰只留下感伤的刀剑悲音，没有留下阿昌刀的具体容貌。

关于阿昌刀原来的模样，猜测了千年，千年成谜。

天风浩荡，自风萧雨瑟的河谷荡涤而过。大盈江水漫过岁月的河堤，抚平模糊的文字浸润古老的史书，成一首失传的情歌，再也无人能读懂。我不止一次，于大盈江古渡及堪称"八关锁钥"的巨石关、铜壁关、万仞关、神护关处凭栏而望，圣灵不再，圣者不再。而江水依旧在茫茫无际的天穹下滔滔奔流，高大的群山千古沉默不语，累累残砖碎瓦发着悲音。那是古人遗下的歌。

幸好，今天你归来了。时光之河悠悠流淌，你站在河岸，目光祥瑞、温良、仁厚。我们之间，隔了千年时光。阿昌刀剑啊，我要诞生多少次，才能获得你的一次回眸？我要历经多少次轮回，才能获得你的一个凝视？你的目光如此慈悲满含，我的目光如此热泪满眶。朦胧视线中的你呀，依然寒光四射，不减雄风，威仪地雄峙屹立，庄重得时光无法穿透你心。

阿昌刀剑，你是最久远的阿昌族人形象，是凝固的史册、立体的篇章、青铜的经典，是不一样的日月锻造。

历史的尘埃落下，一切虚幻都有了真实的皈依，神秘的面纱揭开，一切谜团都有了坚定的答案：你就是阿昌族人的模样。你静静地站立在阿昌族人的心里，旁边是你不朽的文字描述：天下阿昌第一刀。

在这片苍茫大地下，阿昌族究竟埋藏了多少辉煌、静默了多少

血泪、尘封了多少故事呢？我一再地追问，你却一再地沉默。在你身旁山体连绵，冷硬墓碑记忆着阿昌族人多少扑倒的身躯；在你脚边沃野百里，山岗连绵起伏，一直伸向异国缅甸的土地；铁锤、锄、镰、刀剑陈述着阿昌族人血泪的苦难。

你厌倦了，睡去了，是吗？

为了唤醒你，大盈江日夜呜咽，流淌了几千年，户腊撒河水浑了又清，清了又浑；为了寻找你，青草在佛祖的花园里反复枯荣了几千年；为了遇见你，我在轮回里孤独地祈祷了几千年。时间是追梦者心里的一把钢刀，刀剑划开峥嵘岁月！

刀剑记忆

你在我心灵深处，矗成仰望的丰碑。

是哪一双画师的手细致描下了你的龙形图案？是哪一个工匠精

心铸造出了你的身体？阿昌族在低微的土地上留下了萦绕不去的气息，写成了滇西的钢铁史诗。你的精美大气，改写了西南夷的历史，将阿昌族文化华丽地展开。偏居一隅的德宏，因你而找到了文明的源头，找到了记忆的根。

岁月蹉跎成河，流过了多少忧伤的往事。你站在岁月的彼岸，我站在岁月的此岸，中间隔着的是那朵朵浪花，在边地澎湃了几千年。为了得到你温暖的凝望，我所有的跋涉都值得，所有的等待都美好。

是谁在时光的河流里姗姗行来，将悦耳动听的情歌悠悠传唱？

西边啦日落，
大地啦黄昏；
相约啦在早上，
祖先啦煮盐。
小路啦崎岖，
坎坷啦脚迹；
身背啦满背，
阿昌在背盐。

日落啦西山，

> 大地啦黄昏；
> 相约啦离开家园，
> 男人啦煮盐。
> 小路啦弯弯，
> 脚迹啦泥水满坑；
> 装了啦背满，
> 阿昌在背盐。

清波碧水，草木摇荡。阿昌族与脚下的这片大地相依相融，阿昌族将艺术写在衣食住行里，酝酿成诗，出口成歌。

大盈江弯弯流动，阿昌刀剑啊，请你告诉我，在大盈江边浣衣的那个女子叫什么名字？云锦般的衣裳，全披挂着银闪闪的银饰，袖口和领口镶嵌了质地质朴鲜艳的彩边。她低头在流淌着的山溪边搓洗衣服，细长的发梢在水面晃啊晃，直把人心都晃醉了。清清的大盈江波光里，有青龙山、凤尾竹的影，还有悠远的情歌唱起。

阿昌刀剑啊，你一定见过户腊撒那块古老沃野青铜肌肤的后生在太阳下挥动镰锄的情景，侧面线条美如刀刻。请你告诉我，我们去了哪里？你的胸襟里一定蕴藏着无数故事，你的眼睛一定见过无尽沧桑，你是这片大地上最古老的诗人、最优雅的歌者。可是，你依然沉默，沉默如智者。我深信，阿昌族先民具有诗一样美丽的灵魂，山一样的赤热豪情，水一样的清澈温柔，才凝聚成如此善良温和的你。在他们的心里，充满了向往，因此他们的心灵中，诗和爱情从不曾断绝。

怒江、沘江、澜沧江、大盈江、瑞丽江、槟榔江，像透明的丝绸，缓缓穿行在滇西的重峦叠嶂间，涛声楫影，划过江水，扬起千年的大波浪。水里有蓝天、白云的影，水里有阿昌族人悠远的故事。

听，是谁唱着山歌寻梦而来？

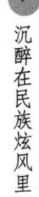

隔山打鸟遮拦大
隔山流言不散心
心中想着会满堂
空手难见满堂人
不图黄金散白路
见面如此也准得
口含仙桃心是藕
脚踩莲花站池塘
吃酒三更不为醉

山花满头不怕香

钢刀口上跑得马

长矛尖上翻得身

金打香炉烧一世

银打连环扣一生

同锅吃饭吃到老

铁打拐杖拄一生

哥是月来妹是星

妹随哥转寄深情

大山深处、火塘边，通宵达旦的阿昌族山歌情深意长，惹人陶醉。在时光的长河里，有一个日子让人铭心刻骨。那是每年4月5日，一年一度的阿昌族"阿露窝罗节"，在青龙、白象及神箭的牌坊下，不辞辛劳的阿昌族人总要欢聚在一起，敲起象脚鼓，跳起欢乐的富有神性的舞蹈，祭拜天地日月。于是，少男少女们划开薄雾飘绕的清晨，踩着彩霞满布的黄昏，让河流和弯弯山路引着自己的心灵，甩着一箩一箩的山歌汇聚在一起。青山白云缥缈，田坝全是金黄的油菜花。这样的季节，正好是谈情说爱的最美季节。寨边的大青树最绿，木瓜花、芙蓉花、杨伞花开得最艳的时候，头上插满鲜花、胸前戴着银项圈的阿昌族女人，放下活计，带着梦想上路了。她们的心被象脚鼓从朦胧中敲醒，荡漾着层层碧波，打开一圈圈刚刚散尽又开始激荡的涟漪。她们爱唱歌，她们优美动听的歌声柔情似水，她们的歌声句句是爱、声声是情。阿昌族女人的歌声揉断夕阳炊烟，揉碎男人坚硬如磐石一样的心肠。她们的歌冲破千山万水，挣脱了所有羁绊，纯真的情感一下子就那么随意地凝结成歌，俘虏钟情又重义的男人："我是等待了整整一年才盼来这天相逢，手扳花树望郎来，路边的石头望成人，你若有心成双配，吃匹青菜当

户撒坝

人参。我深深地爱慕着你,你却不知。"

山高水长,情意真挚。风吹乌云散,情郎情女梦里思。歌声里,相思,结交,别念,苦恋,水一样的柔,婉转又直白,表露的心迹浓艳如醉,情深似海。那婉转的爱恋,像船桨过处摇曳的水草撩拨心际,像腊月最醇的山花冬蜜诱人热望,像打泼的一杯美酒,唇齿留香。歌,幽怨而不哀伤,清丽又无邪,娇羞又随性,惊喜又有礼。

而站立在牌坊下的我一听即忘尘,爱的火塘恋歌随山风荡漾。美好的诗和爱情传诵了几千年,青山白水间,一曲《索索米来》呓语般悱恻缠绵,随舞而动,随火星子四处乱飞。

深夜吟来,阿昌族古情歌《索索米来》《索喂》竟如窗边的月光明净,清澈似大盈江水,纯洁得不带一丝人间烟火,更唱醒了一个个漆黑沉沉的暗夜。

悠悠阿昌族情歌的声音流淌在佛祖的花园里,岁月变得尤其珍贵,成为滇西最纯美的诗篇。它是阿昌族文化的源头,更是中华文学不可多得的瑰宝。谁说我阿昌族之地是蛮夷之邦?谁说我滇西边地愚昧不开化?阿昌族山歌醉人,风华绝世传万代。

无数次畅游在中华民族文学的河流里,蓦然回首,山之巅,河之尽头,是阿昌族女人放歌,声音是那样亮晶晶、脆生生。

阿昌族山歌是最清晰的文化音符,阿昌刀剑是最真实的工艺凝固。

木莲花开你不来,做锅"过手米线"等你尝,我是如此深情地爱慕着你呀——阿昌刀剑,你却不知。阿昌刀剑啊,我多少次驻足户撒坝子、勐巴娜西广场、佛祖花园、云龙盐井边、怒江大峡谷,在你的身前一次次仰望,在心间脑际深深记下你依稀的模样。我要把这"东有龙泉剑,南有阿昌刀"的秘密藏于灵魂的最深处,奢望记住你的每一条脉纹,记住你的温良笑意。

仗剑而歌的民族,刀剑终于划开了几千年尘封岁月。

今天,月色依旧如同一双温柔的手,慈祥地爱抚着清清的大

盈江水，在滇西德宏大地上洒下白纱一般的光辉，江边的青龙山，依旧是千万年前的旧模样。中华民族在神州大地披起印满金孔雀吉祥图腾的衣衫，续写文明，续写富强崛起的王者诗篇。黑色的发，黄色的肌肤，依旧是几千年前的旧模样。一切都没变。

阿昌刀啊，你听，在明月皎白的色泽下，是一声声欢迎你归家的期盼；你看，在这片有过我们共同先民的土地上，正唱着发展进步的田野牧歌，高速公路贯穿山岭横跨河流，不再有令你流泪的血色刀光剑影；西部大开发大发展，五十六个民族和谐共处，也不再有令你伤心的腥风。

阿昌刀剑啊！在清冷的月色、无际的苍穹下，你站成永远的影像，站成德宏百姓心中坚强的脊梁，站成民族久远文明的见证。在你温情脉脉的目光中，阿昌族正在复兴阿昌刀史诗般的盛世华章，圆中国梦。

盛世下的五星红旗迎风招展，阿昌族人民在响亮的歌声里幸福地期待着美好的未来。

户撒刀

傣族：逐水而居的民族

> 逐水而居，没有哪个民族能像傣族那样与水结下如此深厚的情缘；上善若水，没有哪个民族能如傣族一样具有如水的性格。有如水一样的顽强与坚韧，又有如水一样的随性与隐忍。

水的民族——傣族

逐水而居，没有哪个民族能像傣族那样与水结下如此深厚的情缘；上善若水，没有哪个民族能如傣族一样具有如水的性格，有如水一样的顽强与坚韧，又有如水一样的随性与隐忍。从"哀牢""达光"到"果占壁""麓川"，从澜沧江、怒江到伊洛瓦底江，只要有水、有坝子的地方，尽管这些地方炎热酷暑、瘴疠肆虐、虫蛇出没，都会在傣族人的勤劳双手中改变为美丽富饶的鱼米之乡，成为他们安居乐业的家园。

热带丛林中的孔雀和大象早已被傣族的先民奉为吉祥物，前者是美丽吉祥的象征，后者代表的是力量和五谷丰登。傣族地区一年一度的泼水节都会引得大量游客纷至沓来。婀娜多姿的傣族妇女在江河中沐浴的绝美画面，更是把这个"水的民族"的情韵表现到了极致。

傣族，属汉藏语系壮侗语族壮傣语支。据第六次人口普查数

傣族欢度泼水节

据，我国傣族共有 126 万余人。

傣族按分布地区有傣泐、傣那、傣雅、傣绷、傣端等。西双版纳等地自称"傣泐"，德宏芒市等地自称"傣那"，红河中上游新平、元江等地傣族自称"傣雅"，瑞丽、陇川、耿马边境一线的自称"傣绷"，澜沧芒景、芒那的自称傣绷支系。汉族称傣泐为水傣，称傣那为旱傣，称傣雅为花腰傣。

关于傣族的起源，主要有两种主流观点以及诸多说法。

古滇国大概是傣族先民建立的第一个王国。宋朝时期分布在南诏、大理统治范围内的一些民族应该是中国傣族的先民。《蛮书》中记载的"茫蛮部落"应该是即今西双版纳一带傣族的先民。

元明时期，汉傣间的经济文化交流已非常密切，大量汉族人民迁居边疆，内地先进的生产技术、文化科学在傣族地区广

为传播，迅速促进了傣族社会经济的发展、商业的活跃，出现了车里（今西双版纳）等较大的商业城镇。

傣族地区地处边疆，在外族和帝国主义者的入侵当中首当其冲。历史上，傣族先民就曾长期抵御了来自西南面缅甸骠国、阿瓦、蒲甘、孟人、东吁、贡榜等王朝的东侵，保障了中原历代王朝西南边境的安全。19世纪末20世纪初，为了捍卫祖国领土，傣族、汉族、景颇族、佤族等族人民对英、法帝国主义的侵略展开了多次武装斗争。

抗日战争期间，傣族人民又对日本法西斯开展了武装斗争，为保卫祖国边疆神圣领土做出了贡献。日军占领滇西后，各民族的抗日武装与敌人进行了顽强的斗争，在德宏陇川就有多永安、多永清为首的抗日自卫军。

傣族的"吊脚楼"早已名闻遐迩，人们无不被它的美学价值而赞叹，殊不知它的"吊脚"却是专门应对蛇虫和洪水而设计的。傣

❶ 城子老傣戏队《三大王英》剧照
❷ 城子老傣戏队《朗推罕》剧照

族以大米为主食，也食昆虫。傣族地区潮湿炎热，昆虫种类繁多，经常食用的昆虫有蝉、竹虫、大蜘蛛、田鳖、蚂蚁蛋等。捕蝉是在夏季傍晚，蝉群落在草丛中时，蝉翼被露水浸湿，不能飞起，妇女们就赶快把蝉捡入竹箩里，回家后入锅焙干制酱。蝉酱有清热解毒、去痛化肿的作用。傣族地区盛产竹子，竹虫也特别多，人们在竹林中寻觅到被竹虫钻蛀的竹子，顺着往上一节剖开，竹蛹就在其中，多时一个竹节里可得到一小碗竹虫。将取出的竹虫蛹剁细，加上炒米粉和作料，以生菜沾食，甜香滑糯，满口生津；亦可用水稍煮一会，捞起用油煎食；还可与鸡蛋一起炒吃，香脆可口。傣族人还食用蚂蚁蛋，都是生长在树上的大黄蚂蚁所产。蚂蚁蛋主要是凉拌，洗净后放在沸水里烫熟，然后加入蒜、盐、醋等调料，再加上自己喜爱的蔬菜即可食用。以青苔入菜，也是傣族独有……

因为这些都是河谷盆地的特产。

傣族有食花习俗，经常采食的野花有棠梨花、白杜鹃、酸角树花、黄饭花、甜菜花、芭蕉花、苦凉菜花、刺桐花、金雀花、鸡蛋花、苦刺花、弯根花、盘藤花和一种傣语称为"莫谢"的花等。

傣族民间剪纸

因为这里的雨林山野四季花开。

生、鲜、酸、辣、野是傣族菜的特点，陇川素有"酸傣族，辣景颇"之说。傣族人认为，吃酸心爽眼亮，助消化，还可以消暑解热；吃辣，可以开胃口，增食欲，增强身体抵抗力，预防伤风感冒；吃生，菜鲜味美，可口舒心。傣味中以酸为美味之冠，所有佐餐菜肴及小吃均以酸味为主，如酸笋、酸豌豆粉、酸肉、撒撇、喃咪及野生的酸果。最常食用的是酸笋，把新鲜竹笋切成丝，放入清水漂浸，之后捞进大缸用力压紧、封口，放置半个月待变酸。傣族人随便哪家都有百来斤酸笋，一天也离不开。

傣族人爱水、敬水，创造了自己独特的"水文化"。

傣族所使用的傣文，如一朵朵跳动的浪花。傣族的舞蹈动作时如溪水蜿蜒，柔美舒缓，时如江河奔涌，刚劲奔放，刚柔相济，美不胜收。傣族的武术深蕴水的"以柔克刚"之理。

傣族的医学和历法也深得水之"雍容乃大"的精髓。

傣族医药理论认为，自然界存在着四种物质，称"四塔"，即"瓦约塔"（风）、"爹卓塔"（火）、"阿波塔"（水）、"巴塔维塔"（土），万物生长离不开这四种物质，并借用"四塔"来形象解释人的生理现象和病理变化，认为健康是人体内的"四塔"之间保持相对动态平衡和协调的标志，同时也表明体内"四塔"能与外界的"四塔"保持动态平衡和协调关系。这与中原的医理五行相生相克有异曲同工之妙。傣医理论中还吸取了佛教教义中的"五蕴"思想，即以色、受、想、行、识等五方面来概括人体的组织结构和生理现象。傣医又将五蕴与"五戒"（世俗教徒的佛教戒律：戒杀生、偷盗、奸淫、妄语、饮酒）相连，在看病开药时强调进行五戒，以保证身心健康。傣医诊病方法主要是望、闻、问、摸、切。傣医还根据患者的肤色、体质及生病季节（傣族将一年分为热季、雨季、冷季）的不同，进行疾病的诊断和选用不同的治法。傣医将药物分为"雅黄"（热性药）、"雅嘎因"（凉性药）、"雅墨"（平性药）三类。傣医用药除采用内服、外用、内外合治三种方法外，还有一

些独特的方法，如睡药、敷药、蒸药、熏药、研磨药、刺药等。这其中都不难找到中医学的影子。现在仍保留有傣医药文献《嘎牙山哈雅》《玛弩萨罗》《药典》《医书》《药书及病理》等。1983年被国家确定为中国四大民族医药之一。

　　傣族先民在数千年前就已经掌握了日月星辰的运动规律，并根据日月星辰的运动规律安排生活与生产。傣历虽有"大傣历"与"小傣历"之分，但基本计算规则保持一致，仅纪年起始年不一样。"大傣历"以公元前95年为纪年起始年，"小傣历"以公元638年为纪年起始年。

　　傣历用10个母（天干）和12个子（地支）循环相配得60个组合，60个组合循环代表年、月、日和时辰次序，周而复始，循环使用。一般情况下有12个月，分冷、热、雨3季，

节日盛会

每个季度 4 个月,单月为 30 天,双月为 29 天,一年为 354 天;隔 4—5 年,在 8 月加一闰日(8 月则为 29+1 天),此年称平年,一年便有 355 日;每 19 年置一个闰月,皆置闰于 9 月,闰 9 月也是 30 天,置闰月之年称闰年,一年有 13 个月 384 天。每个月分"月出"与"月下"两个半月,上一个月的晦日(每月最后一天)之后称"月出一日",顺序数至望日(十五日),望日之后称"月下一日",顺序数至晦日。使用七曜(太阳、月亮、火星、水星、木星、金星、土星)纪周日,十二属相(鼠、牛、虎、兔、龙、蛇、马、羊、猴、鸡、狗、猪)纪年岁。

傣历一年的回归长度为 365 天 6 小时 12 分 36 秒,与现代标准回归年(365 日 5 时 48 分 46 秒)有一定误差,朔望月为 29.530583 日(按:现代标准朔望月为 29.53059 日),所以需要在一定阶段置入闰日或闰月,补足误差。

傣历月序一般比农历早三个月,农历十月就是傣历1月,若农历在十月之前的月份置闰,则傣历1月就是农历十一月,月序就只比农历早两个月,如大傣历2107年(小傣历1373年)1月1日相当于农历壬辰年十一月初二,当年农历闰四月,所以早两个月;置闰之年比农历早一年;由于采用早朔,月出一日也不一定是日月合朔的日子,有时与农历日序相差一日。

富庶的盆地、江河、湖泊和雨林为傣族人提供了取之不尽、用之不竭的生活资料,在历史典籍中很难找到傣族经历大饥荒的记载。倒是有在前果占壁后期,因近百年的安定日子,使王国过于富裕,国民耽于太平,最后被南诏国轻易吞并的记载。优越的生存环境,比较富足的生活,加之"水文化"的特性,使傣族养成了闲适洒脱的慢节奏生活习惯。

俗语说:"谷子黄,摆夷狂。"傣族除了名目繁多的各种"摆"外,主要节日有关门节、开门节、泼水节等。

关门节,傣语"毫瓦萨",时间固定在傣历9月15日(7月中旬)。开门节,傣语称"翁瓦萨",时间固定在傣历12月15日(10月中旬)。

傣族

在这两个节日当天,各村寨的男女老少都要到佛寺举行盛大的赕佛活动,向佛像、佛爷敬献美食、鲜花和钱币,在佛像、佛爷前念经、滴水,以求佛赐福于人。从关门节到开门节的3个月内,是"关门"的时间,为一年中宗教活动最频繁的时期。礼佛,听佛爷讲经,7天一小赕,晚上要放火花、爆竹、高升(孔明灯),举行"赶摆"。关门期间,男女青年可以谈情说爱,但不能结婚,不能外出,待"开门"后方能结婚和外出。

傣历新年泼水节是傣族人民的传统节日,傣语称"桑勘比迈佛节迈"或"楞贺桑勘",意为六月新年,时间在傣历6月下旬或7月初(4月中旬)。泼水节象征着"最美好的日子",节期一般是三天,头两天是送旧,最后一天是迎新,德宏地区傣族节前还要采花。节日清晨,傣族村寨的男女老幼沐浴盛装到佛寺赕佛,并在寺院中堆沙造塔四五座,大家围塔而坐,聆听佛爷念经。之后,妇女们各挑一担水为佛像"洗尘"。佛寺礼毕,青年男女退出,相互泼水祝福。接着成群结队四处游行,泼洒行人以示祝福。

如今沐浴着党的民族政策和新时代阳光的傣族人民更加欢欣鼓舞,象脚鼓、排铓敲得更响,吉祥水洒得更高更远。

泼水节,一个民族与水的情缘

4月,北方银装始卸,冬寒未尽,地处西南边境的陇川却处处青山绿水,蜂蝶飞舞。

素馨花开了,鸡蛋花开了,缅桂花开了,属于这个季节的花儿全开了。葱郁的大青树、艳丽的三角梅、翠绿的竹林、一垄挨一垄的蔗田遍布陇川坝,坝中四处一抓一把的绿,更显一派生机勃勃。

这是清明后第七天的清晨,陇川坝薄雾如纱,远山如画,近水含烟。这个四季如春的边境县,在平和中多了一分因期待而生出的躁动

傣族瓜雕

和焦灼，四处是由远而近的象脚鼓声和铓锣声，因为傣族最盛大狂欢的时刻——泼水节到来了。

我虽不是傣族，却居住在陇川一个临河的傣寨里，对泼水节很是热爱。记事时过的第一个泼水节就令我难以忘怀，至今都还清晰地记得。泼水节的那几天，傣族村寨男男女女都疯了似的在泼水，还敲锣打鼓的，从这个寨子泼到那个寨子。那天，我同往常一样去寨子里的大青树下玩耍，刚走出家门不远，便被一群傣族小男孩追着泼得像只落水的小孔雀。我被吓得边哭边往家跑，边想："寨子里的人今天是不是都疯了呀？怎么见人就泼水呢？"跑进家时，母亲正和隔壁的傣族老呀涛（老奶奶）坐在院子里的杧果树下冲壳子（聊天），见到全身湿透的我，忙起身去扯搭在屋檐下竹竿上的一条毛巾，帮我擦脸上的水，又给我换上一身干爽的衣服。老呀涛见我一直抽泣，一脸委屈，笑眯眯地对我说："别哭了，今天是泼水节，有人泼水给你，是喜欢你呢，送吉祥给你呢！"

我万分不解，说："呀涛，喜欢人为什么还要泼水给他（她）呢？"老呀涛顺手拉过身旁的一个竹凳，说："来，坐下晒一下太阳，听呀涛给你讲讲泼水节的故事。"

那时，年幼的我对老呀涛讲的故事似懂非懂，待长大后才知道，傣族的泼水节又叫洒水节，源自一个古老的传说。说是在远古的时代，有一个住在天上法力无边、刀枪不入的恶魔独霸傣族地方。恶魔想抓哪家的金银就抓哪家的金银，想要哪个姑娘就要哪个姑娘，傣族人生活在水深火热之中。恶魔共抢来12个人间最美丽的姑娘，最后抢来的顶漂亮也最有心智。11个姑娘陪魔王是流着泪、垂着头，她却扭着腰肢、媚着眼，说话如歌，唱歌似莺啼。魔王时常要她去陪酒吃饭。她便殷勤地给魔王斟酒拈菜，不停地哄魔王开心，魔王一高兴就什么话都讲。有天夜里，姑娘故作无心地拿话套魔王："大王水火刀枪不能伤，什么也不怕，永远万寿无疆。""雷电天地都不怕，只怕自己的头发勒脖子。"魔王得意忘形地说漏了嘴。

夜里，姑娘待魔王熟睡后，轻轻剪断魔王头上的一根长发，往他脖子上一勒，筲箕大的怪头轰然落地，怪头离身却不死，滚来滚去找脖子想要重新接回去。其他的姑娘赶来，合力把怪头丢出门外。可一放手，怪头就往房子里滚。她们只好轮换着把怪头抬过天上人间的分界河扔下凡间，但怪头一挨地，就毒焰飞腾；一沾河，就腐水横流。姑娘们只好轮流抱住它，不让它落地，每人一天（天上一天，人间一年）。年头正好是清明节后第七天，也就是她们换手这天，人们为感谢她们，就为之洒水去污除垢，久而久之就形成了"摆爽南"，即洒水节。

这个传说让我记住了清明节后第七天这个特别的日子，也由此深深地爱上了傣族的泼水节。

象脚鼓和铓锣声越来越清晰了。"咚咚咚""哐哐哐"

❶ 傣族泼水节
❷ 铓锣敲响

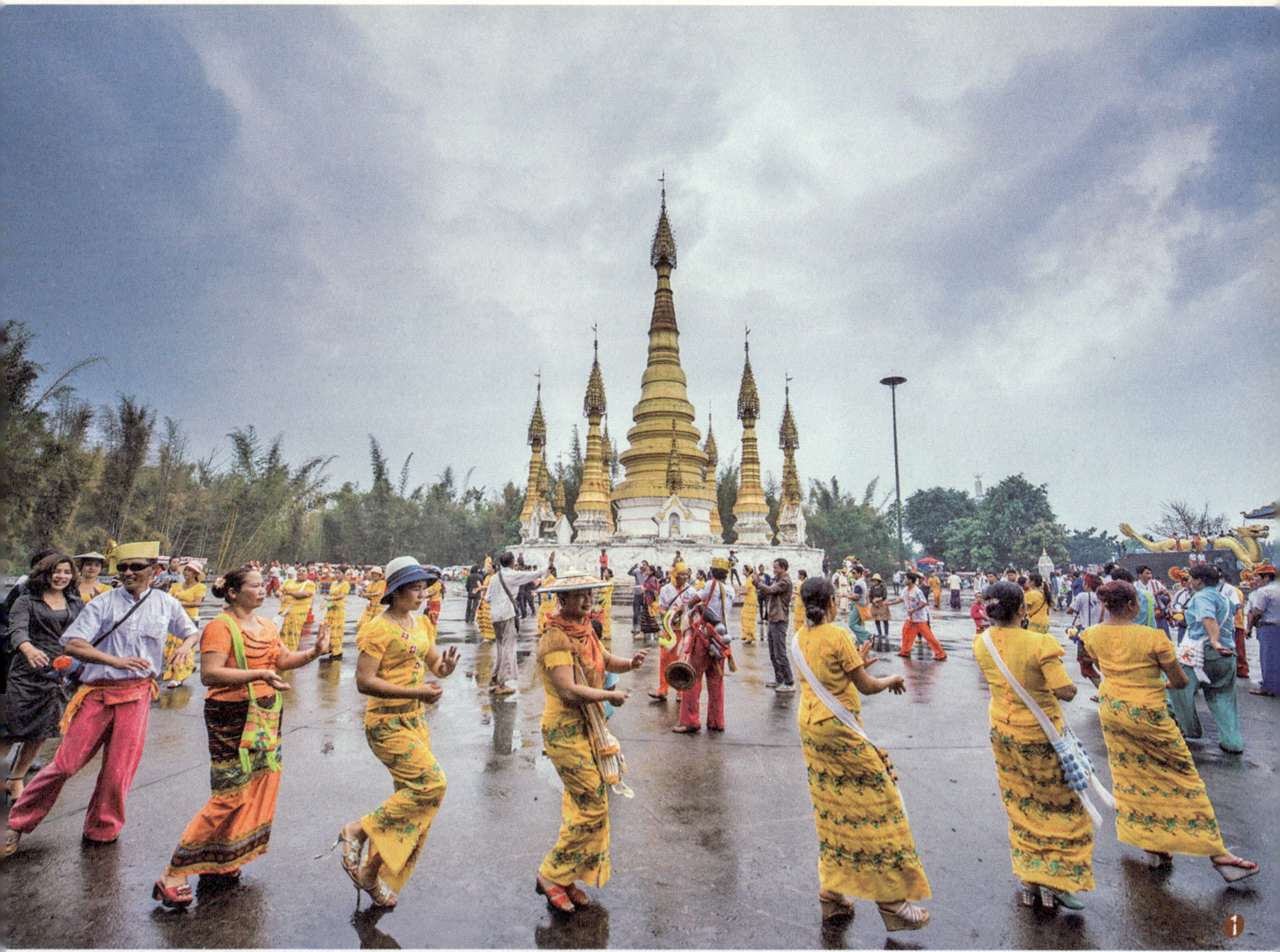
1

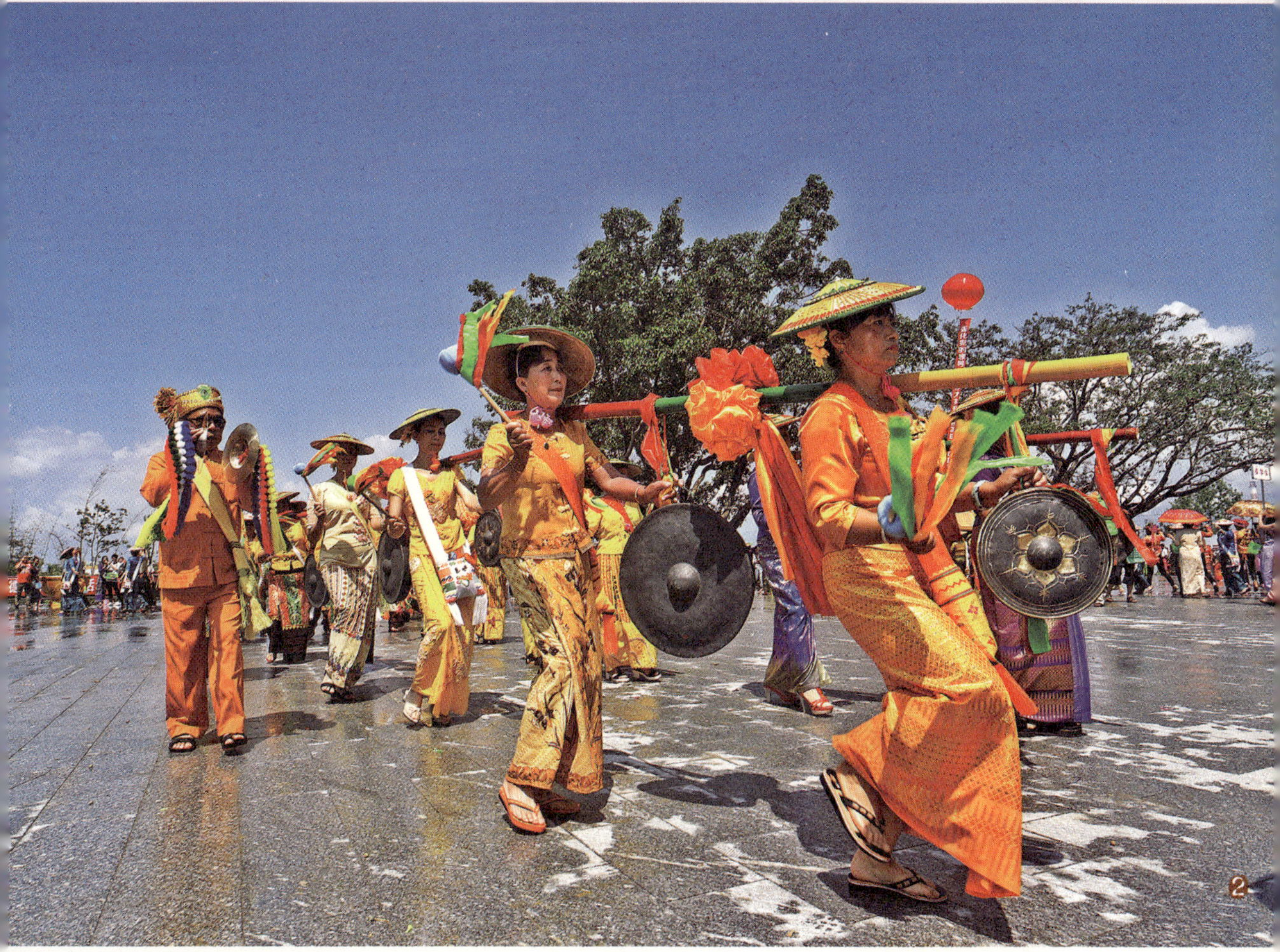
2

的锣鼓声，敲开了泼水节的欢乐之门，其他美不胜收的一切也随之次第登场。此刻，我已置身其中，和傣族人民一起泼洒在心中积蓄了一年的热情。

整个泼水节期间，陇川都笼罩在节日的气氛中，特别是县城章凤，被装点得像一只舞动的孔雀。从清晨开始，采花的车队就像一条河，一辆接一辆驶向山里。车子大都是带兜的农用拖拉机，兜里站满携带各式泼水工具的傣族男女。女的苗条婀娜，一律着艳丽的筒裙，高高挽起的发髻上插满美丽的鲜花；男的俊朗灵活，头戴金色包头，身着各色对襟开衫和同色宽管裤。一路山花烂漫，欢歌不断，笑语满地。到达山间林地，除了跳嘎秧，还吃泼水粑粑，最主要的是采摘尝建花（泼水花）。之后，手持鲜花的人们都汇集到泼水广场，将手中的鲜花虔诚地插满泼水龙庭。当龙庭龙口开始吐水时，泼水狂欢随之开始。片刻后，欢声四起，水花四溅，到处都成了水的世界，泼水人欢快的叫声和笑声就像飞舞着的水花，泼水广场瞬时成了欢腾的海洋。来参加泼水盛典的各村寨嘎秧队敲着铓锣、打着象脚鼓从各路汇集而来，其他兄弟民族也带着自己的祝福纷至沓来，汉族来了，景颇族来了，德昂族来了，阿昌族也来了……一整天，整个章凤就像刚下过一场瓢泼大雨，街头的人没有一个衣服是干的。

夜幕降临后，狂欢并未停止。宽敞的民族广场上，各村寨组织的文艺队拉开了晚会的序幕，节目主要以歌舞为主。这边，天生对音乐和舞蹈有着超常领悟的众多傣族俊男靓女在舞台上尽情歌舞；那边，孔明灯正乘着春风在夜色中缓缓升起，五彩的焰火鲜花般怒放，点亮章凤的夜空，激起人们一阵阵欢呼。

当然，泼水节还是男女谈情说爱的最佳时节，我熟

❶❷ 傣族欢乐泼水节

丢包

识的许多伉俪都是在泼水节里以水结缘的。在这期间，未婚青年无限的爱意都注入了一片片清澈飞扬的水花里。小伙子们泼洒出的第一桶饱含青春欲动的水，梦寐以求地企望着能滋润所钟情的姑娘的心房。

除了欢乐与爱情，泼水节里少不了的还有美食。摆场四下的食摊餐馆，牛撒撇诱人，火烧猪飘香。泼水节的泼水粑粑、撒撇、火烧猪是我最爱的傣族美食，也是陇川地方食品中的主角。泼水粑粑则是傣族唯一以节日命名的食物，它用上等的软米为原料，加少量的油及温水揉合，以芭蕉叶包裹成三寸大小的方块，上笼蒸熟即成，口感腻而不粘，如饴似胶，软糯香甜。

这样的狂欢会持续两三天。

每过一次泼水节，我对泼水节的了解就会多出一些。过得多了，便有了更深刻的认识。泼水节的传说，既表达了社会初期的傣族先民对强大自然力抵抗的心愿，也表达了他们用劳动征服干旱、水灾、火灾等自然灾害的愿望，同时还包含着傣族人的宗教观念。现实中的泼水节远比传说中的要丰富，它集浴佛、祭礼、如来圣诞、如来成道、如来涅槃、过新年、堆沙、跳嘎光、晚上放高升等于一体，是傣族众多"摆"（节

庆）中名声最大、最隆重、寄寓最广泛的摆，是全面展现傣族音乐舞蹈文化、饮食文化、服饰文化和民间崇尚等"水文化"传统的综合舞台，是研究傣族历史的重要窗口。传统的泼水方式，并不像现今的这么世俗，是用鲜花蘸着混合植物香料的清水轻洒在背上，既具仪式感，又精致典雅。无论是传统精致典雅的轻洒，还是现代激情粗野的狂泼，吉祥水来袭，人们沐浴的都是快乐、吉祥和幸福。

泼水节，把傣族这个"水的民族"与水的厚重情缘表现得淋漓尽致。在"水！水！水！"的欢呼声中，泼水广场成千上万的人热烈的情绪达到巅峰，泼水狂潮再一次被掀起。身陷其中的我，泼出了手中的水，同时承接着迎面来袭的吉祥之水。

德昂族：一个茶叶滋养的民族

> 一个有茶滋养的民族，注定是一个朴实、勤劳、善良、好客而又闲适、豁达、浪漫的民族。走进德昂山寨，你就走近了茶叶，走近了自然和娴静。

走进古老的德昂山寨，你会发现每户人家的房前屋后都种着茶树，空气中任何时候都弥散着茶香。

在德昂族的长篇口头史诗《达古达莱格莱标》（德昂语，大意为：最早的祖先传说）中说到，在远古混沌世界的上空，茶树是万物的始祖。当时大地一片荒凉，茶树将一百零二片茶叶降落凡间，幻化成五十一对男女，这就是人类的祖先。

德昂族是一个崇尚种茶、饮茶的民族。主要居住在德宏州等地，是当地现有居民中最古老的民族之一，他们自称是"茶叶的后代"，目前人口两万多人。

茶是德昂族最重要的饮料，尤其是成年男子和中老年妇女几乎一日不可无茶，而且好饮浓茶。茶在德昂族的生活中占据着重要的位置，德昂族人讲究"茶到意到"。宾客临门，必先煨茶相待；走亲访友和托媒求婚时，必以茶为见面礼；若有喜事需邀请亲朋光临，一小包扎有红十字线的茶叶便成了"请柬"；如两人产生矛盾时，有过失的一方只要送一包茶，就可求得对方的谅解。可见，茶的作用是其他钱物无法替代的。

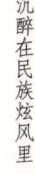

在茶香的氤氲中，翻开尘封的史册，德昂族的历史是那样的久远而神秘，可歌可泣。

德昂族源于古代的濮人，与"哀牢"有密切的关系。清代以前，有关记载把云南境内南亚语系的德昂族、布朗族、佤族等民族统称为"濮人""蒲"或"蒲蛮"。"濮人"早在公元前2世纪就居住在怒江两岸，早于阿昌族、景颇族等族进入这一地区，是开发保山、德宏一带较早的民族。隋唐时称为"茫蛮""扑子蛮""望苴子蛮"，他们先后臣服于汉、晋王朝及南诏、大理国，德昂族先民还在宋朝后期建立起自己的统治，即"金齿国"。元以后成为傣族土司的属民。"濮人"汉代属永昌郡（今保山市），唐宋至元明时期，德昂族先民"茫施蛮"活动于澜沧江两岸。元代在今芒市地区设"茫施路军民总管府"，封阿利（传说是德昂族的头人）为土官。元代中期，"白夷"（傣族先民）迅速强盛起来，德昂族被迫向山区迁徙。明代，中央政府封傣族刀姓为茫施（今芒市）长官司长官，傣族土司又封德昂族头人为"老"，以代表土司管辖德昂族人民，于是德昂族先民成了傣族土司的属民。

近代以来，德昂族与景颇族等各族人民，曾共同抗击英帝国主义对我云南西部地区领土的侵略。抗日战争时期，当时沦陷区的德昂族人民参加了汉族、傣族等各族人民组织的一支两千余人的游击队，用铜炮枪、长刀及弩弓同日本侵略军进行了多次斗争。抗战胜利后，德昂族人民为反抗国民党军队的镇压，各村组织了自卫队，经常伏击敌人，迫使他们不敢随意进村。新中国成立前夕，德昂族人民积极协助中国人民解放军围歼向云南西部逃窜的国民党军队，迎来了德昂族地区的解放。

居住在德宏地区的德昂族自称"德昂"，镇康、耿马的德昂族则自称"尼昂"或"纳昂"，此外，还有"崩龙""昂""冷""梁""布雷""纳安诺买"等称呼。

根据德昂族妇女的裙子上所织线条的不同色调特征，当地汉族人民分别称他们为"红崩龙""花崩龙""黑崩龙"等。

新中国成立时德昂族叫作"崩龙族",1985年9月根据本民族人民的意愿,正式更名为"德昂族"。

感受德昂族的文化,同样朴素而又浪漫,如诗如歌。

德昂族是信仰佛教的民族,寨中最好的一幢建筑物是供着佛像的奘房。德宏州德昂族以及临沧市的德昂族信仰的是南传佛教,禁止杀害或伤害一切有生命的东西。在这一点上,与当地傣族的信仰有别,虽然其教义是共同的。德昂族人崇拜天堂,憎恶地狱,认为好人死后可入天堂,还可再转化为人;坏人死后,则入地狱,受尽煎熬。因此,在德昂族人生活的地方社会安定,民族和平,勤劳勤俭,蔚然成风。

德昂族的竹楼多依山而建,坐西向东。主要有正方形和长方形两种形式,具有对称、和谐、严谨、庄严的美学特征。比较典型而普遍的是以德宏地区为代表的一户一院式的正方形竹楼。这种竹楼分主楼和附房两部分。主楼呈正方形,楼上住人,楼下圈养牲畜。附房多建在主楼的一侧,用作堆放柴草及安置舂米的脚碓。这种竹楼外形别致,美观大方,据说很像古代中原地区儒生的巾帽。关于它的来源,德昂族民间还流传着这样一个动人的故事:诸葛亮当年率兵南征,来到德昂山寨,有一天突遭袭击,受伤遇险,幸得勇敢善良的德昂族姑娘阿诺相救,才得以化险为夷,转危为安。在短暂的

❶ 鼓手
❷ 陇川县德昂族龙阳节

第三章 沉醉在民族炫风里

213

接触中，二人产生了感情。当重任在肩的诸葛亮不得不辞别心上人的时候，便将自己的帽子留给阿诺作为信物。痴情的阿诺苦盼十八年，等来的却是心上人的死讯。从此心碎肠断的阿诺不吃不睡，每天呆立村头，望着心上人东去的路。到第三十三天，突然雷电交加，大雨倾盆。雨过天晴之后，阿诺不见了，而她站立的地方却出现了同诸葛亮的帽子一模一样的房子，这就是德昂族人后来居住的竹楼。故事凄美而浪漫，阿诺的深情如德昂族人的小罐煮茶那样浓酽悠长！

德昂族的服饰具有浓厚的民族色彩，表现了本民族特有的审美观及其对美的追求。德昂族男子多穿蓝、黑色大襟上衣和宽而短的裤子，裹黑、白布头巾，巾的两端饰以彩色绒球。德昂族妇女多穿藏青色或黑色的对襟短上衣和长裙，用黑布包头，上衣襟边镶两道红布条，用四五对大方块银牌为纽扣，长裙上织有彩色的横条纹。青年人不论男女均喜欢佩戴银项圈、耳筒、耳坠等首饰。

在德昂族的服饰中，最引人注目的是妇女身上的腰箍。按德昂族人的习惯，姑娘成年后，都要在腰部佩戴数个甚至数十个腰箍。腰箍大多用藤篾编成，也有的前半部分是藤篾，后半部分是螺旋形的银丝。藤圈宽窄粗细不一，多漆成红、黑、绿等色。有的上面还刻有各种花纹图案或包上银皮、铝皮。这一独特的习俗是唐代德昂族先民——茫人部落以"藤篾缠腰"为饰习俗的延续。其来历有一个美丽的传说，传说德昂族的祖先是从葫芦里出来的，刚出来的时候，男人们都长得一模一样，女人到处乱飞。后来天神将男子的容貌区分开来，男人们为了拴住女人，就用藤篾编成圈将她们套住，女人们再也飞不动了，只好同男人生活在一起。德昂族认为，姑娘

德昂族服饰

身上佩戴的"腰箍"越多，做得越精致，越说明她聪明能干、心灵手巧。因此，成年妇女都佩带腰箍并以多为荣。青年男女在恋爱期间，小伙子为了博得姑娘的爱，也往往费尽心机精心制作刻有动植物图案花纹的藤篾腰箍，送给自己心爱的姑娘，于是腰箍又成了她们爱情的信物。

德昂族文学以口头的民间文学为主，传统的民歌、神话、传说、故事占很大比重。德昂族民歌中情歌比较发达，青年男女交往、恋爱大都离不开以歌传情。这些情歌多属短篇即兴之作，但也有长篇悲歌，如《芦笙哀歌》。

叙事长歌有叙述民族迁徙的《历史调》，描写帮工生活的《下缅甸调》等。

德昂族神话《葫芦育人》《天王地母》较有代表性。前者说人是从葫芦里出来的，后者说人是由天上刮下的一百零二片树叶变成的。而另一篇《龙女人祖》神话则说：上古时有一个

德昂族舞

仙女住在山洞里，隔三年出来一次，她被另一仙人的后代看见，二人结合，生出子女，就是德昂族的祖先。

德昂族的民间故事中影响较大的如幻想故事《青蛙和绣花姑娘》，通过怪孩子青蛙与绣花姑娘异类婚配的故事，歌颂劳动者善良、忠厚的品格。而生活故事《三次奇怪》则深含哲理。

德昂族与傣族、景颇族交错杂居，其文学作品在风格上兼具傣族细腻与景颇族豪放的特色。

此外，傣族的《娥姘与桑格》、汉族的《梁山伯与祝英台》和《三国演义》中的一些故事都在德昂族民间广泛流传。

德昂族人的口头民间文学如他们的茶类一样丰富多彩！

德昂族有在重大节日中跳舞的风俗，较有代表性的是象脚鼓舞。它由敲着鼓，打着铓、钹的男子带头，其他男女老少跟在后面，按一定步法、手势绕圈而舞。也有男女分成两圈的形式，男子组成外圈，女子组成内圈，由一戴草帽的男子带头击鼓，其他男子

❶ 德昂族
❷ 德昂族水鼓舞

跟随，提起大裤脚，露出腿上所刺花纹，绕场欢舞；妇女组成的内圈，排头的女青年击铓锣，与击鼓男青年配合，跟随的妇女亦与男子并排而舞。

水鼓舞是德昂族独有的民族舞蹈，德昂语叫"嘎格楞当"，多于喜庆时举行。舞蹈时，将鼓挎在脖子上，鼓在身前，边敲边跳，大铓、大钹伴奏。水鼓舞可以单独跳，也可大家一起跟随水鼓节奏起舞。

一个有茶滋养的民族，注定是一个朴实、勤劳、善良、好客而又闲适、豁达、浪漫的民族。走进德昂山寨，你就走近了茶叶，走近了自然和娴静。

第三章 沉醉在民族炫风里

217

傈僳族：大自然之子

傈僳族对大自然满怀感恩和敬畏，从大自然里学会了生存的智慧，创造了几乎纯天然的民族文化和传统。

从远古到如今，傈僳族人生于大山，长于大山，亲近大自然，是大自然之子，他们的命运与大自然紧密相连。

大自然之子

老子说："道法自然。"

大自然养育了一代代傈僳族人，也塑造了傈僳族勇敢、倔强、随性的性格。每年在陇川户撒举行的"阔时节"都有傈僳族人"上刀山、下火海"的表演，着实惊到了许多游客和观众，人们不时张口结舌，惊呼连连。其实这是傈僳族人深谙自然万物的属性，巧妙地运用自然的原理，才会做出如此既惊险而又不伤及自己的表演。

傈僳族对大自然满怀感恩和敬畏，从大自然里学会了生存的智慧，创造了几乎纯天然的民族文化和传统。

"傈僳"这一名称最早见于唐朝时期的著述。时人樊绰在《蛮书》中称之为"栗粟"，认为是当时"乌蛮"的一个组成部分，和彝族、纳西族在族源上关系密切。明代仍把傈僳看作是"罗罗"（彝族）的一个分支。

傈僳族服饰

　　傈僳这一名称，除有关史籍用字稍有不同外，1000多年来沿用至今。

　　傈僳族世代流传的部族史诗《创世纪》中的创世传说与大小凉山彝族、纳西族、哈尼族的创世传说都有许多共同之处。在古代，他们属于同一族源，经过漫长的历史发展，逐渐发生分化形成不同的部落，后来才形成了单一民族。

　　由于对大自然的敬畏，傈僳族的氏族图腾基本上都取自大自然。

　　傈僳语称一群由同一祖先的后代所组成的集团为"初俄"，即氏族。云南傈僳族的氏族图腾有虎、熊、猴、羊、蛇、鸟、鱼、蜜蜂、荞、麻、茶、竹、柚木等20多种，还有把火、霜作为图腾加以崇拜的。傈僳族的方方面面都与大自然息息相关，把许多自然物作为氏族图腾也是顺理成章的。

　　在过去漫长的历史时期，傈僳族人"靠山吃山，靠水吃

傈僳族"阔时节"之上刀山

水"，衣食住行都来自大自然的馈赠。

据《南诏野史》下卷"南诏各种蛮夷"记载，这时的傈僳族仍"衣麻披毡，岩居穴处，利刃毒矢，刻不离身，登山捷若猿猱。以土和蜜充饥，得野兽即生食。尤善弩，每令其妇负小木盾前行，自后射之，中盾而不伤妇，从此制服西番"。另据明景泰《云南图经志书》卷四载："有名粟粟者，亦罗罗之别种也，居山林，无室屋，不事产业，常带药箭弓弩，猎取禽兽，其妇人则掘草木之根以给日食；岁输官者，唯皮张耳。"大自然养育了傈僳族人，他们又怎么能不对大自然满怀感恩和敬畏呢！

傈僳族"阔时节"跳大嘎

对大自然的高度依赖和敬畏，逐渐形成了傈僳族群众的原始宗教。

傈僳族的原始宗教以自然崇拜和灵魂观念为基本内容，以遇疾病灾害时杀牲祭祀活动为主要形式。

傈僳族盛行万物有灵的自然崇拜。在他们的观念中，山川、河流、日月、星辰、动植物等都为"神灵"或"鬼魂"所支配。因而，山有山灵，树有树鬼，水有水神，几乎一切自然现象都成了他们信奉和崇拜的对象。他们把神鬼分成若干类，主要的鬼灵有院坝鬼（"乌沙尼"）、家鬼（"海夸尼"）、山鬼（"密司尼"）、水鬼（"埃杜斯尼"）、梦鬼（"密加尼"）、血鬼（"洽尼"）、路鬼（"加姑尼"）、魔鬼（"尼拍木尼"）和虎氏族鬼（"屋豆尼"）等30多种。这些都是在日常生活中统治人们的外在的强制力在他们头脑中的虚妄反应，也是在漫长的历史时期傈僳族先民在与自然和社会抗争时一种无力的表现。

傈僳族的鬼神观念简单，但较为独特。一方面，他们认为世间万物都有灵，并且相信宇宙中万物都是由天神（米斯）和精灵（尼）所支配、左右的，因而敬畏米斯和众尼，并对它们进行祭祀。另一方面，在祭祀过程中又显示出一种蔑视鬼神的态度，如用言辞严厉地抨击"尼"；干旱时先祭龙祈雨，如再旱则举行骂龙仪式；有人生病时先祈求诸"尼"，再不愈则以骂"尼"、驱"尼"治病等。

进入阶级社会以后，傈僳族的图腾崇拜逐渐减弱，或者只保留了某些象征性的残余形式。

20世纪初，基督教和天主教由英法传教士传入怒江流域的傈僳族地区。由于它有统一的经典，又有较完整的礼仪形式，其倡导的某些戒律信条与傈僳族传统道德规范相吻合，于是在怒江流域的傈僳族中间逐步传播开来。

傈僳族的服饰和审美观也来自大自然，像大自然一样多姿多彩。

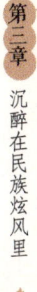

新中国成立以前，大部分傈僳族男女都穿自织自制的麻布衣服，只有少数富裕户及上层人物才穿棉布衣服。织麻的工具很简单，织架只是两横两直的四根木棍搭成，有的用四根木柱插入地里，上端扎以两根木棒，即为"纺织机"。

傈僳族妇女的服装样式有两种：一种上着短衫，下穿裙子，裙长及脚踝，裙褶很多；另一种上着短衫，下着裤子，裤子外面前后系小围裙。妇女的短衫长及腰间，对襟，满圆平领，无纽扣，平素衣襟敞开，天冷则用手掩，或用项珠或贝、蚌等饰品压住。有的以黑布镶边，衣为白色，黑白相配，极为美观。

由于各地所穿麻布颜色的差异，傈僳族又分黑傈僳、白傈僳、花傈僳三种。聚居在怒江一带的白、黑傈僳族妇女的服色以白、黑为主；泸水一带的"黑傈僳"妇女的服色以青、黑为主；而丽江永胜、德宏一带的"花傈僳"，服饰则较为鲜艳美观。"花傈僳"妇女均喜在上衣及长裙上镶绣许多花边，头缠花布头巾，耳坠大铜环或银环，裙长及地，行走时摇曳摆动，显得婀娜多姿。

各地傈僳族男子服饰都是麻布长衫或短衫，裤长及膝，有的以青布包头，有的蓄发辫缠于脑后。头人或个别富裕之家的男子，左耳戴一串大红珊瑚，以示其社会地位。所有成年男子都喜欢左腰佩砍刀，右腰挂箭包。箭包多以熊皮、猴皮制成。可见，傈僳族不论衣料还是饰品均来自天然，其审美都源自自然的黑白底色。

大自然的多姿多彩，为傈僳族提供了丰富的创作源泉，使他们创造出许多民间文学作品，主要是口头文学，以歌唱和讲述的方式口耳传承。

有关神话和历史传说的作品，如《创世纪》《我们

上刀山

傈僳族"阔时节"之下火海

的祖先》《横断山脉的传说》《开天辟地的故事》等，从不同的侧面再现了傈僳族古代社会的面貌，记录了傈僳族人民对宇宙万物、人类社会的种种解释和看法。

叙事长诗的题材和内容丰富通常有完整的故事情节与鲜明的人物性格。如《重逢调》（粗兹木刮）有1500余行，它以现实主义的手法，用形象生动的语言，对封建买卖婚姻做了深刻的揭露和有力的控诉。流行在民间的谜语、谚语、歇后语和儿歌等也是傈僳族民间文学的组成部分。其通常具有传授生产、生活经验及教育人们为人处世的功能，因受到傈僳族人民的喜爱而世代传承。

傈僳族来自对自然万物观察总结的历法，很富于民族和地区特色。

傈僳族借助山花开放、山鸟啼鸣、大雪纷飞等自然现象的变化判断生产节令的物候。他们把一年分为干湿两季，干季一般从上一年11月雨季结束到次年2月雨季来临，湿季则从3

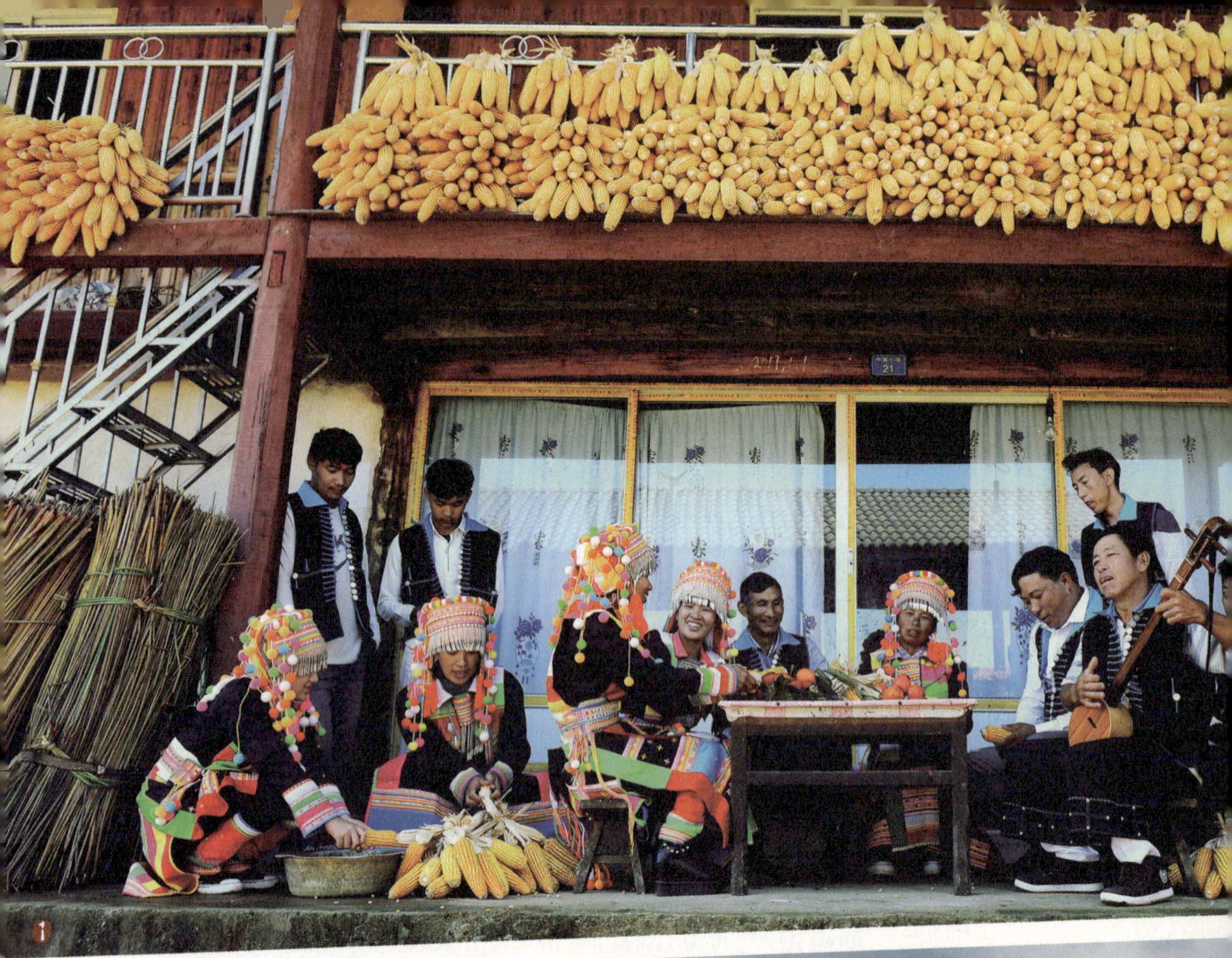
1

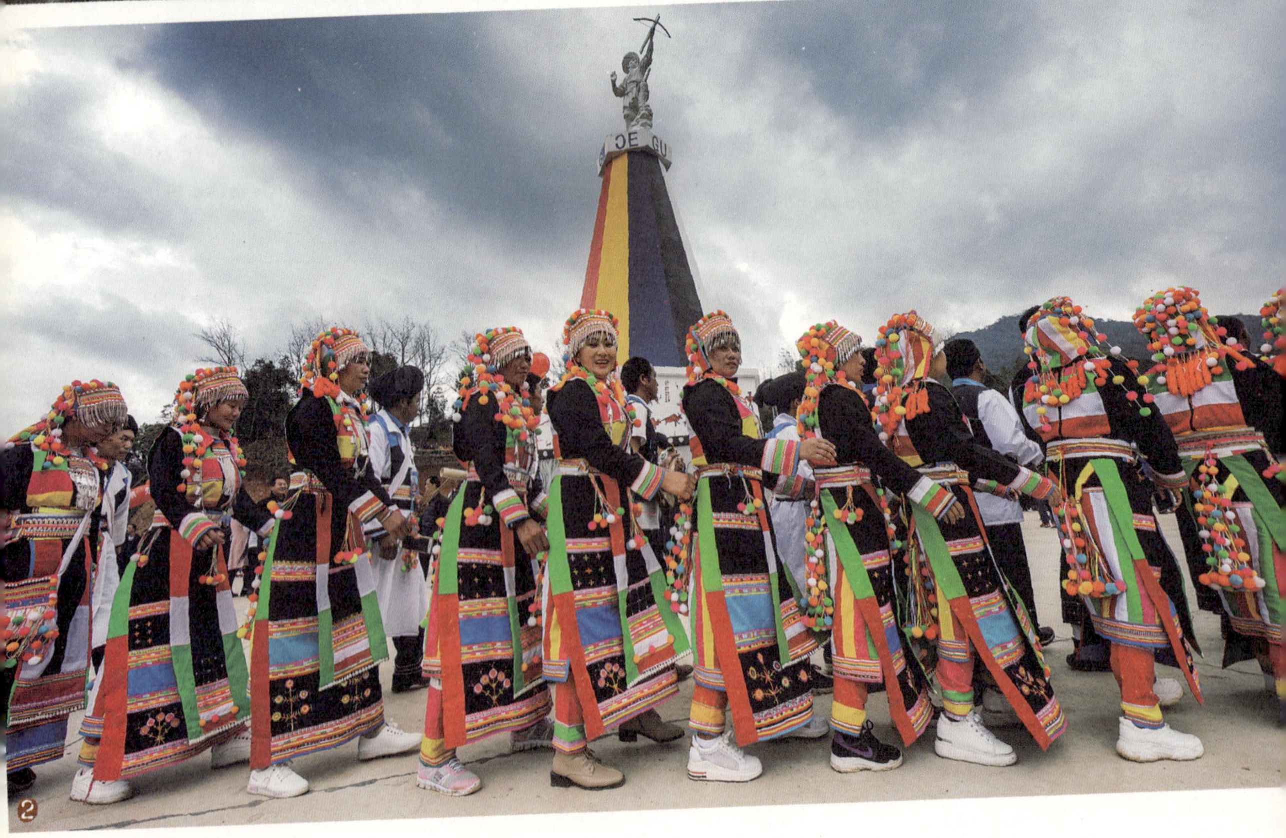
2

月到 10 月，并把一年划分为花开月（3 月）、鸟叫月（4 月）、烧火山月（5 月）、饥饿月（6 月）、采集月（7、8 月）、收获月（9、10 月）、煮酒月（11 月）、狩猎月（12 月）、过年月（1 月）、盖房月（2 月）等 10 个节令。

民歌是傈僳族人民喜爱的艺术活动，用傈僳族自己的话来说，那就是"盐不吃不行，歌不唱不行"。唱歌几乎成了傈僳族人民的"第二语言"，无论是在各种生产活动中，还是婚丧嫁娶时，傈僳族都要唱歌，甚至告状打官司、调解纠纷也常采用唱调子的方式解决。

新中国成立以后，傈僳族人民创作的民歌大多以新旧对比的形式表达他们对新社会的热爱。

傈僳族民歌在演唱上有独自的风格，在唱短音符时常大量运用颤音，唱长音时则唱得平直朴素，音色浑厚低沉，使人感觉具有一种深厚的内在力量。

傈僳族较流行的乐器主要有琵琶、口弦等。

琵琶是傈僳族民间流行的一种古老乐器，也是人民最喜爱的乐器之一。其形状与汉族琵琶大致相同，琴身较小，有的是方形的；琴把上没有固定的音位划分，仅用松香点一小点作为一个音位的标记，有四根金属弦，演奏时用拇指与食指弹拨。

口弦亦是傈僳族的传统乐器，为每一个青年男女所喜爱。弦身是以竹片制成一条沟，中间刻起一片簧，演奏者对准口腔轻轻吹弹，让弹片的声音在口腔里引起共鸣，然后以气息的调节使音色变得柔和、悠扬。口弦的音量虽小，但很动听，尤其当夜深人静时弹奏，再伴以轻声地唱诵或吟咏，就显得更加优美动听。

傈僳族的舞蹈大多源自对鸟兽行为的模仿和日常劳动生活的提炼，如有模仿动物动作和习惯的猴子划拳舞、鸽子喝水舞、鸟王舞等，表现日常生活的婚礼舞、洗衣舞、脚跟舞等。

❶ 傈僳族欢歌
❷ 傈僳族"阔时节"

傈僳族射弩活动

这些舞蹈由于舞姿生动形象，节奏性较强，场面样式富于变化，因此显得热情奔放，富有泼辣、粗犷的激情，从而使整个场面显得非常热烈，重复表现出傈僳族舞蹈鲜明的民族特点。

傈僳族的节日也极具自然风味和生活情趣。

傈僳族的年节一般是在樱花开的时候举行。年节期间，习惯上都要舂籼米粑和糯苞谷粑，并酿制香醇的水酒。为祈求来年风调雨顺和粮食丰收，每一家都要将第一臼舂出的籼米粑放少许在桃、梨等果树上；有的地方在吃饭前要先盛一小碗让狗吃，据说是表示对狗给人世间带来谷种的回敬。年节的第一天，各地的男女青年都要盛装打扮，聚集到所属村寨的公共场所——打场，举行射弩、跳舞、对歌等活动。这是青年男女互相吐露爱情、定亲结友的大好时机。男青年们常以高超的射箭技艺来赢得姑娘们的爱情，有的青年男女则以优美的舞姿和悠扬的歌声来表达对彼此的爱慕之情。一旦彼此有相爱的情意，则以礼品互赠。许多男女青年就是通过这种活

动定下终身的。

"阔时节"期间，一般都会举行唱歌、射弩、过溜索等比赛活动，以及"上刀山、下火海"的表演。

德宏、保山腾冲的傈僳族群众每年农历二月十七日过"刀杆节"，分两天活动。第一天"下火海"：用栗柴烧成一大堆火炭，表演开始后，五个人赤脚围着火炭跳出跳进；然后"打火滚"，即在火炭上翻滚，"洗火脸"，即捧起火炭洗脸；最后把在火炭里烧烫了的铁链子拿在手里传来传去，叫"拉火链"。表演完毕后，大家一起来跳舞。第二天"上刀山"：把32把磨得锋利的长刀横绑在两根高四丈的粗栗木梯子上，顶端有红旗、鞭炮，在一片鞭炮、锣鼓声中，表演者开始光着脚踩着刀锋登顶。

收获节也是傈僳族的一个重要节日。每年农历九至十月，当新谷、苞谷开始收获时，家家户户煮酒尝新。男女老少聚集在村寨广场，高烧篝火。老人弹琵琶、月琴，边唱边跳，讲述远古的历史；青年男女则围成圆圈跳集体舞，边跳边饮水酒，歌舞达旦，尽欢而散。

从远古到如今，傈僳族人生于大山，长于大山，亲近大自然，是大自然之子，他们的命运与大自然紧密相连。

傈僳族

那些难忘的记忆

六十年弹指一挥间,当年那些英姿勃勃的移民支边青壮年,现都已是白发苍苍的老人,他们中的许多人已经去世,长眠在这块辛勤耕耘了大半辈子的土地上。而这段移民支边的往事,却永远留在时代的记忆当中。

军垦初记

陇川的屯垦戍边历史当追溯到明初。新中国成立之初,又拉开了陇川屯垦戍边的序幕。

1955年5月12日的陇川坝,骄阳似火,热浪蒸腾,一支身着洗得发白军装、身背背包、肩扛钢枪的队伍,正行进在从章凤街通往坝子中部的便道上。

站在南宛河堤坝上举目四望,随处可见芦苇丛丛,白穗点点,远远可看到一个个被竹林遮掩着的村寨散落在坝子当中。雨季尚未到来,南宛河水不深,大片大片的沙洲裸露在河道中间。河上没有桥,过往行人及货物全靠竹筏摆渡。

这支队伍是刚从部队集体转业,响应国家屯垦戍边的号召,到陇川坝来建立国营农场的复员官兵,共有一百多人。他们的籍贯分属八个省份,因参军会同到了一块,从北方一路行军打仗进入云南。战争结束后,全国各地开始转入社会主义建设阶段,这

农场农业科技人员在田间做测试

一批批曾经南征北战的老兵，也面临着是复员回乡还是集体转业到云南边疆屯垦戍边的选择。这些早已适应了集体生活的老兵们，毅然放弃返回故乡的念头，纷纷报名加入屯垦戍边的行列中来。一队队的复员官兵就是这样分头前往西双版纳、临沧、红河、文山、普洱、德宏等地，拉开了云南屯垦戍边的序幕……

战士们没有选择乘竹筏摆渡，而是挽起裤管，依次涉水过河。队伍里领队的是一个二十七八岁的高个子军人，名叫王大山，山东省肥城人，1942年参加八路军。日寇投降后，又随部队参加了济南战役、淮海战役、渡江战役、广西剿匪等，一路打到云南昆明。转业时已是某师的营级干部，后来上级委派他带领这一百多人到陇川坝建立军垦农场。此时，他正指挥着战士们蹚水过河呢。

"小个子，注意背包别掉河里了啊！"王大山大声提醒这个身材矮胖敦实的战士。这个战士叫刘小林，湖南益阳人，十六岁时被国民党抓了壮丁，在衡宝战役中被解放军俘虏后参军。"郑三孩，快把机枪交给我，你去把行军锅背过来。"

农场第一批拖拉机和驾驶员

郑三孩也是在山西上党战役中参军的老战士,是连队里的一名机枪手。

下午5点多钟,队伍来到一个名叫弄贯的傣族寨子。老乡们突然见到这群身穿军装、肩扛钢枪的人走过来,吓得纷纷躲进家里,关上竹篱笆门,胆大点的则对着门缝张望着这群不速之客。

由于时常有境外的一些国民党残匪窜到村寨抢牛拉猪、派粮派款,老乡们实在是被坑苦了,见着穿军装的就赶快躲起来。最后还是由地方政府派来的一个干部找到寨子里的头人,拿出上级开具的介绍信,反复说明到这里来的意图,老乡们才知道这些人原来是"解放"(当地老乡最初都习惯把解放军称为解放),而不是国民党残匪。特别听说是要来帮助他们打土匪,保护老乡的生命财产安全时,渐渐放下了戒心,纷纷走出家门,围着官兵们看起了热闹。

为了不打扰老乡,战士们在寨子外面的一棵大青树下搭起帐篷,支好锅灶,准备生火做饭。傣族老乡看到战士们初来乍到,缺柴少菜,于是从家中拿来大米、蔬菜、柴火,还有的提来了活鸡,要送给战士们。在推辞不掉的情况下,带队领导坚持要给老乡付钱,你推我让,老乡也只有象征性地收下一点。第二天一早,战士们就像在部队时那样,分头到老乡家去帮着打扫院场、挑水劈柴,关系渐渐变得融洽起来。

早晨的太阳冉冉从东方升起,坝子里淡淡的薄雾渐渐散去,湛蓝的天空中飘浮着一朵朵白云，边疆的原野那么宁静、安详。欲治坡，先治窝。王营长把战士们分成三个大队，除留下后勤做饭的，其余人员全部投入平整场地、建盖房屋的工作中去。一个队上山砍木料，一个队破竹子，打篾笆，另一个队负责去山坡上割茅草。寨子里的老乡也纷纷前来帮着战士们破篾子、扎草排。短短的一个多月时间，一幢幢茅草顶竹笆墙的房屋便在一片片空地上建成了。这些战士既是能征善战的勇士，也是起屋盖房的能工巧匠。他们中有木工、铁匠、驾驶员，真是人尽其才，各显神通，军垦战士们终于在雨季到来之前住进了自己建盖的新房子里。

  进新房的那天晚上，正好赶上农历十五，皎洁的月光透过竹笆，洒满还有些潮湿的地面。战士们躺在用竹笆搭起的床上，互相开起了玩笑："小四川，你龟儿子半夜可不要滚到床脚去了啊！"矮个子的四川籍战士罗二娃也不示弱，立即反击："老陈醋，这弹簧床比你们家的大土炕暖和多了吧？"被喊作"老陈醋"的是一位山西籍的战士，本来就姓陈，平时喜欢吃醋，所以得了这个绰号。

  按照上级部署和地方政府的安排，军垦战士们开始了开垦荒地、准备播种的工作。县农业部门协助农场买来了耕牛、农具、种子，还派出技术人员指导生产。战士们将紧靠南宛河边的一片沼泽地开挖成水稻田，还放火烧去山坡上那些一人多高的荒草，硬生生地用锄头开垦出来，种上花生、三叶豆等经济作物。栽秧时节，由于战士们大多来自北方，不会使牛、插秧，寨子里的宰龙（哥）、毕朗（嫂）和小卜少（姑娘）们纷纷前来帮忙，短短几天就栽下了二十几亩水稻。到了秋收季节，一袋袋的花生、三叶豆和黄灿灿的稻谷堆满了临时建盖起来的仓库，这是军垦战士们到边疆后的第一个收获季节。自打军垦战士们来到这里后，潜伏在国境外的国民党残匪再也没敢公开窜进村寨里来骚扰群众。

老兵们白天忙着干活，全部精力都投入工作中去，虽然劳累，却都欢欢喜喜。但到了夜晚，躺在床上的时光就实在难熬了，没有文化娱乐活动，那滋味可想而知。有人趴在被窝里悄悄流泪，有的约着坐在南宛河边一杆接一杆地抽着毛烟，也有少数几个年轻好动的战士，邀约着到寨子里去串门子。

1956年初春，在昆明、腾冲、保山等地掀起了一波又一波到边疆去、到农场去的青年志愿垦荒队报名热潮。登记站的工作人员反复强调特别欢迎未婚女青年报名参加，许多工厂、农村、街道、社会上的女青年纷纷报名，很快一支支青年垦荒队相继加入边疆各个军垦农场的行列。

女青年们的到来，无疑在原本单一、沉寂的男人世界的海洋中激起了朵朵浪花。军垦战士们干活的劲头更足，精神更饱满了，同时开始悄悄地注意起自己的个人形象，凌乱的头发梳理得顺溜了，胡须刮干净了，粗俗的言语没有了。有人还特意买来小镜子、雪花膏、扎头绳等一些小物件，悄悄送给自己心仪的女队员。"小哥哥为什么呀不开言……""阿哥阿妹情意深哎喂……"当时流行的电影插曲，不时回响在南宛河畔。集体婚礼一茬接着一茬，打个结婚证，把两床被子搬到一块就是一个家庭，炒一盘自己种的瓜子、花生，称两斤水果糖就算是招待客人最丰盛的食品。军垦战士们就这样在祖国的边疆辛勤耕耘，扎根安家了。

在随后的岁月里，一批又一批复员转业官兵、机关下放干部、内地支边移民、城市知识青年先后来到农场。如今，农垦的第二代、第三代人也已渐渐长大，从父辈手中接过了开发边疆、建设边疆、屯垦戍边的任务。而当年那群英姿勃勃、风华正茂的少男少女都已是满头白发、步履蹒跚的老人了，他们中的许多人已默默地长眠在这块为之奋斗了一生的土地上，有的人自参军离家到去世，再没有回过自己的故乡。

祖国和人民永远不会忘记他们，老军垦的故事将世世代代在美丽的南宛河畔流传。

漫漫支边路

　　自 1955 年 5 月开始，远在边陲的云南省陇川县境内的国营陇川农场，一批批由部队复员官兵、垦荒队员、机关下放干部组成的农场职工，正在为建立苏联模式的集体农庄而奋力开拓，一篇篇宏伟蓝图即将绘就。但数万亩肥沃的处女地等待开垦，近百千米的国境线亟须守卫，当地的一些世居少数民族群众受境外敌对势力的挑唆煽动，纷纷逃往境外投亲靠友，许多村寨仅剩下一些年迈的老人守家，导致大片大片的农田被丢荒，整个坝子到处可见荒草茫茫、芦苇丛丛。

　　1959 年，已是陇川农场建场的第四个年头，虽然已开垦出了几千亩田地，种植了水稻、花生等农作物，但要建设现代化的国营农场，仅靠现有的几千亩土地，六七百名职工，是远远不够的，因此急需从内地招收大批劳动力，充实到农场建设的队伍中来，于是便有了 1959 年末那场轰轰烈烈的内地移民支边运动。根据中共云南省委及保山行署的统一部署，决定从保山地区的保山、施甸、昌宁、腾冲、龙陵等县分别动员一批农村劳动力及其家属，举家迁移到德宏州境内的陇川、盈江、遮放、畹町几个国营农场参加生产建设。

　　施甸县由旺区（现在叫由旺镇）银川街也纳入了移民动员的村寨之列。这里地处东山脚下的山坝连接处，人多地少，长年粮食不够吃。1958 年吃食堂饭时，各家各户不让生火，大人小孩都集中到生产队的一个大院子里吃饭。刚开始时，大米掺和着苞谷面、红薯块还可以应付，到后来逐步从一日三餐变两餐，干饭改成稀饭，再往后连稀饭也吃不上了，集体食堂被迫停火关门，由各家各户自行解决吃饭问题。当时，自然灾害频繁，粮食严重短缺，大人急得团团转，小孩饿得哇哇叫，每天只能靠仅有的一点点洋芋、苞谷掺杂着野菜充饥。

听上面来动员的干部说，去国营农场当工人，每个月发工资，每顿有大米饭吃，小孩子还可以去上幼儿园。先不管幼儿园是什么东西，也不问每月发给多少工资，只说每顿有大米饭吃就足以让这些吃了上顿找不到下顿的农民动心了。于是许多人家开始报名登记，最后从每个村挑选出几户身体健康、劳动力强、家庭生活比较困难的列入名单。

　　1959年12月16日是施甸县移民支边人员起程的日子，县里为各个乡村都指定了带队的人，统一出发，统一住宿，定点吃饭。

　　在带队负责人的多次催促下，人们开始缓缓地行动了，现场招呼声、哭叫声连成一片。走出一段路后，再回过头来看看家乡，看看亲人，遥望后山坡上那一座座老祖坟，眼前一片迷茫。

　　从施甸到陇川，虽然有一条1938年即已通车的滇缅公路可以通到畹町，但由于那时汽车很少，而且全县一千多人的移民，根本无法解决乘车问题，只能步行。过了由旺街便开始爬山，从水坡头下一百凳坎（儿），到仕官寨吃中午饭，一直走到下午6点多钟，才到达当天的宿营地——等子。这是一个紧靠怒江东岸、位于高山上的一个小山村，相传在明万历十二年（1584年）春，大将邓子龙率部由怒江西岸的勐淋（今龙陵县镇安）征剿缅酋叛贼返回时曾到此地稍事歇息，顺便等待侄子邓勇的后队到来。邓将军问村中一老者此村叫何名？老者答："穷乡僻壤，没有名字。"邓将军略一思索："那就叫等子吧。"由此沿用至今。农场派来接应的工作人员已在村里安排了住宿，做好了饭菜，有香喷喷的大米饭，新鲜的白菜、萝卜，还有一大锅牛肉汤。走了一整天路，饥肠辘辘的人们，放开肚皮饱餐一顿，又用热水烫烫脚，早早睡下了。

　　第二天一早起床后，低头朝山脚下的怒江望去，只见在直插云霄的两山之间，一条绿色的玉带蜿蜒而下，一座用数十根铁索和木板搭成的吊桥横跨江面，这就是著名的惠通桥。最初由保山

农场进行平田改土

本地人简单修建,后来在缅甸腊戌开银矿的华侨领袖梁金山先生又出资加固重建。1942年5月,日军入侵中国,占领芒市、龙陵后,欲经惠通桥攻占保山,继而进入昆明。形势万分危急,为阻止日军东进,中国远征军守桥部队在工兵总指挥马崇六的指令下,果断炸毁吊桥,粉碎了日军抢渡怒江的阴谋。抗战胜利后,当地政府又及时修复了该桥。

　　支边的队伍沿着盘山小道慢慢下到了江桥边,看着奔腾的江水、晃动的桥面,不由得令人生出几分胆寒。大人们紧紧拉着自家的孩子,缓缓地朝吊桥中间走去,生怕一不小心掉下江里。过了桥就进入龙陵县界了,眼前又是一座陡峭的山峰,当地人叫它"猴子岩",顾名思义,是只有猴子才敢攀爬的山。一条蜿蜒曲折的山道吊挂在山腰上,云雾在半山间飘浮,抬头往上面看，帽子都会掉下来。如果从公路绕道，要多走五六个钟头，只能选择爬山。带队的领导反复强调了安全事项，让各乡村人员依次慢慢朝山上爬去。经过三个多钟头的跋涉，终于爬上了一个叫作"大垭口"的山头。

这里地处松山顶部，漫山遍野生长着密密匝匝的松树，当年日军占领龙陵，在这里修筑了坚固的钢筋水泥工事，居高临下扼制怒江。1944年5月，中国远征军反攻龙陵时，在这里与日军展开了激烈厮杀，战斗异常惨烈，远征军先后阵亡八千余人。最后采用坑道战术，使用了二十多吨军用炸药才将日军的全部工事摧毁，取得了松山大捷。支边队伍当晚住宿龙陵镇安所，这里曾经是明清时期驻军屯垦的一个户所，有山有坝，人口密集，物产丰富。

过了龙陵就进入德宏州地界了，支边队伍是在下午5点多钟进入芒市城区的。芒市这个地名，大多数人过去都只是听说过，老人们称它为"夷方""摆夷地"，说是去那里的人会得一种发高烧、浑身酸疼的怪病，民间就有"要到芒市坝，先把老婆嫁"的说法。那时芒市的街道都是沙土路面，街子两边建盖着一些铁皮顶、竹笆墙的房子。当地的傣族老乡大都喜欢身披一条毯子，脚下穿着拖鞋。老年人嘴里不停地嚼一种红颜色的东西，地上随处可见一摊摊鲜红色的汁液，吓得我们小孩躲得远远的，还以为吐的是鲜血呢。德宏的自然植被及风土人情与内地有着很大的区别，坝子里到处可见到茂密的竹林、盘根错节的大青树，村寨旁竹篱笆上开满各色各样的花朵，散发出阵阵清香。刚收获完的稻田中间堆着一个个谷垛，一群群水牛在田间悠闲地嚼着稻草，牛身上还站着一只只白鹭，多美的田园风光啊！

从芒市再往西南走，偶尔会见到一段段柏油马路，那是当年日本人占领芒市时，为了运送部队和物资修建的，从畹町一直修到了芒市。虽然许多路段已破烂不堪，但还能看到柏油路的踪迹，走在上面比走砂石路舒服一些。走公路要很远的绕道，为赶路只能选择山间小道。从芒市到遮放的途中，有一座三台山，坡陡弯多，汽车都要开很长时间，行人一般都是从三台山脚下的山坳里穿出去。这一带林木葱茏，要跨过许多小溪，当地人称之为三十六道水。走在山路上晒不到太阳，累了可以就近捧一口山泉水解解乏。到遮放的那天晚上，队伍就借住在傣族老乡家的竹楼上。老乡对我们这些远道而来的内地人可热情了，尽管语言不通，用手比画着也能理解双方要表达的意思。傣族老奶奶特别同情我们这些小孩子，把家里的糯米粑粑和芭蕉拿给我们吃，第二天离开时，还站在寨子边依依不舍地看着他们远去。

从家乡出来的第五天，即将到达边境小镇——畹町，傣语意为太阳当顶的地方。一条小河即是中缅两国的边界线，河上有一座十几米长的铁桥，上面铺着木板。当年数十万中国远征军就是从这座桥上跨过，到缅甸去抗击日寇的。1942年5月2日，日军也是由这座桥上入侵我国，占领怒江以西五县两年之久。1945年1月，中国远征军经过浴血奋战，再次将日军全部从这里赶出国门，胜利收复失地。支边队伍当晚就住在畹町镇一个没有座椅的大礼堂里，先头部队已在地上铺了厚厚的稻草，睡在上面软和和的十分舒服。

从畹町到瑞丽，路程已不太远，中间要跨越瑞丽江。那时江上还没有桥，过往行人及货物都得靠竹筏摆渡，一次也坐不了多少人，人们就站在江边等待依次过江。因距此行的目的地陇川已不太远，带队的领导把行程放得缓慢些了，大概是想让大家养养精神再进入农场吧。从瑞丽到陇川需翻越一座大山，公路还没有完全通车，沿着山间小道慢慢往上走，沿途都是莽莽苍苍的原始森林，一根根弯弯曲曲的藤葛就好像一条条蟒蛇缠绕在古树枝干上。林中不时飘来一股股浓郁的野花香味，让人如痴如醉。中午时分，支边队伍来到一个叫"南京里"的山村，这个地名傣语的意思是"水好吃"。清清的泉水从山坳里涓涓流出，清澈见底，冰凉甘甜，喝上一口，让人感觉到浑身轻松，疲倦顿消。

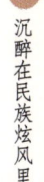

站在山顶远远望去，已能看到陇川坝子的轮廓，又宽又长的坝子，比施甸坝大多了。下午3点多钟，来到了南宛河边，河上没有桥，妇女和小孩乘竹筏，男人们则挽起裤脚蹚水过河。大约在傍晚时分，终于到达此行的目的地——国营陇川农场第五作业区（现在的丙印分场）。一下子来了那么多人，只有先集中安排在会议室、仓库等地方住下来。一家挨着一家睡在地铺上，都是乡里乡亲，大家也不见外，反倒觉得热闹呢。晚饭是点着汽灯吃的，那时没有电，照明都是用的煤油灯，汽灯算是比较先进的了，只在生产队开大会时才使用。

第二天一早，作业区的领导来驻地看望大家，他们大都是北方人，从部队集体转业来到陇川创建农场。作业区主任首先对大家的到来表示欢迎，接着便简要介绍了农场的情况，鼓励大家安心农场建设，争当开荒模范。随后将各乡镇来的人员，分别安排到各个生产队去参加劳动。1960年11月，又有847名湖南省祁东县的支边青壮年及其家属来到陇川农场，从此掀起了一场轰轰烈烈大开荒的热潮。

时至1961年，陇川农场的总人口达到了7015人，其中职工4740人。耕地总面积59905亩，种植甘蔗5539亩。1961年2月16日，德宏州第一座机制白糖厂——弄巴糖厂（现在的陇川糖厂）正式开榨，当年入榨甘蔗2983吨，生产白砂糖186.65吨，谱写了德宏州蔗糖生产的光辉篇章。

六十年弹指一挥间，当年那些英姿勃勃的移民支边青壮年，现都已是白发苍苍的老人，他们中的许多人已经去世，长眠在这块辛勤耕耘了大半辈子的土地上。而这段移民支边的往事，却永远留在时代的记忆当中。

知青，一代人的难忘记忆

在陇川农场二分场三队的院场中，生长着一棵枝繁叶茂的大榕树。据老职工说，这棵榕树在这里已生长了四十多年。一条条龙爪样的板根，深深地扎进土里，粗壮的枝干上缀满密密匝匝的绿叶，似一把巨伞稳稳地立在那里。职工们每天下班后都喜欢聚在树下休闲纳凉，后来队工会又在树下砌起水泥桌凳，方便职工们在这里下棋、打牌，成了理想的露天娱乐场所。

那还是在1971年的夏天，连队分配来了三十多名四川省成都市的知识青年。当时农场的番号已改成云南生产建设兵团，原来的生产队、分场、总场改称连队、营部、团部，主要领导全都由从部队里抽调来的现役军人担任。知青们还在上学时就特别崇拜军人，向往军营生活。在那个年代，戴一顶黄军帽、穿一身黄军装、背一个黄挎包可是一件十分荣耀的事情。

就在面临着上山下乡，到农村去接受贫下中农再教育的关键时刻，云南生产建设兵团来成都招工了。在学校召开的动员大会上，兵团来招工的干部绘声绘色地介绍着那里的情况：你们要去的地方，那可是头顶香蕉、脚踩菠萝、跌一跤抓把花生的好地方；职工们吃的是食堂饭，住的是集体宿舍，每月发工资，还有探亲假，这么好的条件可是比下农村插队落户强多了。于是大家纷纷报名。

七天后，终于到达了望眼欲穿的建设兵团。当分配到生产连队时，看着眼前的一切，怎么也不能同想象中的情景对上号。住的是老职工临时为他们搭建的茅草房，吃的倒是食堂饭，但天天上顿白菜、萝卜，下顿洋芋、南瓜，有时一个月还吃不上一顿肉。大部分连队驻地偏远，还没有通电，照明用的

开荒动员大会

是煤油灯。每人每月二十八元钱的工资，如果请病事假，还要按照比例扣掉一部分钱，再缴去每个月八元钱的伙食费，实际上每月也剩不下多少钱。

知青们被编入各个班排里，每天同老职工们一块下地劳动。初来乍到，一时难以适应，不少女知青思乡心切，常常聚在一块哭泣，男知青们性情浮躁，打架斗殴的事时有发生。随着时间的推移，在经过一段时期的艰苦磨炼后，这些曾经四体不勤、五谷不分的小青年已渐渐变成了连队的生产骨干，许多人被抽调去当了教师、医生，有的还被选拔到领导岗位上去任职。

知青们来到连队第二年的端午节，营部组织全体职工到山坡上去植树造林。下班回家时，一个男知青从山上带回了一棵榕树苗，栽种在连队院场中的花坛上，每天浇水、拔草，精心管理，小榕树一天天长高，抽出了片片翠绿色的叶子。

1974年10月，建设兵团建制撤销，重新恢复了国营农场的名称，现役军人都撤回了原来的部队。转眼到了1978年末，全国各地的知青回城风也迅速刮到了陇川农场，知青们先后离开农场返回了城市。

40多年过去了，回到城市工作的知青们都已退休。但他们都始终还牵挂着生活、工作了八年的连队，眷恋着魂牵梦萦的第二故乡。这里有他们亲手栽种的橡胶树、辛勤耕作过的水稻田，有当年对他们百般呵护、关怀备至的叔叔阿姨、大爹大妈们。他们深深知道，若没有这八年农场生活的艰苦磨炼，也不会有他们事业上的辉煌与成功。

"青春无悔"的口号，已成为全体知青的共识，"常回家看看"是知青们共同的夙愿。隔三岔五，总有许多知青邀约着重返第二故乡，回到曾经生活过的连队。让他们惊叹的是，今天的农场，已不再是当年破旧落后的景象。知青们当年居住的茅草房早已不复存在，职工家家盖起了新楼房，队容队貌焕然一新。

知青们不仅自己回来，还带来了他们的子女亲人，既是来探亲，更是来寻根。抱一抱这些不是亲人胜似亲人的大爹大妈，再去看看当年手把手教会自己割胶、插秧的老班长。到胶林里给当年亲手种下的橡胶树松松土，再给那棵根深叶茂的大榕树浇点水，然后同队里的老职工们照上一张全家福。年幼的小孙子瞪着大眼不解地问："爷爷、奶奶，你们怎么都喜欢到这里来呢？"知青们总会拉着他们的小手，神情凝重地回答："孩子，这里深深扎着爷爷、奶奶的根啊！"

王小波的知青生活

"他就是爱写点子东西,而且其损无比,凡是想得起说不出、难登大雅之堂的东西,他都能倒腾到他的书里,让人看后忍俊不禁、痛快之极。他从来就是这样,看什么事情都入木三分、痛彻肌肤,令当事者尴尬万分,令旁观者窃笑不止。他的幽默与犀利已经让我们感到是一件武器了。"原陇川农场弄巴分场十四队北京知青沈芬是如此评价王小波的。

1969年5月15日中午12点44分,载着北京知青的专列从北京车站出发,驶向祖国的西南边陲,其中有300多名知青是到陇川农场的,王小波就是当中的一员。当时王小波17岁,他与同在教育部大院里一起长大,连中小学都上同一个学校的赵红旗、赵和平兄弟,艾建英、艾建平姐弟,以及沈芬、那佳、朱萍华、岳薇一起分在陇川农场弄巴分场十四队。

看到当时农场艰苦的生活生产环境,15岁的艾建平备感沮丧,当时王小波还开导艾建平说:"人就像一滴滴在桌布上的墨水,到了哪里都可以向四周慢慢扩散。"

头两个月,知青们暂住粮仓,一堵矮墙将男女生隔开。晚上躺在蚊帐里,看着一只只大耗子在屋顶上嗖嗖地窜来窜去,男生新奇,女生尖叫。知青住的平房修好后是4人一间,王小波和赵红旗、赵和平兄弟是同屋。

十四队是个专门种植水稻的连队,王小波经常干的活儿就是犁田、插秧、薅秧、打谷子等。他身高一米九,弯腰插秧几乎是个倒U字形,困难可想而知,可王小波却默默地坚持了下来。他虽然沉默寡言,可难得出口的语言却十分幽默深刻,一如他后来的随笔文章。业余时间,他几乎全部用在读书上。王小波为人低调正直,留给队里老职工的印象虽不深刻,但一直比较特殊。一提起他,老职

知青来农场时的情景

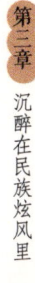

工就笑，笑他的邋遢，但也夸赞他的聪明。当时老职工家煮饭用的木柴得到很远的原始森林中砍伐，再一担担从大山上挑回来。王小波试图改变这种状况，曾经进行过沼气试验，也得到过领导的支持，但在那个年代最终只能不了了之。他的哥们儿义气在知青中也处处显现，得知知青被欺侮，王小波便用他那犀利的语言文字表示抗议以及对受害者的同情。

　　王小波爱看书，收工回来，脚也不洗就往床上一靠，扯过被子往身上一搭，就开始看书。看完赵红旗带去的两本《古希腊史》后，就一遍遍阅读自己带去的四卷本《毛泽东选集》。艾建平对此非常理解，他说，当时实在是精神生活太匮乏了，没书可看，小波离了书就活不了。王小波的褥子底下常常是既有书，又有钳子、锤子等劳动工具。他不嫌硌得慌，回来倒头便睡，也懒得收拾，想看书了，从褥子底下随手掏出来就看。王小波看书的画面也留在了老职工的记忆里，他们至今还记得，王小波连吃饭也在看，碗边就摆着一本书。他们还说，王小波能大段大段背诵文学作品，讲起历史故事像说评书一样……

第二章　沉醉在民族炫风里

听沈芬讲,"文化大革命"中,虞云昇老书记曾下放到十四队,不少知青经常去虞家串门,王小波是最爱去的人之一。虞书记夸他:"王小波是队里最聪明、最有内涵的人。"

农场生活十分艰苦,对当时那些在教育部大院里长大的孩子来说尤其如此。26元的知青工资,加上"边疆补助"2元,一共28元。王小波和他的室友,扣掉每个月8块钱的伙食费,从中拿出一点零钱买点青菜,剩下的基本花在买烟上。当地流行的"春城"牌香烟每包4毛钱,属中档水平,王小波他们常常"一个月的上半月抽'春城',后10天就改成了2毛钱一包的'钢花'",到最后,就到集市利用"免费品尝"的机会去弄毛烟叶用白纸卷着抽。农场的饭菜对他们来说也是难以下咽的,冬瓜吃一季,白菜吃一季……但王小波在劳动中打谷子做得最好,装有100多斤谷子的大麻袋,他一个人从及膝的水田里就能抬出来。

王小波是个讲义气的汉子。赵红旗和赵和平对王小波的评价是:"其实也没有多么轰轰烈烈的事情,但就是在日积月累中,我们觉得小波是一个绝对讲义气的哥们儿。"无论是中学时,还是后来到农场插队,王小波都不爱主动打架,但却总爱做"帮凶","平时不怎么说话,但谁要是跟人家动手了,他肯定第一个冲上去"。刚到农场插队不久,分配到瑞丽农场的赵东江小腿被蚊子叮咬,感染了不能干活。听到消息的王小波在一天临睡前跟同屋说:"明天我去看看东江。"大家都没在意,从十四队到赵东江所在的瑞丽农场要翻越一座山,足足有三四十千米。这条路正好在中缅边境线上。凌晨3点多钟,赵红旗就听到王小波起了床,拿着个手电筒,带上当时最厉害的护身武器:一根苏式武装皮带,就上了路。当天傍晚,真的就赶到了赵东江的宿舍。也没说什么客气话,睡了一晚上,第二天一大早爬起来又踏上了返回的路。赵东江至今念念不忘:"谁也不知道小波这一路上有多危险,他还跟我开玩笑说路上用武装皮带打翻了一头野猪,本来想扛来吃猪肉,但扛了一段实在扛不动了,只好放弃。"

王小波比较邋遢。这是北京知青和农场职工对王小波在农场生活期间的共同记忆。沈芬的第一反应就是："王小波总是一根裤腿长，一根裤腿短，走起路来吊着膀子，弓着腰，一晃一晃的样子。上中学时候，天天乱七八糟的头发从来不梳，白色的背心穿成黄色的，然后再穿成黑色的。"在陇川农场弄巴十四队生活的两年多时间里，在赵红旗的印象里，王小波总是脏衣服轮流穿，反复三四次。老职工段炳芹一度还每周帮他洗一次衣服，说起来老人们都会笑，"北京知青里，再没有比他脏的了"。确实，王小波给老职工最深的印象就是：从来不洗衣服，都是换着穿，收工回来，和着脏衣服就倒在床上睡，脚也不洗。

有个小插曲让当时与王小波同在一个生产队的那佳记忆犹新。当时农场里的老职工私下里爱给知青们"配对"，大致按照外表和性格议论哪两个人结合比较合适。"我当时个子高，他们总爱把我和小波配到一起去。但我知道小波心高气傲，肯定是想找个有思想，能够和他在精神上交流的人。用小波自己的话说就是：'我抛出一个球，对方得能接得住。'"

王小波的身体从小就不好，除了在朋友中间广为流传的软骨病外，心脏也不太好。大家回忆他从小就嘴唇发紫，在陇川农场插队时由于气候潮湿，天天泡在稻田里，心脏病有所加重。从1970年夏天开始，王小波就说自己胃疼，不爱吃饭，但也都没当回事，让他去医院看医生他也不去。没过多久，赵红旗发现王小波的眼白发黄，吃不进饭。到11月份，王小波开始高烧不退，大家还以为是感冒，连着在床上躺了三天三夜以后，开始滴水不进，吐了胆汁，大家才意识到病情严重，连夜找来担架，五六个人轮流将王小波抬着赶到8里之外的农场医院。"幸亏那天晚上把小波送到医院，要不然命都难保。"黄疸性肝炎属于烈性传染病，医生不让陪床照顾，赵和平他们就连夜赶回宿舍。王小波一个人在医院住了半个多月，"出院的时候人瘦了一大圈，一脱衣服全是清晰可见的肋骨"。当时治疗肝炎没什么好办法，医生就让多吃糖。出院后，王小波被分到糖厂待了几天。后来王小波向农场领导请假回家探亲。1970年2月，农场因为肝炎死了一个北京知青，领导很谨慎，很快就准了王小波的假。假期结束，王小波准时回了农场，给大伙带了几条"大前门"香烟，还给经常照顾他的班长带了4条肥皂。在农场，肥皂属于稀罕东西，当地是买不到的。赵红旗他们跟他开玩笑："人家走了就不回来了，你怎么还回来了？"王小波反问道："不回来能去哪里？"那个年代，没有户口就意味着没有一切，没有工作，没有身份，没有粮食。

回到云南后王小波因为身体始终得不到恢复，在1971年春天又向组织办理了到干校探望母亲的手续。由于上次请假准时归来，表现良好，队里很快批准。已经到农场医院上班的那佳碰到来县城办手续的王小波，王小波如此解释："在这里继续待下去，我身体就彻底毁了。"

1971年10月5日，王小波由兵团时期的云建三师十团三营二连（即王小波来云南时的陇川农场弄巴分场十四队）迁移回了教育部五七干校。

那些让人欲罢不能的民族美食

陇川众多的民族和独特的自然气候,造就了这里许多独具特色的饮食习惯和饮食文化。

      陇川众多的民族和独特的自然气候,造就了这里许多独具特色的饮食习惯和饮食文化。说起陇川那些让人食指大动、欲罢不能的地方美食,不是夸海口,几天几夜,也难侃尽!

      景颇山乡之"绿叶宴",集景颇菜系之大成,也是陇川众多美食之首选。每席盛宴十几种菜及饭食,均用鲜绿芭蕉叶盛装或包裹,一桌乃至百席都是绿色。席上自然不用任何钢铁器具:蓝天为屋,绿地为席;竹的筷,竹的杯,木的碗;土的盆,土的钵,陶的壶。菜品有"景颇鬼鸡"——鸡是林中放养的;"春牛肉干巴""烤牛肉串""包烧牛肉""牛苦肠生撒撇"——牛是天然放养的;"烤小耳朵猪"——猪是吃山果、苞谷,放养山野的独有品种;"包烧鱼"——鱼是生长在山涧、泉水里的;"景颇春菜""凉拌莴笋蚂蚁蛋"等等,一切都是大自然的赐予。

      我品尝过后,不禁赋诗云:"一席佳肴绿叶包,景颇山茅溪边草。鸡丝酸辣鬼见愁,食材多是随山找。烤鱼焦黄扑鼻

香，米辣全席不可少。食客汗流口唏嘘，景颇水酒齿颊香。白饭堆在绿叶上，一撮干巴手抓饭。耳畔溪水淙淙响，山鸡长歌在客旁。身前竹桥跨溪过，山后犹听河水唱。此等妙境人间少，借得片刻细品尝。天下美味无其数，绿叶包菜世无双。"席间，彪悍豪放的景颇族小伙，热情美丽的景颇族姑娘，盛装歌舞，并敬宾客景颇水酒和小锅米酒以助雅兴。在溪流潺潺、鸡鸣犬吠、风拂柔柳、蕊花飘香的大自然中，尽兴享受舌尖上的美味，是何等惬意、何等享受啊！

  2016年春节期间，数千人共享景颇"绿叶宴"之盛况，斯何壮哉，至今记忆犹新。

  陇川傣家人的"火烧猪"远近闻名，引得游客和远近食客争相品尝。正宗的陇川火烧猪，必须选用本地景颇族的"小耳朵

绿叶宴

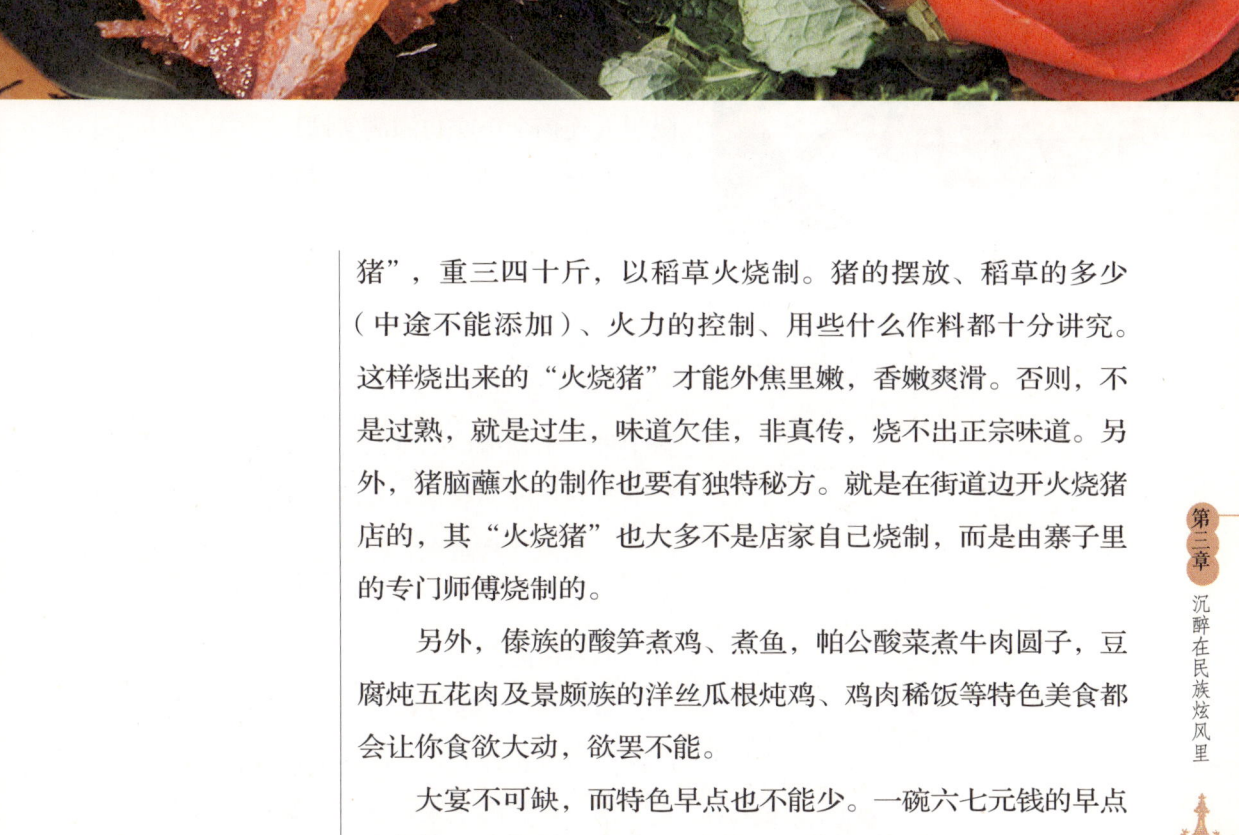

猪",重三四十斤,以稻草火烧制。猪的摆放、稻草的多少(中途不能添加)、火力的控制、用些什么作料都十分讲究。这样烧出来的"火烧猪"才能外焦里嫩,香嫩爽滑。否则,不是过熟,就是过生,味道欠佳,非真传,烧不出正宗味道。另外,猪脑蘸水的制作也要有独特秘方。就是在街道边开火烧猪店的,其"火烧猪"也大多不是店家自己烧制,而是由寨子里的专门师傅烧制的。

另外,傣族的酸笋煮鸡、煮鱼,帕公酸菜煮牛肉圆子,豆腐炖五花肉及景颇族的洋丝瓜根炖鸡、鸡肉稀饭等特色美食都会让你食欲大动,欲罢不能。

大宴不可缺,而特色早点也不能少。一碗六七元钱的早点就有数十种作料,走遍神州大地,唯有德宏陇川。谓予不信,

火烧猪

罗列于此：葱丝芫荽薄荷荆芥、芹菜韭菜包白菜、红米辣绿米辣香甜酱、生姜末胡椒粉花椒粉山胡椒根、鲜蒜片干蒜粉干姜粉、辣子油鲜酱油花椒油芝麻油、鲜泡椒酸萝卜酸柠檬……"作料放齐，撑破肚皮。"一分夸张，九分事实！足见陇川人连搞个小吃也溢满实诚！

在吃的方面，我敢说在陇川"只有你想不到，没有你吃不到。只有你不敢吃，没有你吃不成"的。蚂蚁蛋、竹蛆，各种山茅野菜经民间高手烹制后，无不成为美味佳肴。笔者也有诗云："家乡陇川实在美，不单美味绿叶宴。早点作料数十种，未到摊前已垂涎。山茅野菜煮酸笋，河虾酥香脆炸煎。碧翠笋丝蚂蚁蛋，有胆诸君来品鲜。扯撮树叶将鱼煮，吃后不知何方仙？软米香饭干三碗，看你瘦子不减肥？好吃好耍说不了，好汉你就请向前！"

对于生拌蚂蚁蛋，我也曾写了一首略带戏谑的歪诗来描述："一口吞下命数百，陇川美食真了得。青笋酸水米辣红，举箸不下是痴客。谁不说咱家乡美，蚁蛋盘中莹如雪。天生食材为我

❶ 陇川山茅野菜
❷ 圆子米线

❶ 陇川美食——蚂蚁蛋
❷ 凉拌蚂蚁蛋

用,日落月升花难谢!"

　　许多害虫,它的幼虫均可入食谱。带病幼竹是一种虫蝇繁殖后代的温床,虫蝇将卵产于幼笋裂缝中而成蛆虫,叫"竹蛆",因"蛆"字让人产生不快联想,又叫"竹虫"。此虫靠汲取幼竹营养而长,白胖细长,形似冬虫夏草中的幼虫体,是富含维生素和高蛋白的东西,油炸出来做下酒菜,是绝佳美味!

　　蝉、小蝗虫、大如拇指的胖蟋蟀、大土蜂蛹等等,都可成为席间之美味。

　　夏秋季节,凡有树木的地方,就会有数以万计的大蝉狂躁不已,这边刚停,那边又起。这就是陇川的蝉,声音特别

响亮,数里外都能听到。这是不是法布尔所说的"四年地下黑暗生活,一个月太阳底下欢歌"的蝉,我没有考证过,只晓得油炸出来特别香脆可口,再来上两口好酒,神仙日子!不信,夏秋时节来尝尝。这就是陇川,说起吃来,真令人馋!

说得太多,肚子就饿,口水就淌,但有几种还得说说。

初来陇川,有些菜肴,只敢看看,如大胆吃过,则一生难忘。

傣家的"生撒",这道陇川各族群众非常钟情的佳肴,当是傣族先民首创。其主料取自健康牛儿的一段小肠,是牛广吃百草后,积淀在这段小肠子中的百草药材之精华。其味凉苦略甘,性寒凉,最适宜生活在热带、亚热带的人们食用,解暑清凉,吃过浑身舒坦。其用料考究,取肠讲究,取多一寸带屎,切少一寸可惜。截取后细心剔走任何可疑的杂质,经高温、过滤处理后,就是"撒撒"最珍贵的主料,无它则非正宗之撒撒。撒撒分生熟两种:"生

❶ 蜂蛹
❷ 撒撒
❸ 舂茶

过手米线

撒"用牛苦肠拌以生牛肉末、作料等;"熟撒"所拌肉末已炒熟。配上一盘陇川特产的又白又软、晶莹剔透的米线,将拌好鲜红米辣末、烤牛肉丁、牛杂、缅芫荽等诸味齐全的撒撇拌拢米线,即可大快朵颐了。

说完景颇族、傣族的大菜小吃,千万莫漏了陇川户撒阿昌之美味——"过手米线"。

"米线",在云南可谓家喻户晓。关于米线的传说,休夸汗牛充栋,可也流传不少,如蒙自的"过桥米线",昆明的"兄弟米线"等等。

户撒阿昌族的"过手米线",真可谓"十人吃了九人夸,不夸那人是店家!"

初来乍到的人,看不习惯,人们为何要用手撮米线,不妨让我多嚼舌几句。用碗拌吃,吃不出其中"真谛",只有将晶莹细软的米线撮一小撮放入五指合拢的左手心中,右手用筷夹一团配好的"料",放在米线上,垒成小山丘,推送入口,才

能体味其中"真谛"——舌尖味蕾首先品尝到了作料的香辣，立刻调动起了你的食欲，接着凉凉的带有一丝丝香甜的米线又调和了辛辣。不经这一原始的方式吃，根本感受不到其中的韵味！看来，如今人们之所以崇尚诸如"手抓饭""手撕鸡"之类的饮食，恐怕是它们与吃过手米线有异曲同工之妙吧？"纸上得来终觉

❶ 竹筒菜
❷ 煮杂菜

浅，绝知此事要躬行。"朋友，来陇川不吃户撒的"过手米线"，应算是白来走一遭！

感慨之余，顺口而溜："好吃东西陇川多，文浅笔拙信难说。陇川热忱欢迎你，追梦道上有你我。改革开放无先后，陇川明天会更美！"

砂锅泥鳅

第三章 沉醉在民族炫风里